SZYMON NOWAK

El médico de Auschwitz

La verdadera historia de Józef Bellert, el médico que organizó un hospital para casi cinco mil personas en el mayor campo de exterminio del mundo

Traducción de Higinio J. Paterna

SEKOTIA

THIS PUBLICATION HAS BEEN SUPPORTED BY THE
©POLAND TRANSLATION PROGRAM

Título original: *Lekarz en Auschwitz*, 2020

Primera edición: octubre de 2022

EDITORIAL SEKOTIA • NARRATIVA CON VALORES
Editor: Humberto Pérez-Tomé Román
Maquetación: Miguel Andreu

WWW.SEKOTIA.COM
info@almuzaralibros.com

EDITORIAL ALMUZARA
Parque Logístico de Córdoba. Ctra. Palma del Río, km 4
C/8, Nave L2, n° 3, 14005 - Córdoba

Imprime: Romanyà Valls
ISBN: 978-84-11311-92-2
Depósito legal: CO-1496-2022

Hecho e impreso en España - *Made and printed in Spain*

«God with us...» [Dios con nosotros]
—¡Eso es mentira!
¡No necesitasteis de su ayuda para matar a nadie!
(Ryszard Radwanski)

Mi agradecimiento, tanto por la ayuda prestada como por facilitarme el acceso a los materiales necesarios para escribir este libro al Archivo del Museo Nacional Auschwitz-Birkenau, al Archivo Nacional de Kielce, a la Biblioteca Nacional, a la Biblioteca Médica Central Stanislaw Konopka de Varsovia y al Instituto de Memoria Nacional.

Quiero expresar especiales muestras de agradecimiento al doctor Wojciech Plosa, director del Archivo del Museo Nacional Auschwitz-Birkenau.

Índice

Józef Bellert en el periodo de la ocupación alemana, 1940
(Biblioteca Médica Central Stanislaw Konopka de Varsovia)

3084 60PR686 60SQDN.23 AUG 44//11.00 F36 29000

Auschwitz. La fábrica de la muerte a vista de pájaro. (Wikipedia)

*Fragmento del vallado y edificios del campo de Auschwitz, 1945
(Archivo Nacional del Museo Auschwitz-Birkenau)*

Rampa. Al fondo, se ven en el horizonte las chimeneas del crematorio. (Bundesarchiv)

DEL AUTOR

Auschwitz. Un nombre que solemos asociar con un aconteci-
miento: el genocidio que sufrieron judíos, polacos, rusos, etc.
de manos de los nazis. Pero Auschwitz también fue un lugar
en el que volvió a brotar la verdadera humanidad, enfrentán-
dose a la máquina de la muerte hitleriana que trataba de deshu-
manizar a sus víctimas y a despojarlas de su dignidad humana.

Auschwitz tuvo sus héroes. Muchos han sido ya referidos
en otras obras. Pero hay una parte de héroes anónimos, ocultos en el silencio de la historia, y de los que solo Dios tiene
constancia de ellos.

Quiero trae a estas páginas a un hombre, de los miles que
probablemente existieron, y que hoy prácticamente está olvidado. No encontraréis su biografía en los libros de texto, pero
en 1945 logró que miles de los supervivientes de Auschwitz
permanecieran con vida y recobraran la salud.

Józef Bellert tenía cincuenta y ocho por aquel entonces. No
era un soldado de élite, como Wiltold Pilecki, ni tenía la aureola
de santidad y misericordia que rodea al padre Maximiliano
Kolbe, o de la indefensión de Czeslawa Kwoka. Pero, igual que
ellos, creía vivir para los demás, que la medida de la humanidad es nuestra actitud para con los necesitados, con los repudia-
dos o, en su caso, con los enfermos. Por eso, apenas el ejército

soviético liberó el campo, se presentó voluntario para trabajar en Auschwitz y en el erial de aquellas ruinas logró organizar el mayor hospital castrense de la II Guerra Mundial.

Todo aquello ocurría en un momento en el que acababa de desplazarse el frente. Aún humeaban los escombros de los crematorios que los nazis, antes de huir apresuradamente, habían volado por los aires para intentar no dejar huella. Permanecían allí unos cinco mil prisioneros de aquella fábrica de muerte, cuya maquinaria había acabado con la vida de más de un millón de existencias humanas. Se trataba de quienes habían sido incapaces de tomar parte, por sus propias fuerzas, en las atroces «marchas de la muerte» con las que los nazis evacuaron el campo, huyendo del Ejército Rojo.

Paradójicamente, los que habían sido condenados a morir obtuvieron una segunda oportunidad, una nueva vida, gracias a Bellert y a los compañeros de este, que asistieron a los necesitados a pesar de la falta de agua, de productos de higiene, de materiales de apósito, de medicinas y... de alcantarillado.

Había que ser muy duro no solo para atender a los expresidiarios en las condiciones que he tratado de exponer a lo largo de las páginas de este libro. La sola presencia en un lugar tan marcado por la muerte, en el que enfermeras y médicos palpaban las profundas heridas físicas y psíquicas de sus pacientes, suponía un reto colosal para quienes habían visto ya con sus propios ojos otros horrores de la guerra.

Józef Bellert, era un antiguo combatiente y médico reclutado en las Legiones Polacas durante la I Guerra Mundial, participó como soldado en la defensa de Polonia en 1939, durante la invasión alemana, fue miembro del ejército clandestino y participó del Levantamiento de Varsovia. Sobrevivió a la ocupación alemana y podría haber aguardado al fin de la guerra tranquilamente en Cracovia. Pero eso no iba con su carácter ni con su vocación. Ese «divino loco» lo dejó todo y, sintiéndose llamado, se presentó en Auschwitz para ayudar a los supervivientes. Más aún: gracias a su actitud y a su tesón fue un ejemplo para otros y logró atraerse a otros muchos voluntarios.

Desgraciadamente no llevó un diario ni nos dejó sus memorias. Las únicas huellas de su paso por Auschwitz son unos cuantos informes, lacónicos y secos. ¿Era demasiado modesto para escribir sobre sí mismo o es que, sencillamente, no tuvo tiempo para ello? Este libro se basa fundamentalmente en los relatos de testigos oculares, documentos de archivo y publicaciones históricas. Puesto que el libro que tiene el lector entre manos, acerca de la historia de Józef Bellert y del hospital de la Cruz Roja Polaca en Oswiecim, tiene forma de novela, este autor ha podido introducir en la trama elementos de ficción.

Esta obra es, ante todo, un homenaje a Józef Bellert y a otras personas de su equipo de voluntarios —muchos de ellos seres anónimos— que se involucraron desinteresadamente en la labor humanitaria que se desarrolló en el hospital de la Cruz Roja polaca y que tantas vidas en Auschwitz en el año 1945.

LA BIENVENIDA

Verano de 1944

El tren avanzaba con lentitud. Sus ruedas chirriaban con estruendo sobre las vías. El convoy llevaba recorrido decenas de kilómetros durante aquella larga noche de otoño. En teoría, la monótona marcha tendría que haber adormecido a los pasajeros que se hacinaban en los vagones para animales del tren nocturno. Quizá los nazis habían ordenado al maquinista de que el viaje fuera de todo menos placentero para los viajeros de un convoy cargado hasta el límite. O quizá, sencillamente, se trataba de dejar paso a un transporte prioritario de armas y munición para el frente, o de soldados alemanes heridos, pues la Wehrmacht estaba ya sufriendo continuos reveses en su lucha contra la URSS. Sea como fuere, el tren ora aceleraba, ora frenaba con violencia, para proseguir la marcha con brusquedad tirando de las cadenas de los vagones. Los viajeros, de pie y agolpados, se precipitaban unos sobre otros o, peor aún, se caían directamente al suelo, sin más espacio que el que llenaban las camillas de los heridos. Solo por los quejidos y las imprecaciones en polaco uno podía adivinar el origen de los pasajeros de ese convoy alemán.

El doctor Wojnicki, sentado en una esquina, había sido hecho prisionero durante el levantamiento de Varsovia cuando iba a ver a su esposa mientras hacía uso de un breve permiso entre dos operaciones. No le dieron trato de soldado, ni lo fusilaron en las ruinas de la ciudad. Los alemanes al día siguiente, tras un cuidadoso proceso de selección en el campo de Pruszków, metieron al doctor y a otros detenidos en un vagón de ganado.

El tren partió aún de día en dirección al suroeste, directamente hacia la frontera entre los terrenos ocupados del llamado Gobierno General y el Reich propiamente dicho. El peligro de acabar en los pavorosos Auschwitz, Birkenau, Plaszów, Gross-Rosen, Dachau o en algún otro campo de exterminio alemán tenía permanentemente inquietos a Wojnicki y a sus compañeros de viaje. Si fuera de día podrían mirar a través de las pequeñas ventanas y hacerse una idea de la dirección que llevaba el tren. Quizá podrían determinar qué localidades les precedían si pudieran ver las estaciones por las que pasaban. Pero era de noche y durante las paradas al descampado solo un adivino sabría decir dónde los estaban llevando los alemanes en realidad. El médico no podía dormir y, en vela entre sus pacientes, escuchaba las conversaciones a su alrededor.

—¿Y dónde nos llevan, majete? —preguntó un hombre mayor con la cabeza vendada y un ojo cubierto—. Porque yo, así de tuerto como voy, no podría reconocer ni a mi respetable esposa.

— Yo majete era cuando iba a hacer la primera comunión. Ahora puedo servir para asustar a los niños. Tiene usted el otro ojo bueno, pues mire —murmuró un joven lleno de quemaduras y con el cuerpo tan vendado que lo único que se le veía era la cara—. No le puedo ayudar. No me voy a levantar a mirar por la ventana a dónde nos llevan, caray.

—Era solo una guasa, majete. Si no se ve nada en estas tinieblas. Y, lo que es más importante: no nos detenemos.

—Pero ¿a dónde vamos?

—Todo el rato en dirección a nuestro fin.

—Pero ¿cuál es? Y no me venga con el fin eterno, que ya le he oído antes las tonterías que dice.

—Si ya sabes dónde acabaron los convoyes de los presos de la cárcel de Pawiak, o los de Pruszków... Vaya tontería de pregunta.

—Si supiera que vamos a Auschwitz, hubiera preferido una bala durante el levantamiento y haberme quedado tieso allí de una vez. Lo juro.

—A decir verdad, le faltó poco... —intercaló alguien cercano, mirando compasivamente al joven, que parecía un muñeco, vendado de arriba a abajo.

Se unió a la conversación una mujer joven, tumbada en una camilla y cubierta con una manta, debajo de la cual se notaba que le faltaban ambas piernas.

—En 1940 se llevaron a mi padre a Auschwitz. Tres meses después nos mandaron una breve nota diciendo que había muerto de una pulmonía.

—¡Seguro! ¡Ja! Eso es lo que les decían a todos esas cucarachas alemanas. Del mío dijeron que había tenido un infarto. Curioso, porque en Varsovia estaba la mar de sano. En cuanto se lo llevaron al campo de concentración, se murió como quien no quiere la cosa.

—Mientras nos hacían subir, los alemanes comentaban que nos mandaban a campos de prisioneros en el Reich —añadió la enfermera que atendía el vagón—. También decían que podíamos sentirnos seguros y que no eran una amenaza para nosotros.

—Nos llevan para trabajar. Fijo. Necesitan mano de obra para salvar su *heimat*. A los militares se los pueden llevar a campos de concentración para que no les hagan otro levantamiento —dijo alguien desde el fondo del vagón, dándoselas de listo—. Con los civiles lo que quieren es ganar dinero.

—De momento, estamos vivos. Y eso es lo que importa. No faltan las buenas gentes en ningún sitio. La guerra está terminando, solo hay que llegar a la meta de una pieza —dijo el tuerto, frotándose su único ojo, que no dejaba de lagrimar—. Yo no he provocado esta guerra y yo no seré el que la termine. Yo soy un donnadie. Y por eso, me parece que lo mejor es echarse a un lado y esperar a que lo acaben por nosotros otros más fuertes e importantes.

—¿Y cómo sabe usted disimular tanto tiempo que no tiene miedo?

—Cuando me viene un miedo grande, señor majete, pero uno grande de verdad, yo prefiero esperar y asustarme cuando está ya bien cerca. Mientras tanto, que se canse según se acerca. A lo mejor, entonces me llega más débil —concluyó sentenciosamente el tuerto.

Tras esta declaración de intenciones se hizo un breve silencio y entonces uno de los que estaban junto a una ventana, se percató que el tren no se movía desde hacía tiempo.

—¡Nos hemos parado! —exclamó de repente, y una docena de viajeros se alzó de un salto con la intención de mirar por las ventanillas.

—¿Se ve algo? —preguntaban los enfermos postrados en las camillas y que no podían hacer nada para levantarse.

—Se ven unas luces.

—Y unos andenes, o algo así.

—Y ¿qué más?

—¡Oh, joder! Alemanes con pistolas y con perros.

—Pero ¿dónde estamos?

—No se sabe…

Con gran estruendo los vigilantes alemanes descorrieron el cerrojo de la puerta y dando voces apresuraron a los polacos para que abandonaran los vagones inmediatamente.

—Que no sea Oswiecim... Que no sea Oswiecim... —rezaba una anciana, haciendo sin cesar la señal de la cruz mientras el resto del grupo se disponía a salir por la rampa.

—¡Oh, Dios! —gritó alguien al divisar las torrecillas de vigilancia del campo—. Esto de verdad es...

—...Auschwitz —terminó otro la frase.

**

Para acelerar el funcionamiento de su máquina de exterminio, los nazis habían construido una nueva rampa dentro del campo de Birkenau. Gracias a ella, los prisioneros iban en directo desde el tren a las cámaras de gas, ahorrándose una distancia de varios cientos de metros. En el verano de 1944 el número de prisioneros en Auschwitz y en los campos filiales superó las ciento treinta y cinco mil personas. Ese fue el máximo al que se llegó, quizá fuera también el tope de «producción» de este campo de la muerte. Justo en ese tiempo comenzó a frenar la máquina de exterminio germana.

Tras una gigantesca y vertiginosa operación ofensiva del Ejército Rojo (operación Bagration), el frente oriental quedó a las puertas de Varsovia y se detuvo siguiendo la línea de los ríos Vístula y Wislok. Desde la cabeza de puente ocupada por los soviéticos en Sandomierz, doscientos kilómetros separaban a las tropas de Oswiecim. Teniendo en cuenta la rapidez de las últimas acciones del Ejército Rojo, la distancia era muy poca. Eso explica que los nazis comenzaran a tomarse en serio la idea de evacuar el campo. Simultáneamente, los alemanes trataron de borrar las huellas de sus crímenes y de deshacerse de los testigos.

Por eso, durante las semanas siguientes eliminaron a los presos que formaban parte del Sonderkommando, que estaban a cargo de las cámaras de gas y de los hornos crematorios. Al mismo tiempo, se dispusieron a quemar a gran escala documentos ya innecesarios (catálogos y listas de presos) que en el futuro pudieran servir como pruebas del genocidio. También simultáneamente comenzaron a enviar desde Auschwitz al interior del Reich convoyes ferroviarios de presos destinados a trabajos forzados en servicio de los alemanes. Durante el proceso de selección se prestaba una particular atención a si eran o no aptos para seguir trabajando.

Después del grupo de desterrados de la región de Zamosc, una nueva ola de presos polacos llegó a KL Auschwitz tras el estallido del Levantamiento de Varsovia. Entonces se transportaron más de trece mil varsovianos, incluyendo a mil cuatrocientos niños.

Prácticamente todos los polacos, rusos y checos —calificados por las autoridades del campo como elemento proclive a amotinarse o fugarse— debían transportarse al interior del Reich. Prevenir el riesgo de fuga era de vital importancia, teniendo en cuenta la cercanía del frente oriental. Así pues, sesenta y cinco mil personas fueron evacuadas de Auschwitz y sus campos secundarios. En el territorio de Birkenau se procedió a eliminar las fosas de la muerte. Allí se encontraban las cenizas de aquellos que habían pasado por el crematorio. Las SS dieron orden de sacar la ceniza de las fosas, cubrir estas fatales zanjas con tierra y poner césped por encima para camuflarlas bien. A partir de noviembre de 1944, los alemanes dejaron de mandar a las cámaras de gas a los judíos que llegaban y a los prisioneros considerados como no aptos para el trabajo. Uno de los hornos crematorios sería demolido hasta los cimientos y en los demás pusieron cargas explosivas que podían hacer estallar en cualquier momento. Algún tiempo antes ya habían demolido, parte por parte, las cámaras de gas y los hornos y enviado todo el equipamiento al interior del Reich. La ampliación del campo quedó totalmente paralizada debido a la cercanía del frente. Incluso comenzaron a desmontar algunas de las barracas de madera y a enviar las estructuras a Alemania. Estas labores no fueron óbice para ocuparse de las posesiones incautadas *a las víctimas; el envío de objetos robados continuó hasta el final. En las últimas semanas, antes de la liberación, varios cientos de miles de artículos textiles, vestidos, ropa interior masculina, femenina e infantil estaban siendo preparados para transportarlos a unos almacenes llamados Kanada I y Kanada II.*

***

La rampa estaba inundada por la luz. Los pasajeros, después de un día y medio encerrados en la oscuridad de los vagones de ganado, parpadeaban ahora, cegados por la luz de los reflectores. Salían inseguros, estrechando contra su pecho las pocas pertenencias que había logrado retener con ellos. Los perros de los SS ladraban como locos, tratándose de escaparse de sus amos, que los tenían agarrados con correas cuádruples. El aire era fresco, por fin, y después de tantas horas de peste y estrecheces podían respirar a pleno pulmón.

—¿Oswiecim? Pero esto debe ser un error. ¡Es imposible! Yo no he hecho nada. No soy militar. Si yo ni siquiera... —Empezó a gemir un grueso caballero que llevaba un elegante abrigo— Hay que aclarar esto. Nos habían prometido que nos llevaban a trabajar a Alemania...

—Yaaa, pues vaya al del látigo —le aconsejó con sorna el tuerto—. Lo mismo le firma un certificado de que no ha provocado usted el alzamiento. Señor majete —Se dirigió ahora extrañado a su compañero, que inesperadamente se había alzado de su camilla y estaba de pie en el andén con los demás—. ¿Ya se ha recuperado usted?

—Haré lo que pueda. Seguro que no necesitan gente en camilla —respondió mientras se apoyaba ora en una pierna, ora en la otra.

Un niño que llevaba en brazos un gran gato negro que no dejaba de bufar a los perros de los SS se separó de los mayores y se acercó a una guardiana que estaba hablando con unos oficiales. Esperó educadamente a que acabara la conversación y le dio el gato. *Bitte, proszę.* La mujer tomó el gato de manos del chico sin mostrar extrañeza. Acarició la cabeza del pequeñín y con un delicado gesto lo conminó a volver con los demás prisioneros.

El doctor Wojnicki, aprovechando que le tapaban las anchas espaldas de su compañero, se sacó del bolsillo un pañuelo en el que había dos pedazos de pan. Tiempo atrás estuvo cuidando durante meses al gran actor Stefan Jaracz, que había sido liberado de Auschwitz, así que sabía que antes de que los prisioneros de un nuevo transporte fueran admitidos en el campo, los alemanes los encerrarían en las barracas de cuarentena. Sin darles de comer, pero después de haberles hecho una revisión. Por lo tanto, parecía prudente comerse las provisiones precisamente en ese momento.

Efectivamente, tardaron dos días en sacarlos de la viscosa barraca sin suelo firme en la que los alemanes habían metido a más de mil personas. Durante ese tiempo los presos veteranos estuvieron trayéndoles agua a escondidas, mientras buscaban a conocidos entre los recién llegados.

Por fin, los alemanes ordenaron que los prisioneros fueran del bloque de cuarentena al campo, pasando por los baños: los despojaron del oro y de todas sus alhajas y a cambio de la *kennkarte* les entregaron un papelito con su nombre y apellido. Después los llevaron a los baños, desnudos, como si fueran una manada.

Auschwitz. Transporte de nuevos presidiarios, seguramente en mayo o julio de 1944 (Wikipedia)

Barraca masculina de cuarentena. En primer plano, la letrina. (Wikipedia)

La calle varsoviana Krakowskie Przedmieście, destrozada por las acciones bélicas. En primer plano el monumento a Nicolás Copérnico (Narodowe Archiwum Cyfrowe).

LA CAPITULACIÓN

Otoño de 1944

Dos jóvenes mujeres vestidas con uniforme militar y brazalete blanquirrojo soportaban firmes la soflama de un médico. No había nada extraño en ello, sobre todo si tenemos en cuenta que Zofia y Maria Bellert se encontraban delante de su padre, Józef Bellert:

—Han firmado el alto el fuego con los alemanes y el alzamiento va a capitular. De un momento a otro los alemanes entrarán en nuestro distrito y no sabemos lo que pasará. Se dice que van a respetar los derechos de la convención de Ginebra, tal y como está previsto en el protocolo del alto el fuego, pero yo de estos puñeteros no me creo nada. Todo el mundo sabe de las masacres del barrio de Wola y del casco antiguo. Por eso, os lo repito: os asigno servicios auxiliares en mi hospital de la Cruz Roja. ¿Entendéis? El comandante del Ejército Nacional va a emitir una orden en la que agradece a todos su actitud durante el combate y os exime de vuestros deberes actuales. Cada uno de los insurgentes puede ir donde le apetezca: puede entregarse a los alemanes como soldado del Ejército Nacional, fingir ser un civil o salvar el pellejo por su cuenta. Después de la capitulación, con los alemanes van a entrar soldadotes del este que son unos auténticos salvajes. Ya habéis oído más de una vez que los muchachos de Vlasov y los ucranianos no dejan pasar a una chica guapa, saquean y asesinan. Por eso como oficial del Ejército polaco y como vuestro padre, os ordeno que os quedéis aquí. Sé que en el mar y en la guerra no crecen las flores, pero también sé por experiencia que el símbolo de la Cruz Roja ha salvado más de una vida. Quedaos aquí. Por favor os lo pido.

—Papá —respondió tras una pausa Zofia, la mayor—. Pero tenemos que avisar a los de nuestro destacamento de que nos vamos.

—La entrada de los alemanes quizá sea cosa de pocas horas… y aquí hay tanto que hacer. Contaba con vuestra ayuda.

—Nos basta una hora. Nada más —replicó sonriendo Maria, la pequeña, viendo que su padre bajaba el tono y que había posibilidad de entenderse.

—Id —dijo al fin. Pero añadió con firmeza—. Pero presentaos aquí en una hora, ni un minuto más.

Cuando sus hijas partieron hacia su unidad, Józef Bellert volvió a sus obligaciones. Por suerte, el alto anuncio del fuego había evitado que hubiera más víctimas y ya no traían más heridos al hospital. Pero ante la capitulación y la entrada de los alemanes quedaba tanto por hacer que los miembros de la Cruz Roja polaca parecían multiplicarse, trajinando como posesos. Primero había que adecentar el hospital y que se pareciese a una institución civil, así que debía desaparecer todo aquello sugiriera que había insurgentes entre los heridos. Por eso quitaron a los pacientes algunas piezas de sus uniformes y de su equipamiento, e incluso armas que habían introducido en la clínica a escondidas. Localizaron una docena de pistolas de las que los soldados heridos no querían desprenderse. En el patio crecía, por momentos, una pira donde se amontonaron anoraks militares, cazadoras, jerséis, pantalones, botas, cinturones, mochilas, morrales, pistoleras y cartucheras. Las pistolas, poco después, se escondieron entre las ruinas de la ciudad, lo más apartado posible del hospital; las piezas de uniforme se rociaron con gasolina y se quemaron, y los elementos de piel acababan sencillamente en las alcantarillas.

Paradójicamente, lo que más les costaba a los soldados heridos no era deshacerse de sus armas, sino de los brazaletes blanquirrojos. Por lo demás, lo mismo ocurría con el personal médico, que siempre llevaba dos brazaletes: uno blanquirrojo y otro blanco con el emblema de la Cruz Roja. Quienes pudieron, se llevaron sus brazaletes y los escondieron en sus casas o entre las ruinas, con la esperanza que no tardarían en regresar a Varsovia y de que encontrarían el símbolo de aquellos heroicos dos meses de lucha.

Izaron delante del hospital una bandera blanca recién lavada y a alguien se le ocurrió pintar con trozos de ladrillos rotos el símbolo de la Cruz Roja en todas las paredes de los edificios del hospital. Para terminar, en la medida de lo posible, hicieron las camas y dieron ropa interior limpia a los pacientes. Lo mismo hicieron los médicos y las enfermeras: se pusieron delantales blancos recién lavados y brazaletes limpios con la cruz roja, emblema de la benéfica institución.

Pasados cincuenta minutos llegaron jadeantes las hermanas Bellert y se presentaron delante de su padre. Este ya tenía preparadas unas batas blancas y brazaletes de la Cruz Roja. Mientras las chicas se cambiaban a toda prisa, asemejándose al personal médico, la mayor de ellas preguntó a su padre como quien no quiere la cosa:

—Papá, ¿no tenéis ningún alemán en el hospital?

Al principio no comprendió a qué se refería, hasta que su hija le explicó la idea:

—Nos han aconsejado que para la seguridad del hospital habría que poner junto a la entrada camas con alemanes heridos o enfermos que estén en el hospital. Así, nada más entrar los nazis se encontrarán con compatriotas suyos a los que los polacos no solo no han matado, sino que les han devuelto la salud. Eso puede salvar el hospital, la vida de los médicos, las enfermeras, los enfermos, e incluso la de los insurgentes heridos. Se dice que ya ha habido casos así durante el levantamiento.

El doctor Bellert se quedó pensativo unos instantes.

—Ahora me encargo de esto —Se acercó a sus hijas, las abrazó, les acarició el pelo y las besó en la frente—. Pero hay que darse prisa. Me acaban de avisar de que el traspaso del hospital al ejército alemán va a tener lugar de un momento a otro.

—Y ¿no estaría bien salir con una bandera blanca?

—No hace falta. El edificio está bien señalado con la cruz roja y el alto el fuego ya está ha entrado en vigor. ¿Oís? Silencio. Ni un disparo...

En el porche del amplio edificio, el grupito de médicos y enfermeras del hospital castrense esperaba nerviosamente la llegada de los primeros soldados alemanes.

—Hhss. Creo que oigo algo...

Efectivamente. Desde el otro lado de la puerta llegaba el ruido de pisadas firmes y un griterío de órdenes emitidas en alemán.

—Parece que son alemanes.

—Menos mal que no son soldados de Vlasov.

—Silencio...

Alguien, desde el otro lado del portón, comenzó a dar fuertes golpes de culata y poco después una de las hojas de la puerta cayó bajo el empuje de los hombros de los soldados de la Wehrmacht. Aún no había cesado el polvo provocado por el destrozo cuando varios soldados, con sus armas listas para disparar, entraron en el edificio. Antes de que gritaran su *Hände hoch*, los miembros del personal del hospital se presentaron ya con las manos arriba, por si acaso. Los militares los cercaron y los chequearon escrupulosamente.

El oficial al mando —un hombre de pelo claro— dio orden de que sacar al equipo médico a la calle, pero entonces se escuchó una conversación en alemán desde el interior, donde estaban las primeras camas. Eran los alemanes heridos y enfermos, informando acerca de su cautividad. Querían interceder por los médicos y enfermeras polacos, previendo la amenaza que se cernía sobre ellos.

—Teniente, se presenta el *gefreiter* Schmidt. Fui capturado al principio del alzamiento y he tenido la suerte de sobrevivir hasta mi liberación. *Danke Kameraden.*

—¿Te hicieron eso los polacos? —preguntó el oficial, señalando a su pierna escayolada y recubierta de vendas.

—No, *mein Leutnant.* Fue metralla de artillería. De nuestra artillería.

—¿Y tú? —preguntó el teniente al siguiente.

—Se me vino encima un techo sobre el que cayeron las bombas de un *stuka.*

—Y a ti, ¿qué te pasa? —Se notaba que el teniente trataba de encontrar a alguien perjudicado por los polacos.

—Disentería, *Herr Leuntant.* Por falta de agua potable. Cuando los nuestros destrozaron el abastecimiento de agua y el alcantarillado me dio un patatús.

—¿Os han tratado bien? —molesto con las respuestas, el teniente siguió caminando entre las camas donde yacían sus compatriotas, observando sus rostros demacrados y examinando sus vendajes nuevos.

—*Ja, natürlich.* Nos trataron como prisioneros de guerra y en el hospital nos cuidaron igual que a sus heridos.

—La comida, *kameraden,* ¿qué hay de la comida? ¿Os daban de comer?

—*Jawohl, Herr Leuntant.* Por supuesto. Lo que tenían. Sopa, pan. Igual que a los polacos.

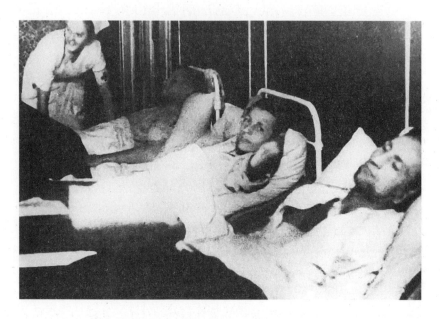

Uno de los hospitales del Levantamiento de Varsovia.
(Archivo Nacional Digital de Polonia).

EL PRIMER CAMPO DE PRISIONEROS

Otoño de 1944

El campo de prisioneros de Pruszków, Durchgangslager, llamado *Dulag 121*, se encontraba a una decena de kilómetros de los límites occidentales de Varsovia. Quienes pensaban que la guerra se había acabado para ellos después de salir de la capital, se llevaron una gran desilusión. En ese campo los alemanes siguieron mostrando su furia, las familias eran separadas, y se decidía a dedo a quién mandar a un campo de concentración, a trabajar a Alemania o a quién dejar libre. Se trataba de un terreno de algo más de cincuenta hectáreas que ocupaban naves industriales. Antes, por supuesto, enviaron las máquinas al Reich. Los nazis apiñaron allí a prácticamente toda la población de Varsovia después de la capitulación del alzamiento, a razón de unas cinco mil personas por nave, separadas estas por cercas de alambre de púas. Añadieron al muro original torres de guardia con puestos de ametralladoras. En los civiles no pensaron para nada; la gente dormía directamente sobre el resbaladizo suelo de cemento; no había acceso al agua potable.

—Tenemos que deshacernos inmediatamente del contenido de las letrinas —El doctor Bellert se trasladó al *Dulag* con todo su equipo, así que nada más llegar se dispuso a establecer un hospital en la nave número ocho—. Si no lo hacemos tendremos una epidemia de disentería como dos y dos son cuatro. La gente ya está empezando a enfermar, esto parece una plaga. Los alemanes los sacaron de sus casas en camisa y pijama. Falta ropa y mantas. De la alimentación ya mejor ni hablemos. La gente come lo que les cae en las manos.

La representante de la Oficina de Protección de Civiles (RGO) estaba destrozada.

—Doctor, por el campo ha pasado medio millón de polacos. En estas condiciones de guerra es imposible que les ayudemos a todos. Usted lo sabe.

—Lo sé, pero nadie nos exime de la responsabilidad de velar por la vida de nuestros compatriotas. Ahora está a cargo del campo la Wehrmacht, no las SS: trate usted de que dejen libres a las embarazadas y parturientas. Al menos a parte de ellas. Salvemos todo lo que podamos.

—Y que permitan salir a los dementes —añadió el doctor Jaworski, que llevaba en el campo desde mitad de agosto—. No tenemos gente ni medicamentos para ocuparnos de ellos. Y muchos recuperarán las fuerzas sin la presión que sufren en este infierno.

—¿Persuadir a los alemanes? Más fácil sería conseguir medicamentos de la Cruz Roja Internacional —respondió desalentada la representante de la RGO.

—¡Ah! Medicamentos —tomó la palabra Bellert—. ¿No podríamos conseguir los medicamentos más necesarios de las farmacias de Varsovia? No la han destruido por completo, ¿verdad?

La mujer meció la cabeza con gesto discrepante.

—Parece que no tiene usted la menor idea de lo que está pasando. Los alemanes están saqueando nuestra Varsovia, calle tras calle y manzana tras manzana. Hasta las vías de tren se las han llevado al centro de la ciudad. Todos los objetos de valor los meten en vagones y lo envían al Reich. Todo. Ventanas, lámparas, muebles, hasta los cables telefónicos los sacan de debajo de la tierra, los cortan y los meten en los vagones. Luego incendian las casas y las vuelan por los aires. Está comprobado. De nuestro campo sacaron a un grupo de jovencitos para que les hagan este trabajo de desvalijar Varsovia. He hablado con uno de ellos. Los alemanes no nos dejarán andar por la ciudad como Pedro por su casa, ni ir de farmacia en farmacia a por medicamentos.

—Y yo, estimada señora, he hablado con un bibliotecario. Resulta que consiguieron de los *germanotes* un salvoconducto para salvar la biblioteca Krasiński —Bellert miró a la representante de la RGO a los ojos—. Que nuestras autoridades traten de conseguir unos permisos así para varios estudiantes y que les permitan desplazarse a de Varsovia para que se traigan tantos medicamentos como puedan en sus mochilas. ¿Qué perdemos con probar?

Varsovianos desplazados al llegar a Pruszków. (Wikipedia)

EL DOCUMENTAL

Otoño de 1944

—Doctor, ¿cree usted que nos han dejado aquí de postre? —preguntó el enfermero que durante los últimos días de existencia del campamento de Pruszków se había convertido en la mano de derecha de Bellert para las cuestiones de logística—. En tiempos del *Sturmbannführer* Diablo sacaban del campo a todos los que habían tomado parte en el alzamiento y los mandaban a Auschwitz. Asimismo, ahora están preparando un convoy entero para nosotros.

—¿Asimismo? Y ¿qué nos están preparando? —Bellert se detuvo a medio paso.

—Un convoy. Bueno... un tren entero para nosotros.

—Sé lo que es un convoy, colega mío, solo me extrañó que se le viniera a usted a la cabeza esa palabra. Los alemanes son gente práctica. ¿Para qué ponerse a dar tiros cuando es más fácil matar con gas? ¿Para qué poner un coche-salón para nuestro hospital cuando basta con un vagón de ganado, igual que para los demás expulsados de Varsovia?

—Doctor, usted es el jefe y el jefe siempre tiene razón. Del convoy me he enterado por empleados de los ferrocarriles. Sale mañana a las nueve de la mañana.

Efectivamente, al volver a su puesto, Bellert se encontró con que los alemanes habían dado orden de evacuar totalmente el hospital. El personal y los pacientes debían estar listos con su equipaje junto a la rampa, a las nueve de la mañana en punto.

El tren se detuvo lentamente. Para extrañeza del personal del hospital, todos los vagones llevaban la cruz roja bien visible. Eran unos *pullman* militares bien decentes, de esos que hasta hace poco los alemanes usaban para el transporte de sus heridos del frente oriental. Los últimos vagones de la caravana, ya normales, de mercancías, iban adornados con gigantescas lonas con una cruz roja.

—¿Qué espectáculo estarán montando? —se preguntaba Bellert, sobre todo desde que advirtió que en la rampa se encontraban los comandantes alemanes del campamento, que no veía desde hacía tiempo, con los uniformes recién planchados.

Todo quedó claro poco después, cuando llegaron los camiones con el equipo de filmación. Los operadores dispusieron las cámaras y, a pesar de que ya era de día, encendieron los potentes reflectores para que la grabación fuera más expresiva y las imágenes se presentaran con mayor claridad. Incluso había en el andén un encargado de sonido, micrófono en mano, grabando el ruido que hacían los enfermeros al meter a los pacientes en el tren.

De uno de los viejos camiones se bajó un joven oficial. Bellert reconoció en él al teniente que fue el primero en entrar en su hospital en los primeros instantes tras la firma de la capitulación.

—*Gutten tag, Herr Doktor*. El mundo es un pañuelo... —El alemán tocó con la mano la visera de su gorro. Bellert respondió con una inclinación de cabeza. —Como usted puede ver, los alemanes respetamos la convención de Ginebra —dijo lentamente—. El hospital enemigo será evacuado a la retaguardia con todas las garantías. Ni un pelo se le caerá a los pacientes.

Ni a los médicos, ni a las *pildorillas*. ¿Pildorillas? Es así como llamáis en polaco a las enfermeras, ¿verdad? Una evacuación segura. Y nosotros haremos que el mundo la admire en una hermosa película.

Bellert tragó saliva. El rubio oficial se dio la vuelta para que el resto de los alemanes no lo viera y añadió, bajando algo la voz:

—... El tren va a Cracovia. Y de allí no se mueve. ¿Me entiende usted, doctor? De allí no se mueve. Dígaselo usted a sus subordinados, para que no hagan ninguna tontería por el camino. Estáis completamente a salvo —El oficial se dio de nuevo la vuelta y se llevó consigo a Bellert en dirección al tren. Volvió a hablar en el mismo tono de antes. —Un valeroso médico, igual que el capitán de un barco, es el último en abandonar su puesto. Esto también hay que mostrarlo. Hay que demostrar ante las cámaras que nosotros, los alemanes, sabemos respetar a la gente valiente.

EL COMIENZO DEL ÉXODO

Enero de 1945

El último toque de diana en KL Auschwitz tuvo lugar el diecisiete de enero. Según los informes, en Auschwitz y Birkenau quedaban enton- ces treinta y dos mil prisioneros, mientras que en los campos secun- darios había treinta y cinco mil más.

Unos días antes había comenzado una nueva gran ofensiva del Ejército Rojo y era evidente que el frente llegaría a Oświęcim de un momento a otro. Sin aguardar al desarrollo de los acontecimientos, los alemanes pusieron en marcha el plan que habían previsto unas semanas antes: la evacuación a pie de los prisioneros que fueran capaces de andar. Durante aquellos días de enero, de KL Auschwitz y de los otros campos, partieron en columnas entre cincuenta y seis mil y cincuenta y ocho mil personas. Solamente unos pocos serían enviados en dirección oeste en transportes ferroviarios organizados a toda prisa. A la mayor parte de los reclusos los hicieron andar hacia Wodzisław Śląski y Gliwice. A quienes quedaban atrás o tra- taban de escapar, les pegaban un tiro directamente. Así, durante estas letales jornadas de evacuación a las que luego se les dio el nombre de «marchas de la muerte», serían asesinadas entre ocho mil y quince mil personas.

En el campo matriz y en los secundarios quedaban aún unas nueva mil personas, casi todos enfermos, extenuados por el hambre y desprovistos de fuerzas, incapaces de caminar. Los alemanes habían previsto asesinarlos, pero, por fortuna, el rápido avance de las tropas soviéticas y el decaimiento de la disciplina en las filas de las SS hicieron imposible la ejecución del proyecto. Además, poco después se fugaron bastantes de los guardianes de Auschwitz, tras volar por los aires los edificios de los hornos crematorios e incendiar los almacenes de objetos robados.

EL CAMINO

Enero de 1945

Abrió los ojos lenta y soñolientamente cuando un copo de nieve se posó en su nariz, cosquilleándola con vehemencia. No estornudó, sino que bizqueó los ojos sin querer para observar al intruso. Luego cerró el ojo izquierdo y con el derecho contempló admirada la forma perfecta del copo. Pero la blanca estrella de seis brazos desapareció rápidamente al contacto del calor de la piel y de la débil respiración, dejando en la nariz una gota de agua. Otro copo danzó delante de su rostro y, curioso, se dejó cazar con la palma de la mano. Esa insignificante partícula de agua congelada en algún lugar de la inmensidad del cielo se disolvió al instante entre sus torpes, enjutos y entumecidos dedos. Un tercer copo aterrizó en su escuálido antebrazo, exactamente en la manga de su sucia y agujereada chaqueta de amplias rayas blanquiazules. Observando el mundo exterior y jugando con los copos de nieve logró salir de esa esponjosa esfera que la aislaba y recobrar la plena conciencia. Cuando otro copo más cayó en su rostro casi morado, Zosia Stępień, nacida en Radom hacía veinticinco años, exmiembro de la resistencia polaca en los Rangos Grises y en la Unión de la

Lucha Armada, volvía a saber dónde se encontraba y qué era lo que esperaba. Poco a poco se le pasó la rigidez del cuerpo después de un largo rato expuesto al frío y a la nieve. Pero le volvió también el dolor a sus miembros descongelados y la consciencia de su trágico destino.

—¡Raaaus!

El SS le gritó casi al oído y la chica y las prisioneras que estaban junto a ella se enderezaron de inmediato. Una fila de figuras encogidas por el frío y vestidas con trajes de rayas onduló y se puso en marcha. Mientras atravesaban el estrecho portón, los reclusos se retraían con los golpes que les propinaban los *kapo* con sus porras y los SS con las culatas de sus armas, mientras se atemorizaban ante el furioso ladrar de los perros que trataban de escabullirse de sus siniestros dueños. Sin duda, aquellos comportamientos provocaban a los integrantes de la cola un estimulante interés para ir a buen ritmo. Al llegar a la carretera principal, el avance de la columna comenzó a asemejarse a una maratón. La gente iba andando deprisa o trotando para alcanzar a quienes iban delante de ellos. Los alemanes tenían mucha prisa. No era de extrañar, la marcha a paso ligero les ayudaba a entrar en calor. Pero el motivo fundamental de su excepcional apremio era el estrépito de los cañones que llegaba del este y que era perfectamente audible. Tanto para ellos como para los prisioneros estaba claro que, después de muchos meses de estancamiento, el frente oriental se movía y que los tanques de la estrella roja podían llegar de un día a otro a la plaza de Oświęcim y hacer añicos el vallado de KL Auschwitz, dejando así en libertad a miles de personas. Para los asesinos de las SS, la ofensiva y la liberación de los campos de la muerte supondrían, en el mejor de los casos, un tiro en la sien.

Después de varios kilómetros de rápida caminata cayó al suelo la primera víctima de lo que luego llamarían la «marcha de la muerte». Y eso que los alemanes habían elegido, al evacuar el campo, a los individuos más fuertes, garantía de mano de obra servil duradera para la economía y la industria armamentística del III Reich. Un prisionero demacrado hasta el límite de lo imaginable había tropezado varias veces ya durante el trayecto, hasta que finalmente, desposeído de sus fuerzas, se arrodilló en mitad del camino, como pidiendo a Dios su apoyo. El SS que estaba cerca, parecía haber estado esperando ese momento. Se acercó al desdichado por detrás, le puso el cañón de la pistola en la nuca y apretó el gatillo. La bala, disparada de cerca, se llevó un buen trozo del cráneo, rociando de rojo el blanquecino arcén. El alemán siguió adelante, pero el cadáver quedó medio sentado en una extraña pose, bloqueando el movimiento de la columna de esclavos, figuras que ya solo semejaban ser sombras grises. Los presos que venían detrás debían esquivar el cadáver acuclillado. Un guardián quiso despejar el camino con la ayuda del *kapo* del siguiente grupo, se acercó al difunto y trató de echar el cuerpo al arcén. Le dio un empujón con tan mala suerte que todo el contenido del cráneo, destrozado por el disparo, se vertió sobre la carretera, llenando también las manos del soldado de gelatinosos sesos. El SS se estremeció asqueado, dejó el cadáver y se alejó rápidamente mientras se limpiaba con nieve las manos y las mangas de su abrigo.

La columna siguió su marcha y los copitos que caían ahí y allá cedieron su puesto a una potente nevada. Otra vez aislada en su mundo, Zosia Stępień sacaba fuerzas de flaqueza y ya era incapaz de ir contando los infinitos copos que, mecidos por el viento, caían a su alrededor. Caminando como un robot, con la espalda llena de sudor, pero congeladas las manos y los pies, ahora se dedicaba a contar, uno en uno, los presos que caían y que eran después asesinados como animales. Después del hombre con el cráneo reventado, el siguiente cadáver era el de una mujer acuclillada en la cuneta, a la que un SS le había pegado un tiro. Luego había una docena más de cuerpos inertes a lo largo del arcén. Cuando la columna llegó a un bosque, los árboles le dieron algo de protección frente al viento y el frío se hizo menos intenso. Allí la muchacha cobró algo de aliento y su paso se volvió más firme y regular. Paradójicamente, precisamente era en el bosque donde había más cadáveres de presos de los grupos que iban por delante. Cuando Zosia contabilizó al número ciento catorce, los guardianes tuvieron la benevolencia de decretar un descanso.

—¡Haaalt!

Las reclusas, sollozando y maldiciendo por lo bajo a los alemanes, cruzaron rápidamente el arcén y se tumbaron directamente en la nieve en un claro. Zosia hizo lo mismo, pero mientras sesteaba, el gélido ambiente le hizo perder rápidamente todo el calor que había acumulado durante la marcha. Se despertó entumecida, sentía que su chaqueta de presidiaria, llena de sudor hasta hacía un momento, se había convertido en un caparazón de hielo. Había perdido el tacto en los dedos de las manos y se los fue metiendo uno a uno en la boca hasta el fondo y chupándolos para hacerlos entrar en calor. Cuando los nazis volvieron a dar orden de retomar la marcha, la chica se levantó más cansada y congelada que antes de la pausa. Una pesadilla. Tuvo que aprender a caminar con las piernas ateridas y rígidas.

Cuando su grupo estaba atravesando otro bosquecillo, se separó de la columna una joven embarazada, totalmente agotada. Atravesó el arcén por pura inercia, con paso titubeante, y se abrazó al primer árbol que encontró en su camino. Se dio la vuelta y se apoyó en el tronco, agarrándose también con el brazo para no caerse. Absorbía el aire con la boca bien abierta y, al exhalar nubes de aliento, sus seguramente enfermos pulmones emitían lastimosos silbidos.

—Hilfe —Fue lo único que consiguió decir, resoplando. El SS se acercó a la mujer y se quitó el fusil del hombro. Se miraron unos instantes a los ojos y luego el verdugo se puso rápidamente en posición de disparar, apuntando primero al estómago de la embarazada. Sonó un disparo y luego otro más, que esta vez destrozó la cabeza de la mujer.

Los presos, a los que metían prisa incesantemente, no prestaban demasiada atención a este tipo de situaciones. Seguían hacia el oeste como un rebaño. Incluso quienes pudieron ver la ejecución de la embarazada no se detuvieron en su caminar —Durante aquel recorrido se habían inmunizado ya de la bestialidad germana, apremiados en su marcha a ciegas por los látigos, culatas y porras de los alemanes. Horas más tarde, las fuerzas volvían a abandonar a Zosia Stępień. Andaba cada vez más lentamente, arrastrando los pies, sacando de su enjuto cuerpo las últimas reservas de energía, pero a cada paso la adelantaban más compañeras.

Había ya oscurecido cuando la columna llegó a otro extenso bosque. La espesura de los árboles atenuaba un poco el ímpetu del viento. El pesado respirar de las extenuadas mujeres y el crujido de la nieve bajo sus pies resonaba en las paredes de la floresta. A veces llegaba a sus oídos desde el final de la columna, cada vez más cercana, el ladrido de los perros y, de vez en cuando, un estruendoso disparo acompañado del sonido de un cuerpo que se desmoronaba.

Zosia se sentía cada vez más débil. Era consciente de que permanecer al final de la columna suponía morir. Y ella tenía tantas ganas de vivir... Para sus padres, para su hermano, pero sobre todo para sí misma... ¡Ansiaba tanto estar en casa, lejos del infierno germano! Del rabillo del ojo se le escapó una lágrima, único testigo de su fugaz debilidad. Pero apretó los labios y se propuso luchar hasta el final. Arrastrando sus indóciles piernas, se había quedado inconscientemente en la última fila de la columna, la más expuesta a los golpes de los guardianes y a sus balas, que ponían punto final a los problemas mundanos de los prisioneros.

Y entonces ocurrió un pequeño milagro. La muchacha encontró en los recovecos de su memoria las palabras de un villancico tiempo atrás olvidado y, tarareándolas interiormente, comenzó a caminar al ritmo de la melodía.

Bóg się rooodzi, moc truchleeeje.

Claro, es una polonesa, uno de los villancicos polacos más conocidos. Se acordó por un momento de su baile de graduación, en el que el baile de la polonesa es siempre algo obligado. Debió ser en otro mundo. No se sabe cuándo, antes de la guerra. Cogió finalmente el ritmo y encontró la paz de espíritu. Ya nadie la adelantaba, incluso fue capaz de ir avanzando posiciones, dejando atrás la peligrosa cola del grupo. Mientras dejaba atrás a quienes le servían de guía, con esa nueva e inesperada dosis de energía, de repente vio como caía al suelo la mujer que la precedía. Zosia se detuvo involuntariamente y ayudó a la pobre chica, rebozada en nieve. Era una adolescente, menuda, agotada y completamente sola en medio de ese grupo, igual que Zosia. Estaba tan débil que andaba a trompicones y además llevaba a sus espaldas un hatillo de tamaño considerable.

—Deja eso, irás más ligera —le dijo Zosia en una pausa para tomar aliento.

—No puedo... —Se resistía la chica— Tengo ahí pan. Si lo tiro, me moriré de hambre.

A pesar de las protestas, Zosia tiró al suelo el petate de la chica y le dio una patada en dirección al arcén. Entonces, la desconocida se echó a llorar.

—Déjalo —Zosia se puso a consolar pacientemente a su nueva amiga, tomándola de la mano y llevándola hacia adelante por la fuerza—. Yo tengo pan, iremos juntas y compartiré la comida contigo. Si no te quedan fuerzas para llevar nada encima...

Desde entonces, esas dos almas solitarias fueron juntas en la marcha de la muerte. La adolescente, a pesar del cansancio, le contó a Zosia su historia. Era judía-polaca, proveniente de las cercanías de Radom. Ahora no le quedaba a nadie en el mundo. Los alemanes habían matado a sus padres. No tenía dónde ni con quién volver, ni para quién vivir. Conforme le contaba sus vivencias, la chica se ponía cada vez más luctuosa, perdiendo así muchas energías. Finalmente, Zosia decidió zarandear a su compañera.

—Déjate de lloriqueos. Te vendrás conmigo, a mi casa. Estaremos juntas. Te lo ruego, haz acopio de fuerzas para llegar hasta el amanecer. Por la mañana, cuando brille el sol, ya será más fácil.

La chica se calmó y durante un cuarto de hora caminó con paso regular. Pero luego se cayó de repente. Con sus últimas fuerzas Zosia la levantó y la empujó hacia adelante. Nadie las ayudaba y las últimas sombras de prisioneros que avanzaban a duras penas las adelantaban sin mediar palabra. Volvían a acercarse peligrosamente al final de la columna. Zosia debía ir arrastrando a la agotada muchacha y ella misma estaba al límite de sus fuerzas. Estaba totalmente acalorada, las gotas de sudor recorrían su rostro. Si los soldadotes de las SS decidieran hacer una breve pausa, quizás podría salvar a la judía.

Cuando la chica cayó por tercera vez, Zosia fue ya incapaz de levantarla. Zarandeando el cuerpo inerte de su nueva amiga, comenzó a pedir ayuda. Unos brazos serviciales agarraron a Zosia y la llevaron hacia adelante. Arrastrada por la fuerza de las manos, semiinconsciente por el cansancio, aún no se había dado cuenta de que solo ella había recibido ayuda. De que su pequeña y desdichada protegida a la que apenas un rato antes había ofrecido sus cuidados y una vida juntas para siempre y que nunca la abandonaría, se había quedado sola en el camino. Cuando unos instantes después sonó el disparo, su eco resonó en las paredes del bosque y permaneció en la memoria de Zosia Stępień hasta el fin de sus días.

KL Auschwitz II-Birkenau. Un grupo de judíos en dos columnas —a la derecha los hombres, a la izquierda mujeres y niños— antes de la selección. Al fondo se ve el portón principal del campo. A la derecha las barracas del campo de mujeres, 1944 (Archivo del Museo Nacional Auschwitz-Birkenau)

Portón principal del campo KL Auschwitz. Sobre el portón se ve la inscripción en alemán Arbeit macht frei (El trabajo os hará libres). Fotografía tomada tras la liberación, mayo de 1945 (Archivo del Museo Nacional Auschwitz-Birkenau)

Interior de una barraca. (Wikipedia)

PERIODO DE TRANSICIÓN

Enero de 1945

Una explosión alborotó el ambiente, y luego otra más, y otra más. Sonka, prisionera soviética, ya estaba a punto de salir corriendo de la barraca al grito de:

—¡Ya ha empezado!

O al de:

—¡Vienen los nuestros!

Pero reprimió su entusiasmo un judío del *Sonderkommando* que estaba muy cerca de ella.

—Han volado por los aires el crematorio. Están borrando sus huellas —Y luego añadió—. Ahora nos toca a nosotros.

Y siguió su camino, arrastrando los pies. Antes de que la dotación del campo pudiera ocuparse de organizar una nueva columna, las *SS- Aufseherinnen* parecían haberse vuelto locas. Iban de un lado a otro del patio trayendo papeles, luego los echaban en una pira y los rociaban con gasolina. Pasado un rato, las voraces llamas se apoderaron de la documentación del campo, destruyendo las pruebas de sus crímenes.

Una de las presidiarias responsables de los documentos —a las que llamaban *schreiberka*— trató de esconder parte del registro de los presos, pero la denunció una compañera. Los papeles que había tratado de ocultar tras un armario acabaron también en la hoguera. Cosa extraña: la *schreiberka* no sufrió ningún castigo por tamaña insubordinación. Las chicas de las SS se comportaron como si tal cosa. La reclusa delatora, a la que sus compañeras empezaron a golpear, se excusó diciendo que no podía permitir que quedara algún resto de su condena. De su condena a muerte. Ahora sus documentos estaban ardiendo, así que podía morir inocente. Las compañeras, al oír este razonamiento la dejaron en paz, considerando que la chica no estaba en sus cabales.

Los alemanes preparaban las maletas con rapidez inusitada y parecían no prestar atención a los reclusos. Los prisioneros polacos llevaron desde la zona de hombres una gran caldera en la que se solía transportar la sopa. Esta vez llevaban en ella ropa femenina... y la noticia de que por la noche tendría lugar la *Evakuierung*. Las prisioneras se dispusieron a preparar su indumentaria para la larga marcha.

—¡Venga ya! No van ponerse a pasear a sesenta mil personas, así por las buenas. Demasiado trajín —intentaba explicar una de las presidiarias.

—Les somos útiles en sus fábricas. No vale la pena matarnos. Nos meterán por el camino en un tren y ya está. Si quisieran triturarnos, podían haberlo hecho aquí cien veces.

Hay que reconocer que sonaba sensato. Nada pasó antes del anochecer. Fue a las tres de la mañana cuando sonó el toque de diana. Una vez reunidos todos en el patio, no permitieron a nadie volver a los bloques. Cada preso podía llevar consigo pan, margarina y algunas latas de carne en conserva. Llevaban ropa de civil con franjas hechas de pintura al óleo. Solamente alguna que otra jefa de bloque, por su propia condición, pudo pintar su ropa con algo fácilmente lavable. Algunas de las presas sostenían que debía ser pintalabios, tal vez regalo de algún amante de las SS.

—O los rusos nos liberan por el camino, o los americanos. Porque si no, tiro para el bosque y me largo —decía desafiante Boleslaw. Era alto como un pino y visible desde bien lejos.

—Bolek —intervino un camarada—, cuando los alemanes nos trajeron a este campo, y te acordarás, cuando salimos del tren y había una orquesta tocando... Y ahora no hay nadie agitando ni un pañuelo, salimos de puntillas y en silencio, como un cortejo fúnebre... *Panta rei* y *tempus fugit,* como dicen los curas en los entierros.

—Retira eso que has dicho y escúpelo, Józek. ¿Has visto alguna vez un cortejo tan largo?

LA EVASIÓN

Enero de 1945

Boleslaw fue el primero en advertir un cubo lleno de agua y dos jarras de estaño junto al camino. Se bebió de un trago el contenido uno de los recipientes.

—Debemos estar todavía en Polonia, Józek. En el Reich nadie habría sacado agua a unos presos.

Se acercaban a una pequeña y somnolienta localidad. Oscurecía. Józek, que estaba cerca del gran Bolek, le mostró con el dedo las ventanas de unas casas de la aldea.

—Han puesto cirios. Es por nosotros. Quizá están rezando por nosotros.

—¿Qué me dices? —dudó Bolek— Es una vela como otra cualquiera.

—¿Sabes de algún campesino que desperdicie una vela en la ventana cuando no hay tormenta, Bolek? No tienes ni idea. Tan burguesote y tan cipote, eso te digo.

Desde la parte delantera de la columna les llegaron unos extraños ruidos. De lejos veían que un SS iba en bicicleta, elevando el manillar como si fuera un caballero encabritando a su valeroso rocín, y luego lo hizo bajar a tierra con brío y violentamente.

Poco después supieron lo que había ocurrido. El alemán no quería gastar munición en un prisionero moribundo, así que le partió la laringe con pericia usando la rueda de la bicicleta.

Cerca de allí, junto a un cruce de caminos, yacía, con los brazos estirados, otra víctima. Era una niña lugareña que había estado a cargo de unos jarros con agua para los prisioneros y que mostraba un pañuelo en su cabeza agujereado por dos impactos de balas. Debía llevar así desde por la mañana porque su cuerpo aparecía rígido por el frío.

—Durante las paradas no lograremos escapar —dijo Boleslaw con indiferencia.

—Cuando vamos por el bosque también están muy atentos. Si acaso, hay que intentarlo ahora, detrás de la última fila de chozas. Y pitando al bosque. Si lo logramos, si llegamos allí, ya no nos perseguirán: no tienen gente. Nos dispararán los hijos de putas, pero con esta oscuridad... Pero hay que dar caña. Bueno, y tener suerte. ¿Tú tienes suerte, Józek? —preguntó Bolek con aire provocativo.

—Bolek, tengo las piernas tan desolladas que no podré correr. No cuentes conmigo. Vete solo —respondió Józek mientras negaba con la cabeza—. ¿Suerte...? Suerte la tengo yo cojonuda de haber llegado hasta aquí. Y de que nadie nos ha reconocido.

—Pues eso. Cuando pasen lista al llegar verán quienes somos y no se andarán con miramientos. Y ahora parecemos unos presos corrientes. Józek, como quieras. Yo me arriesgo. ¿Sabes el chiste de la princesa?

—¿De qué princesa? —se extrañó Józef, que creía conocer todos los chistes y dichos chabacanos que Bolek contaba en Varsovia.

—Ahora te lo enseño —Cuando se adentraron en la sombra que daban las últimas chozas, Bolek miró a ambos lados y dijo— «¿Suspiráis, princesa?» «No, me quedo un ratito más».

Pues nada, ahí te quedas —Y de un brinco se metió entre las casas.

Portón de entrada a KL Auschwitz II-Birkenau y ramal interior de ferrocarril. El suelo
lleno de recipientes. Foto S. Mucha, febrero/marzo de 1945
(Archivo del Museo Nacional Auschwitz-Birkenau)

LA CACERÍA

Enero de 1945

El cabo, conocido como Sturmmann en los *escuadrones negros* de Hitler, se abrochó pedante el botón superior de su abrigo, se echó el fusil al hombro y salió de la garita. Se enderezó y tomó una buena bocanada de aire fresco, glacial. Echó una mirada al cielo encapotado y a los copos de nieve que caían levemente. Se estremeció y volvió rápidamente a la caseta. Allí se echó también encima una gran capota de piel de cebellina, seguramente hurtada a algún importante judío que ya había abandonado el campo pasando por la chimenea del horno crematorio. Herméticamente abrigado, el cabo volvió a salir de la caseta y esta vez, vencedor en su combate con el frío, se encaminó gallardo a la zona que le correspondía vigilar. No prestaba atención a los demás guardianes que iban de acá para allá, ni a los prisioneros en traje de rayas que trataban de ocultarse a su mirada. Igual que los demás alemanes, era consciente de que la disciplina en el campo había menguado súbitamente y la causa era el rápido avance de las tropas soviéticas —él mismo podía oír nítidamente en ese instante el bramido de los cañones soviéticos— y la evacuación de la mayoría de los prisioneros y guardianes. El SS llegó a su área de vigilancia y allí, junto a la atalaya, se encontró con otro alemán. El *feldfebel* (sargento o, según la nomenclatura de las SS, Oberscharführer) que llevaba un abrigo de piel, una ametralladora que colgaba sobre su pecho y un cortador de alambre, saludó amistosamente al cabo. Parecían haberse citado y se dirigieron con paso veloz hacia uno de los almacenes, cuya puerta había cerrado cuidadosamente con cadena y candado. El sargento cortó la cadena con un movimiento veloz y sacó el candado, que colgaba ya holgado. Entonces el cabo apoyó con fuerza los pies en el suelo y descorrió la puerta de par en par. Entraron en el almacén e inspeccionaron los cestos llenos de remolachas y los estantes cubiertos ordenadamente con hogazas de pan negro y duro, pues llevaban varios días sin repartir las raciones. El tipo del abrigo negro tomó unas cuantas remolachas y las esparció delante de la entrada. Lo mismo hizo con unos cuantos panes el cabo del abrigo de pieles. Salieron del almacén, dejando las puertas abiertas, pisotearon la comida que habían arrojado sobre la nieve y se encaminaron hacia la atalaya. A medio camino el sargento se escondió tras la esquina de un edificio y preparó la ametralladora para disparar. Mientras tanto, el cabo se encaramó trabajosamente por la escalera de la torre. Allí, acalorado por el ejercicio y por lo excitante de la situación, se quitó las pieles. Luego ajustó la mira a la distancia estimada, apuntó con el arma a la puerta del almacén y se dispuso a esperar pacientemente.

No tardaron los esqueletos de color azul grisáceo, vestidos únicamente con traje blanco de rayas, en enterarse de que había comida delante de la barraca abierta. Comunicándose entre sí en las más diversas lenguas europeas, comenzaron a acudir en tropel al almacén de alimentos. Al principio, los que iban en vanguardia mostraban muchas precauciones y miraban nerviosamente a uno y otro lado. Pero al ver de cerca en la nieve el pan pisoteado por la bota del soldado, la necesidad de saciar el hambre pudo al sentido común. El gentío, cada vez mayor, se puso a coger pedazos de pan y de remolacha de la nieve. Algunos se metían el alimento directamente en la boca, otros huían rápidamente con su botín en la mano. Poco después ya se había montado una buena trifulca junto a la entrada y los seres esmirriados trataban de quitarse unos a otros trozos de comida.

La bulla y la pelea junto al almacén era la señal que esperaban los SS que habían tendido la trampa. El primero en disparar fue el cabo desde la torre. Apuntó cuidadosamente y apretó el gatillo con satisfacción, liquidando a uno de los subhumanos. Un alto y enjuto preso que llevaba un raído capote a rayas cayó con los brazos extendidos y hendió su rostro en la nieve. Ahora era el turno del sargento, que salió de detrás de la esquina y soltó una ráfaga de balas a los arremolinados y totalmente sorprendidos reclusos. Descerrajó un cargador entero, promoviendo una sangrienta brecha en la multitud, y volvió a ocultarse tras la pared para reponer munición. Varios cuerpos acribillados cayeron inertes. El resto de la turba se dispersó en todas direcciones, sin saber exactamente de dónde venían los tiros. Algunos de los heridos se arrastraban, derramando sangre abundantemente sobre la nieve fresca. Pero, curioso, la mayoría de ellos, ingenuamente, no se dirigía hacia un lugar seguro, sino hacia la puerta del almacén. A aquellos, oculto en la atalaya, el cabo los iba liquidando sistemáticamente con su infalible *máuser*.

Después de varias idas y venidas de la hambrienta jauría humana, el sargento ya había agotado todos sus cargadores. Sus certeras balas habían masacrado algo más de una docena de cuerpos que se volvían rígidos al contacto del frío lecho. El suboficial de la SS hizo señas desde lejos al cabo indicándole que no le quedaba munición. Se despidió y se encaminó al cuartel de las SS tan contento. Al soldado de la torre le quedaba todavía un buen rato hasta el cambio de guardia. Aunque ahora que había menos rigor nadie los vigilaba, el celoso cabo decidió permanecer en su puesto hasta el final. Lo hizo gustoso, pues le quedaba bastante munición que previsor se había guardado en los bolsillos, y su arma disparaba solo una bala cada vez que apretaba el gatillo en vez de treinta, como ocurría con la ametralladora de su impaciente colega.

Así que se propuso jugar a los cazadores, buscando víctimas entre quienes se arrastraban en busca de pan. La chusma, espabilada y precavida, ya no iba corriendo a toda prisa hacia el almacén, sino que reptaba, tratando de mantener el cuerpo lo más cerca posible del suelo y de esconderse en los recovecos del terreno o detrás de los cadáveres. Ahora era más difícil acertar. El alemán lo sabía y disparaba con menos frecuencia, pero, eso sí, apuntaba con más esmero y lo hacía ciertamente con mejor puntería. A pesar de eso, algunos presos lograron alcanzar su objetivo. A algunos les bastaba con arrancar unas migajas de las manos inertes de sus compañeros; otros, más valientes, apuntaban más alto y llegaban a entrar en el almacén y pasaban unos instantes hurgando entre los duros panes negros; los más fuertes sacaban dos hogazas y los más débiles debían conformarse con llevarse un pan, que agarraban con sus manos temblorosas y endebles. Con la comida en su poder, se olvidaban de su seguridad y salían del almacén como alma que lleva el diablo hacia sus barracas. Varios fueron alcanzados entonces por las balas del inmisericorde del SS que, repantigado en la atalaya celebraba cada diana con una sonora carcajada, como si le hubiera hecho a alguien una buena jugarreta.

Los más impacientes, ya en el almacén, despedazaban los panes y se ponían a comer, tratando de engullir a grandes bocados. Se atragantaban al hacerlo, tosían, pero no cesaban para rellenar lo más rápidamente posible sus vacíos y caídos vientres. Una mujer menuda consiguió entrar en el almacén a rastras. Allí agarró la hogaza que tenía más a mano y trató de partirla por la mitad. Pero ella estaba tan débil y el pan tan duro por el paso del tiempo y por el frío que no le bastaban las fuerzas. Por desgràcia, pasó demasiado tiempo forcejeando en cuclillas junto al portón. En esa incómoda pose dio con ella el francotirador alemán. Sonrió alegre al meter en la recámara el último cartucho. Apuntó cuidadosamente y apretó el gatillo. La bala taladró el aire, cruzó la estancia y alcanzó a la mujer justo en el corazón, atravesando en su fatídico camino el duro pedazo de pan que estrechaba contra su pecho.

Tramo B II y vista de las barracas de madera en el campo de Birkenau tras la liberación, febrero de 1945 Foto Mazelev. (Archivo del Museo Nacional Auschwitz-Birkenau)

MAGNANIMIDAD

Enero de 1945

Al transitorio caos que sucedió a la gran evacuación del campo de Birkenau le puso fin un grupo de la SS llegado inesperadamente. No se sabía si era un destacamento de la Waffen SS perdido en el frente o una unidad enviada a propósito por la jefatura del campo matriz con el fin de borrar las huellas de los crímenes alemanes y de eliminar a los prisioneros que permanecían aún con vida. Procedían del este. Llegaron en vehículos y durante media jornada se convirtieron en amos de la vida y la muerte en Birkenau. El oficial al mando del grupo se puso manos a la obra con brío e implantó inmediatamente el orden y la disciplina germanos. Lo primero fue fijar las horas y lugares de las guardias, un servicio que habrían de cumplir los guardianes del campamento que aún quedaban a disposición. Luego concentraron en varias barracas a los prisioneros que podían caminar, trataron de contarlos con exactitud e hicieron un registro. A los demás, agonizantes o incapaces de levantarse por sí mismos, los dieron por perdidos y los abandonaron a su suerte en los demás barracones ya vacíos. Inmediatamente después tocaron diana y los prisioneros serían agrupados presurosamente para pasar instrucción bajo la amenaza de las porras de los guardianes y formar cuadrados perfectos. El oficial nazi desfilaba con rapidez entre las hileras, pero se le notaba menos altanería y seguridad de sí mismo. No llevaba el uniforme negro sino un chaquetón militar de color blanco por fuera para poder camuflarse en la nieve, llegado el caso. Pero el uniforme ya no estaba tan blanco. Se notaban en él las penurias de los últimos días, distinguiéndose en la prenda extensos lamparones de suciedad gris e incluso herrumbrosas manchas, quizá de sangre coagulada hacía tiempo. No llevaba en la mano una fusta ni una porra —cosa solían tener los jefes de la SS del campo—, solo una pistola ametralladora que le colgaba del hombro. Se veía que tenía prisa porque después de desfilar de un lado para otro entre las filas de seres con trajes rayados comenzó un rápido discurso que fue traducido inmediata y sucintamente a varios idiomas por un intérprete.

—*Ja, gut.* Los alemanes somos magnánimos. Os vamos a dar de comer y os llevaremos a otro campamento. Nadie puede quedarse porque todos los barracones han sido minados y van a volar por los aires. El que se quede lo hará bajo su propia responsabilidad y morirá con total seguridad. Si no bajo los escombros de los edificios, será a manos de los bolcheviques. Por eso doy orden de evacuar el campo por etapas. En el primer grupo saldrán solo los judíos. En los siguientes, los demás prisioneros. Judíos, ¡un paso al frente, ahora!

En respuesta al categórico llamamiento del oficial, las filas de prisioneros se mecieron ligeramente, pero nadie quería ser el primero en moverse. La falta de reacción y la resistencia de aquella turba grisácea irritaron al alemán.

—*¡Juden vortraten. Raus!*—gritó a voz en cuello y entonces los más temerosos de entre los prisioneros comenzaron a salir de sus filas y se colocaron en una nueva columna. En medio de esa masa estaba Kazia, una quinceañera de Lódz, quizá la persona con más miedo del mundo en esos momentos. Dos adolescentes que antes se encontraban al lado de Kazia, hermanas gemelas, también de Lódz, se disponían también a salir de su hilera, pero en el último instante las detuvo una polaca que las agarró discretamente del brazo y les dijo al oído:

—Quietecitas. No digáis ni mu... —y se quedaron quietas.

Unos doscientos hebreos conformaron rápidamente una columna que los SS rodearon por completo. Poco después esta columna partió, con el oficial alemán a la cabeza. Pero, cosa extraña, no se dirigió hacia uno de los caminos que llevaban a la salida de Birkenau, sino que tomó una senda entre las barracas que conducía directamente al lugar donde antaño se encontraba el crematorio, que había sido volado por los aires. Los demás prisioneros, acongojados, permanecieron aún un largo rato en formación, tratando de escuchar los disparos, pero no se oía nada.

Tampoco dieron a los demás grupos orden de ponerse en marcha. Después de esperar durante una hora al oficial de las SS, los guardianes mandaron a los presos a las barracas. Parecía que estaban más preocupados de salvar el propio pellejo que de cumplir a rajatabla las órdenes que habían recibido hacía unas horas.

Entre tanto, el oficial del abrigo blanco condujo presto la columna de judíos hasta la otra punta del campo. Algunos reclusos pensaban ingenuamente que en algún lugar detrás de las últimas barracas y de los almacenes, envueltos en las llamas y en una espesa nube de humo negro, habría en la valla una nueva salida directa hacia el oeste. Pero, cuando el grupo pasó las ruinas del crematorio y se acercó a una fosa recién excavada, el oficial dio orden de detenerse, supuestamente para distribuir el pan para el camino. A pesar del tono tranquilizador del comandante, los soldados, arma en mano, cercaron más estrechamente al gentío. Los judíos, por su parte, se apiñaron, ya muy temerosos por su destino. Seguramente ninguno de ellos se había dado cuenta de que los SS habían calado las bayonetas en sus fusiles durante el breve trayecto.

Unos instantes más tarde los asustados presos tuvieron una momentánea sensación de seguridad, pues varios camiones se acercaron hasta el lugar donde los alemanes armados los tenían rodeados. Los ingenuos reclusos supusieron que eran los alimentos prometidos. Algunos, en un inexplicable brote de optimismo, llegaron a fantasear que se trataba de un convoy organizado exprofeso para ellos.

Pero se trataba solo de una farsa para mantener engañados a los cada vez más intranquilos judíos. Cuando los soldados alemanes abrieron las cajas de los camiones, resultó que estas estaban llenas de herramientas, martillos, palas y varas metálicas afiladas expresamente. Las compuertas se desplomaron con estrépito. Esa era la señal para el destacamento. Al parecer, el comandante había decidido ahorrar munición y llevar a cabo por otros medios el exterminio de los reclusos. Comenzaron los soldados que estaban armados con fusiles y bayonetas.

No dispararon, sino que se abrieron camino en medio del tumulto de aterradas víctimas a cuchillada limpia. Luego se les unieron los demás alemanes, cogiendo la primera herramienta que se encontraban en los camiones. Durante la matanza, aquellas varas metálicas afiladas, con las que podían ensartar a los indefensos prisioneros, casi como si se tratara de un combate con bayonetas para el que se habían entrenado durante semanas enteras. Algunos daban martillazos por doquier, apuntando a la cabeza de sus víctimas. Otros, con saña, blandían las palas y, haciendo remolinos, derribaban a varios judíos de una vez. La sangre corría a raudales hacia el fondo de la fosa. La carnicería se perpetró casi sigilosamente, aparte de los gritos guturales y de la pesada respiración de los alemanes en los momentos de mayor esfuerzo. Curioso: los presos no daban alaridos de terror ni ponían el grito en el cielo pidiendo clemencia. Expiraban en silencio, como agotados de su existencia y totalmente resignados a su designo. La turba de agotados asesinos jadeaba mientras observaba con satisfacción los humeantes, cálidos y despanzurrados cuerpos de sus víctimas. El oficial también estaba muy contento con la operación.

Se dio orden de sacar las botellas de vino francés que previsoramente habían traído en los camiones. Los soldados soltaron las herramientas del crimen, bebieron hasta la saciedad y se subieron a los vehículos. Cuando los camiones de las SS salían del campo, la columna de prisioneros polacos, escoltada por los guardianes, se encaminaba al lugar de la matanza para hacer limpieza y cubrir la fosa. Un tétrico panorama apareció ante sus ojos. Por todas partes había cadáveres en las posturas más estrafalarias, cabeza abajo o despatarrados, con infinidad de cortes y perforaciones, huesos partidos y los cráneos abiertos, destripados, sin ojos, con los rostros destrozados, los cuerpos aún transpiraban al frío. El cadáver de la adolescente Kazia, de Łódź, yacía en la superficie, todo desnudo, con el vientre abierto y el pecho atravesado.

Latas de ciclón B halladas tras la liberación del campo. Foto N. Gerasimov, febrero de 1945. (Archivo del Museo Nacional Auschwitz-Birkenau)

Guardianes de Auschwitz. Archivo del Instituto de Memoria Nacional (IMN)

EL COCHE-SALÓN

Enero de 1945

El gigantesco convoy de prisioneros llegó a la estación casi a rastras. Las rechonchas siluetas de los vagones resaltaban sobre el fondo del firmamento estrellado.

—Justo a tiempo. Ya no podía más —dijo Józef.

—Pues yo tampoco. Un poco más y les habría pedido a esos canallas que me remataran. Eh, ¡¿nos hemos vuelto locos o qué?! —cambió repentinamente de tema—. No te sientes, que no te volverás a levantar —aconsejó al compañero que le servía de apoyo mutuo tras la evasión de Bolek—. Los zapatos tampoco te los quites, que cuando los hagas ya no te los podrás volver a poner y luego te quedas con los quesos al aires, descalzo y congelado.

Su compañero asintió.

—Si eso lo entiendo. Estoy mirando al vagón. Estaremos ahí más calentitos y bajo techo.

Cuando se acercaron algo más, advirtieron aterrados que el tren no lo componían los soñados vagones de mercancías que les protegerían del viento, sino pequeñas vagonetas de hojalata para carbón, vacías, frías y sin techumbre. Además, venían medio cubiertas de nieve.

Los presos que llegaron primero dudaron si subirse a los vagones, pero entonces los SS los «animaron» con sus porras a que entraran. Los soldados trataron de meter a cinco reclusos por metro cuadrado. Suerte tenían los que lograban encajarse entre varios compañeros y podían aprovecharse de su calor. Los que daban con sus huesos junto a los gélidos adrales de la vagoneta se congelarían sin remedio.

El joven pecoso que hasta hacía un momento estaba apoyándose en Józef se estremeció extrañamente. La cabeza se le cayó sobre el pecho, pero sus ojos seguían abiertos. Comenzó a deslizarse inerte hacia el suelo.

—¿Desmayado? —preguntó alguien con voz desinteresada.

—No, está listo. Kaput —concluyó Józef, sosteniendo al muerto.

—No le alcanzaron las fuerzas.

—¿Lo echamos del vagón mientras estamos parados? —preguntó también sin el menor interés otro de los presentes.

—A él ya le da igual todo, pero para nosotros toda ayuda es buena —Józef puso el cadáver junto a la pared del vagón y se puso delante para que el SS no lo viera—. Mientras el tudesco no nos mande echarlo, dejémoslo junto a la pared —explicó—. Aislamiento. Más calor para los que estamos dentro. ¿A no ser que prefieras cambiarte de sitio con él? —inquirió, pero surgieron voluntarios para hacer de buen samaritano con el difunto vecino.

—Cuando nos pongamos en marcha, tomaremos su ropa prestada —decidió Józef—. A todos nos vendrá bien harapos nuevos con esta rasca.

No se extrañaba de su indiferencia para con la muerte y la desgracia ajenas. En su anterior vida había sido camarero y jefe de sala en un sanatorio de lujo. En el campo de concentración lo metieron en un *Sonderkommando* para trabajar en el crematorio. No contaba con sobrevivir tanto tiempo en medio de ese infierno. Cuando se empezó a cotillear sobre la evacuación, estaba seguro de que sus últimas horas habían llegado. «Seremos los primeros a los que liquiden —pensaba—. Hemos visto demasiado. No necesitan testigos como nosotros». Y después... inesperadamente, gracias a la «marcha de la muerte» lograron confundirse con la multitud de presos «normales». Ninguna pregunta. Ninguna revisión.

En una esquina se había acomodado sobre unas zamarras un centinela armado que indicaba a los presos que traspasar la raya que les habían marcado y acercarse peligrosamente supondría llevarse una bala.

De lejos se veía que los SS también estaban metiendo en los vagones la columna de mujeres. No era difícil darse cuenta de que por el camino los guardianes habían estado echando ojo a las chicas que los harían «entrar en calor» durante el viaje. Algunos incluso echaron al suelo gavillas de heno que tenían preparadas.

Silbó la locomotora y el tren se pucho en marcha rumbo a la oscuridad. En las compuertas de acero de las vagonetas centelleó por un momento la inscripción: *Alle Räder rollen für den Sieg!* («¡Todas las ruedas ruedan hacia la victoria!»).

LIBERTAD

Enero de 1945

La puerta se abrió lentamente y tras ella, a la altura de la manivela, apareció el gris, enjuto y arrugado rostro de una mujer cuyos ojos tenían el mismo brillo que los de un lobo hambriento. Al no percibir ningún peligro, entró en el aposento a gatas y la siguieron cautelosamente otras dos mujeres, también a cuatro patas. Su extraña pose era perfectamente acorde con la situación. Al moverse a gatas por una zona peligrosa y, hasta la fecha, totalmente inaccesible para ellas (los edificios del cuartel y de la cantina de las SS), pretendían guardar al menos unas mínimas posibilidades de sobrevivir. En una postura tan poco acostumbrada para un adulto era más fácil ocultarse a la vista de algún SS extraviado bajo de una ventana o detrás de un muro o de un mueble. La cantina de las SS era un lugar seguro y vacío. Por desgracia, no había ni un gramo de comida. Llevada por el instinto de un animal hambriento, la rusa Marusia, que encabezaba la fila, se puso finalmente a revolver en el cubo de basura y, pasado un momento, con satisfacción sacó una pila de mondas de patata. Miró alegre a sus compañeras y con gran gusto se llevó un puñado de aquellos residuos a la boca. Las otras reclusas se estremecieron un poco y no siguieron el ejemplo de la rusa.

—No comas ahora —trató de persuadirla la veinteañera Zofia Jankowska, que estaba igualmente hambrienta, pero a la que ya se le había ocurrido una idea—. Espera, llevémonos las mondas a la barraca y allí hacemos una sopa fantástica para todo el grupo. —Era la perspectiva de un banquete fabuloso, casi principesco.

Efectivamente, la posibilidad de tener ante sí en unos momentos un plato caliente surtió efecto y, en lugar de llenarse la boca de despojos congelados, las mujeres comenzaron a meterse las mondas en los bolsillos. Cuando ya no quedaron en la cantina restos de desperdicios, las prisioneras salieron del edificio con precaución. Solo cuando vieron que no había ningún peligro se pusieron de pie y siguieron corriendo algo encorvadas en dirección a su barraca. Una vez allí, llenaron rápidamente de nieve una cazuela, la pusieron sobre el hornillo y vertieron las mondas. Un cuarto de hora más tarde el agua por fin estaba hirviendo y Marusia, que hacía de pinche, añadió algún aderezo del que únicamente ella conocía el origen (¿pólvora?) y también hierbas (quizá restos de césped). Aunque el aroma no era nada del otro mundo, las prisioneras se pusieron humildemente en fila con sus tazones o vasijas en la mano. Poco después ya sorbían el cálido alimento, sin importarles que se les quemaran los labios o la lengua. No tardaron en vaciar sus recipientes, pero la primera y única comida de los últimos dos días, en vez de saciarlas, solo sirvió para despertar su apetito. Pero, a la vez, les suministró la energía necesaria para seguir buscando comida y varios grupos de mujeres se dispusieron rápidamente a inspeccionar más a fondo el campo.

El equipo de Zofia fue el que llegó más al oeste. Cuando las mujeres arribaron a las aún humeantes ruinas de los crematorios, se pararon un momento indecisas. Pero el hambre pudo más que el miedo y aquellas tres sombras se adentraron con precaución entre los escombros. Dejaron atrás restos de pare-des, chimeneas y techo, acercándose sin saberlo a las cámaras de incineración. Irónicamente, a pesar de la cuidadosamente preparada explosión, aquélla fue la estancia que quedó en mejor estado. A los ojos de las espantadas presas aparecieron filas de hornos en los cuales —¡qué horror!—aún ardían cadáveres. Eso ya era demasiado para sus agotados nervios femeninos. La primera en salir corriendo fue Zofia, a la que siguieron las otras dos mujeres. Dieron rápidamente con la salida. Sentían un hambre despiadada, pero no tan terrible como para comer carne humana salteada. Se quedaron un momento en pie junto a las ruinas de los crematorios, respirando profundamente, y su mirada viró inconscientemente hacia los cercanos escombros de la cámara de gas, que estaba junto al crematorio. ¿Qué podrían encontrar para comer en unas estancias en la que los alemanes habían gaseado a cientos de miles de personas?

—Yo allí no voy —dijo Zofia estremeciéndose.

—Ni yo —añadió otra de las mujeres. Las demás les dieron la razón. Por supuesto, en esa zona no encontraron ni un gramo de comida, pero ¿no habrían renunciado a la búsqueda demasiado pronto? Porque detrás del crematorio estaban los vestu-arios, donde los presos se desnudaban para —supuestamente— «bañarse» y allí dejaban sus objetos personales. Aunque hacía ya meses, desde que comenzaron a llegar noticias de los avan-ces del Ejército Rojo, los alemanes habían detenido el exter-minio masivo y se habían dedicado a ocultar sus crímenes, en esa estancia podían quedar restos de alimentos que hubieran dejado, por ejemplo, los zapadores que se dedicaban a minar el terreno. Pero las prisioneras se rindieron y comenzaron a buscar comida en otra zona, en el extremo más remoto de KL Birkenau. Allí se pusieron a fisgonear en las abandonadas barracas.

Al oír unos extraños aullidos en el interior de una de las edificaciones, abrieron la puerta con cuidado, dispuestas a huir en cualquier momento. Resultó que las misteriosas voces pertenecían a unos niños encerrados en la barraca. Se trataba de un grupo de niños pasmados de frío, casi desnudos, que gimoteaban. Renacuajos, casi todos de pocos años. Estaban espantosamente flacos, hambrientos como lobos, llenos de llagas purulentas y vejados por los verdugos germanos. Lo peor era que algunos no sabían hablar y los mayores empleaban las más diversas lenguas. Era imposible entablar comunicación oral con ellos. Los pequeños «turcos» (que así llamaron las mujeres a estos presos extranjeros) o «musulmanes» (que eran los que, por falta de fuerzas para la marcha, debieron permanecer en el campo) no sabían cómo se llamaban ni de qué países provenían.

Pero, desde luego, estaban muy necesitados de ayuda y las prisioneras, que hasta hacía tan poco tiempo estaban buscando comida para sí mismas, debieron olvidarse de su hambre y cuidar de estos famélicos críos. Para empezar, pidieron ayuda a los hombres y, con mucha dificultad, porque los niños tenían miedo de los espacios abiertos, se llevaron a los pequeños a su barraca. Allí, vistieron a los «turcos» con ropas y mantas del almacén y los alimentaron rápidamente (otros grupos que buscaban comida tuvieron más suerte).

Tras varias horas en la abarrotada barraca, los niños entraron en calor y volvieron en sí, así que Zofia Jankowska y su compañera Marusia decidieron sacarlos al aire libre. Pero, nada más salir, las mujeres se extrañaron de que los niños, en vez de alegrarse del paseo, se pusieron a llorar a voz en cuello. Su llanto atrajo a dos polacas que estaban fuera del campo y no tenían miedo de la valla de alambres y que habían venido a echar un vistazo y también para encontrar algo de comida. Se avinieron a las súplicas de las reclusas, que les pidieron que se hicieran cargo de los niños, así que abandonaron su búsqueda y volvieron a sus casas con tres de los pequeños. Les prometieron que informarían a otras mujeres de las aldeas vecinas a Brzezinka de la suerte de esos pequeños huérfanos. Cumplieron su palabra y, al día siguiente, aparecieron familias enteras de lugareños, que se llevaron a sus hogares a muchos de los niños. Al poco tiempo, el pequeño orfanato de Zosia Jankowska se quedó vacío, pero la salvación de aquellos niños no conllevó una satisfacción plena para las presas. Ya podía sentirse a lo lejos el retumbar de la artillería soviética y estaba claro que el frente se encontraba a un tiro de piedra y que la liberación llegaría de un día a otro. Por desgracia, los alemanes de las SS que hacían esporádicamente aparición en Birkenau difundieron la noticia de que todo el campo había sido minado y volaría por los aires junto con los liberadores soviéticos. Esa información descorazonó a los reclusos y les hizo presagiar que sus últimas horas habían llegado.

A pesar de todo, las mujeres de la barraca de Zofia velaron esa noche hasta tarde, a la espera de la liberación. Ella misma, congelada, agotada y somnolienta, decidió finalmente acostarse. Acordándose del chisme que divulgaron los alemanes, se despidió de sus amigas y les pidió que no la despertaran bajo ningún concepto. Resolvió conscientemente que la explosión la sorprendería durante el sueño. Ya muy pasada la medianoche, se envolvió del todo con una manta y se durmió. Al cabo de unas horas, la despertaron unos gritos y exclamaciones. Se levantó enfadada porque sus compañeras no le permitieran dormir bien antes de morir. Al final fue el grito salvajemente alegre de la compañera austriaca de la litera vecina la hizo reaccionar:

—¡Zofia, Zofia! *¡Ruski! ¡Ruski!*

Los exploradores con uniforme blanco y metralleta en mano atravesaron rápidamente el nevado terreno descubierto y se metieron en una profunda zanja, confundiéndose con el níveo entorno. El joven oficial al mando salió de su trinchera y comenzó a inspeccionar los alrededores con sus gemelos, fijándose especialmente en la carretera que salía de la localidad. Según informaba un cercano rótulo en alemán, su destacamento se encontraba en los lindes de la ciudad de Auschwitz. Al no encontrar ninguna amenaza, el teniente Yuriy Ilinskiy, nacido en Moscú hacía diecinueve años, envió una patrulla de reconocimiento para averiguar si, por algún casual, los *guiermantse* no habían dejado minas por el camino. Un cuarto de hora más tarde, los exploradores hicieron señales de que el camino estaba libre de trampas, tras lo cual el teniente mandó a un mensajero a la retaguardia para comunicar que la entrada en la ciudad era segura. Esta noticia haría ponerse en marcha a una división y a los tanques con la estrella roja que les seguían. Sin esperar a los refuerzos, el oficial soviético partió con su destacamento que, ansioso de convertirse en conquistador de «ese tal Auschwitz», iba como una flecha sin siquiera mirar a los lados.

Los soldados recorrieron rápidamente los primeros cientos de metros sin encontrar presencia enemiga. Inesperadamente, aparecieron tras una curva varios guardias alemanes que estaban allí para velar por la circulación de sus propias tropas en retirada. Desconcertados por la celeridad de la ofensiva soviética, solo les dio tiempo a disparar dos veces antes de que los acribillaran. Sin embargo, los disparos alertaron a los destacamentos alemanes que aún permanecían en la ciudad, así que, cuando los exploradores de Ilinskiy llegaron a la estación de ferrocarril, les aguardaba allí una desagradable sorpresa.

El fuego que emanaban los tres búnkeres construidos a lo largo de la línea ferroviaria cerraba a cal y canto el paso hacia la estación y hacia el oeste. Por suerte para los atacantes, los alemanes solamente disponían de ametralladoras. No tenían cañones ni carros de combate. A pesar de todo, las continuas refriegas obligaron a los exploradores soviéticos a permanecer cuerpo a tierra durante un largo rato. Los disparos silbaban cada vez más cerca de sus cabezas y no les dejaban ni asomarse de las zanjas, trincheras o socavones donde se encontraban. Los más valientes ya se habían llevado una certera bala y se retorcían de dolor, manchando la nieve de carmín. El joven teniente, a pesar de la tempestad de fuego, intentó mandar a sus varios heridos a la retaguardia. Sin embargo, cuando parecía que los soldados de Iliynski no serían capaces de dar ni un paso adelante hasta el anochecer, llegaron los refuerzos.

Dos robustos T-34 avanzaban a lo largo de la calle, no cabían más en el espacio de la calzada, la acera y la cuneta. Incluso los propios exploradores tuvieron que echarse rápidamente a los lados. Pero, antes de comenzar el cañoneo, un temerario alemán salió de las trincheras que había delante del primer búnker y reptó ágilmente hacia el peligro con un lanzagranadas en cada mano. Calculó bien el tiempo porque, antes de que los tanques pudieran llegar a una distancia que les permitiera dar en el blanco, él ya se encontraba a medio camino y en posición de abrir fuego. Aguardó hasta que los tanques se acercaran algo más, apuntó y disparó el primer *Panzerfaust* al primer tanque. Alcanzó su objetivo, pero, por desgracia para el alemán, dio en la parte delantera de la coraza del carro de combate, la más gruesa y dispuesta además en ángulo agudo. El proyectil se deslizó hacia arriba por la coraza, y rebotó en la torreta hacia la parte trasera, llenándolo todo de chispas a su alrededor. El vehículo no sufrió daños, pero el conductor seguramente perdió la orientación por un momento y el tanque se salió de la calzada, atravesó la cuneta, arrolló por la inercia una cerca de madera convirtiéndola en una especie de acordeón y se detuvo. El nazi estaba listo para disparar por segunda vez, pero la tripulación del otro tanque ya lo había avistado y le mandó varias ráfagas de metralla, así que no podía siquiera alzar la cabeza. La vanguardia dirigida por el teniente se sumó al tiroteo. Tras largos segundos de fuego intenso, los disparos cesaron y el alemán se levantó, pero solo pudo ver cómo el coloso acorazado se abalanzaba sobre él. No le dio siquiera tiempo a emitir un gemido al ser atropellado por esas treinta toneladas de acero, cuyas orugas dejaron tras de sí un sangriento rastro de una docena de metros. El otro tanque le siguió. Seguramente el conductor ya había vuelto en sí tras la carambola del *Panzerfaust*. Cuando los tanques llegaron a una distancia que les permitía alcanzar los búnkeres, comenzaron un bombardeo en el que se iban alternando. Los proyectiles salían uno tras otro mientras que, cubiertos por el cañoneo de los tanques, la infantería soviética también se iba acercando al enemigo. Poco tardaron las salvas en volar por los aires dos de los búnkeres, mientras que el tercero fue presa de las granadas de los exploradores, quienes volvían a encontrarse al frente del grupo.

Después de destruir los búnkeres, los soldados de Iliynski atravesaron las vías y siguieron hacia el oeste, pero no tardaron en aminorar el paso, pues divisaron a lo lejos unas torretas de vigilancia y unas vallas de alambre de púas. Al principio pensaron que se trataba de otra línea de defensa fortificada de los alemanes. Cuando se acercaron a la alambrada se dieron cuenta de lo que significaba. Al otro lado del ancho terreno vallado y de la hilera de torretas había decenas de barracas. Al fondo, una nube de humo negro se cernía sobre unas edificaciones que habían sido incendiadas y voladas por los aires. Todo estaba en silencio. Nadie defendía el terreno, pero tampoco nadie recibía a los libertadores. Los exploradores, presintiendo una trampa de los alemanes, atravesaron cautelosamente la desmembrada valla y entraron en el campo que les parecía vacío y muerto. Nada más pasar junto a la primera barraca, uno de los soldados tropezó en la nieve con un obstáculo oculto. Se quedó petrificado al advertir que se trataba de un cadáver congelado y vestido con pijama de rayas. Y eso no era más que el comienzo. Al volver la esquina, los soldados soviéticos se encontraron pilas enteras de cuerpos de reclusos muertos. Al principio, se encontraron los cuerpos entumecidos de presos que habían fallecido por el frío, el hambre o enfermedades, en fila junto a la pared de la barraca. Más adelante, montones de cadáveres de hombres, mujeres y niños que habían sido acribillados.

Pero hubo una imagen que se le quedó especialmente grabada al veinteañero teniente. Al pasar junto a una de las barracas tuvo la indubitable impresión de que unos ojos lo observaban atentamente. Se quedó de una pieza al verse fusilado por la mirada de... el cadáver de un preso sentado junto a la pared. Era apenas un esqueleto cubierto con retales de su traje de rayas, con la cabeza echada hacia atrás, pero miraba hacia adelante con sus vidriosos ojos muertos. El preso debía haber fallecido atormentado por el hambre, pues su boca estaba aún llena de nieve con la que había tratado de llenar su vacío estómago en un último arrebato por la supervivencia. El oficial soviético había visto y experimentado mucho en la guerra, pero la muerte en combate era algo totalmente distinto a la a aquellos a quienes los alemanes asesinaban en los campos de exterminio. El oficial, cada vez más descompuesto, siguió avanzando a la cabeza de su destacamento. Cuando habían llegado más o menos a la mitad del enorme campo vallado, escucharon unas extrañas y estridentes voces. Resultaron ser niños encerrados tras una nueva alambrada. Al ver a unos soldados desconocidos (¡no alemanes!) se armaron de valor, salieron en tropel y se quedaron educadamente frente a la alambrada. Había desde pequeños de dos o tres años hasta chicos adolescentes. Enjutos, desharrapados, enfermos, hambrientos. Pero vivos y, por fin, libres.

Jadwiga Budzyńska (nacida en 1920). Los alemanes le inyectaron el tifus exantemático. Logró sobrevivir. (Instituto de Memoria Nacional)

Entrada del Crematorio I. Foto Z. Klewander, invierno de 1946. (Archivo del Museo Nacional Auschwitz-Birkenau)

LIBERTADORES EN ABRIGOS
DE LIENZO BLANCO

Enero de 1945

A la temblorosa luz de una vela, los dedos de Anna Chomicz trabajaban afanosamente con la aguja, cosiendo con mucho esfuerzo la tela de las fundas rojas de las almohadas sobre las blancas sábanas. Según iba sintiendo más cerca el ruido de los cañones, conforme más frecuentes se hacían los vuelos de aviones sobre el campo, más rápidamente se sucedía el brillo de la aguja en su mano. Se veía que tenía prisa. Cercana ya a los cuarenta, esta enfermera profesional que había formado parte del ejército clandestino polaco casi desde su aparición y había trabajado hasta el último momento en el pequeño hospital de Auschwitz sabía perfectamente cómo podía acabar la batalla por la liberación del campo y también que, por desgracia, la liberación podría también conllevar la muerte de los reclusos a manos de unos liberadores totalmente inconscientes de dónde se encontraban. Por eso decidió adelantarse a la actuación de estos y se puso a coser una señal que en todo el mundo civilizado era sinónimo de seguridad. Cuanto más diestras se iban volviendo sus manos, mayor era también el entusiasmo de sus compañeras al ver cómo iba apareciendo el contorno de una bandera de la Cruz Roja.

Aún no había terminado cuando se abrió violentamente la puerta de la barraca y entró jadeante Estera, una reclusa judía también miembro de la resistencia polaca.

—¡La puerta! —gritaron a voz en cuello las mujeres que se encontraban más cerca de la entrada al sentir en sus carnes el chorro de aire frío, a pesar de que en medio de la barraca el hornillo estaba encendido.

—¡Escuchadme! —gritó Estera con la voz llena de excitación, mientras se daba la vuelta, obediente, y cerraba la puerta—. ¡Escuchadme, ya han llegado!

—¿Quiénes? ¿Es que los alemanes han vuelto a volarnos por los aires? —preguntó espantada la francesa Regina.

—No. Nuestros salvadores.

—¿Qué? ¡Te has vuelto loca! —respondió airada una de las reclusas al ver la cara emocionada y sudorosa de Estera y sus ojos brillantes rebosando alegría—. El frente está solo a unos kilómetros, se oye el desde aquí el fragor de la batalla ¿y tú nos vienes con que has visto a nuestros libertadores?

—¡Os lo juro! —replicó la pequeña Estera—. He visto a un soldado con un mono con la estrella roja en el pecho. Tiene que ser ruso.

—Lo mismo es un alemán disfrazado que va luciendo su botín de guerra —dijo Anna Chomicz, tratando de encontrar una explicación lógica a la situación, sin dejar de coser. Sus movimientos eran ahora más lentos y medidos, pero la bandera parecía estar ya casi lista.

—Lo he visto con mis propios ojos —añadió la chica, algo desconcertada por los gritos y cada vez más insistentes burlas de otras mujeres mayores.

—La muy idiota ha visto a un alemán y pensaba que venían a salvarnos.

—¡Alégrate de que no te haya disparado, tonta!

—Lo mismo es que le ha gustado el tudesco...

Seguían ensañándose con la pobre muchacha, ya a punto de llorar, cuando Julia Temerson, adolescente de Lodz, siseó de repente:

—Silencio.

Su camastro pegaba a la pared de la barraca y al otro lado se oían unos sonidos extraños y desacostumbrados. Lo primero fueron pasos, muchos pasos. Y después, unas voces masculinas. Todas se quedaron mudas, tratando de descifrar de qué se trataba. ¿Eran sus liberadores que campaban a sus anchas por el campo? ¿O habrían vuelto los alemanes para volarlo por los aires y estaban colocando cargas explosivas junto a las paredes? ¿Las aguardaba la muerte o la alegría de la liberación? Casi contenían la respiración para oír mejor. Pero Julia ya estaba segura.

—No son los alemanes. No es su jerigonza —dijo excitada. Como viniendo a confirmar sus palabras, la puerta de la barraca se abrió lentamente y unas siluetas blancas con velas encendidas en las manos hicieron su entrada. Las reclusas aún no daban crédito a sus ojos, pendientes de los intrusos, mientras que sus corazones habían interrumpido su palpitar. El primero era un oficial alto con uniforme blanco. Tras él iban sus soldados, vestidos con monos de camuflaje igualmente níveos. El que más llamó la atención de las prisioneras era un mongol de ojos oblicuos. Además de ser bajo y tremendamente feo, llevaba un niño bajo el brazo. Se veía que el pequeñín también era del campo pues estaba desgreñado, sucio y su ropa estaba hecha harapos. Pero ya se había hecho amigo de su libertador y no dejaba de hacerle carantoñas y de meterle los dedos en los ojos. La imagen del soldado con el niño sirvió para bajar la tensión de las presas. De repente, sonó un grito. Y después las mujeres se echaron a los brazos de sus salvadores llorando y dando alaridos. Todas querían abrazarlos, besarlos o al menos tocar sus uniformes. El ataque en masa aterrorizó a los militares, ya de por sí asustados del aspecto de las reclusas, sus ojos llenos de jubilosa locura, sus cabezas rapadas, sus cuerpos esqueléticos, sus rostros enjutos y sus palabras incomprensibles en decenas de idiomas. Quizá los soldados habrían huido de las agradecidas mujeres, pero el oficial al mando supo controlar la situación: se puso en medio y se puso a escuchar atentamente en busca de alguna palabra comprensible. Además de muestras de agradecimiento y veneración, se repetían los nombres de las más variadas ciudades europeas.

—¿París está libre? —preguntaban algunas.

—¡Da! *Parizh osvobozhdyonnyy.* París ya es libre —respondió.

—¿Podemos volver a Budapest?

—Por supuesto.

—¿Y a Belgrado?

—Libre.

—¿Y Lodz? ¡¿Lodz, en Polonia, también?! —vociferó Julia Temerson, tratando de que su pregunta llegara al oficial soviético.

—También.

—¿Y Berlín, Berlín? —inquirió una judía de Alemania que logró acercarse.

—Berlín aún no. Pero no tardaremos en conquistarlo —respondió orgulloso el oficial, poniéndose en posición de firmes y sacando pecho como si fueran a ponerle una medalla.

Los soldados soviéticos trajeron a la barraca a su general, un hombre muy canoso y ya bien entrado en años. El veterano militar había visto ya de todo en una multitud de frentes en diferentes guerras. Ahora miraba angustiado los enflaquecidos rostros de quienes lo rodeaban.

—¿Vivíais aquí, en estas condiciones? —decía llevándose las manos a la cabeza, mientras inspeccionaba el lugar en el que las reclusas debían pasar su mísera existencia en el campo.

—¿Hay aquí enfermos de gravedad y niños? —preguntó y, tras recibir respuesta afirmativa, pidió a las recién liberada— Mostrádmelos.

Las presas cumplieron de buen grado su solicitud. Se fue acercando a las literas, ocupadas por desdichados sin fuerza para alzarse, muchos de los cuales eran ya moribundos. Pero la mayor conmoción la sufrió al ver la fila de esqueléticos niños ante sí. Entonces las lágrimas inundaron los ojos del viejo general. Cuando logró dominar su emoción, dijo con voz fuerte:

—Os prometo que esta guerra terminará pronto. Y los alemanes, los causantes de esta... barbarie, responderán por todas sus culpas. Os prometo que nunca habrá otra guerra tan horrible en la que más que los soldados sufren los niños.

Luego comenzó a recorrer la barraca, dejando a cada uno una palabra de aliento, acariciando las cabezas de los niños y consolando a quienes yacían enfermos. Dio también orden de traer al campo cocinas y hospitales de campaña.

—La guerra continúa —dijo a los reclusos reunidos en torno a sí—, y no sabemos qué ocurrirá. Aún es posible que venzan los alemanes y vuelvan a concluir su obra de destrucción y de muerte. Por eso, os aconsejo lo siguiente: quienes tengáis vuestra casa en los terrenos ya liberados, volved allí. Quien pueda andar por su cuenta, que salga de aquí cuanto antes. Aquí, por supuesto, organizaremos un punto de ayuda y los enfermos podrán seguir en cuarentena, pero para los demás mi consejo es que abandonéis este lugar maldito y volváis a casa.

Entre tanto, los soldados soviéticos, viendo la miseria y el hambre que reinaban en el campo, habían comenzado a compartir todo lo que tenían con los reclusos. Latas de carne estofada en conserva, manteca, galletas, pan y cigarrillos. Después de meses de hambre, se entregaron a la comida sin mesura alguna a la hora de llenar sus estómagos. Pero ese fue solo el preludio de lo que había de venir. La locura se apoderó del campo cuando llegaron a la plaza central las cocinas de campaña soviéticas. Los cocineros dispusieron rápidamente sus pertrechos, encendieron el fuego bajo las calderas y no tardaron en preparar una bien grasienta sopa. El maravilloso olor se esparció rápidamente por los alrededores y atrajo como un cebo a los esqueletos vestidos de traje de rayas. Incluso algunos de los que no podían salir de sus literas, al sentir el apetitoso olor se arrastraron como sombras hacia los humeantes calderos. Cuando el alimento estuvo listo, los cocineros comenzaron a repartir la comida. Al principio les echaban sin restricción alguna lo que cabía en las escudillas, tazones, cantimploras o cualquier tipo de recipiente que trajeran.

—¿Habéis perdido los estribos? —se desgañitaba la reclusa-enfermera Anna Chomicz, mientras iba de acá para allá entre la cocina y la cola de exprisioneros. Era una de las pocas que preveía las devastadoras consecuencias que podía provocar el exceso de alimento grasiento en unos organismos destrozados por el hambre. Ella misma, temerosa de sufrir un desarreglo en su propio estómago, había devuelto su lata de conserva y se había contentado con unas galletas saladas. Al principio nadie le hizo caso. Los hambrientos presidiarios habrían dado todo por hacerse con un plato lleno de sopa y los cocineros, a pesar de venir del Este, no debían saber del hambre del sitio de Leningrado y no tenían idea de lo que podía querer esa loca polaca. Pero Chomicz seguía tratando de impedir a los presos el acceso a la cocina.

—¡Os habéis vuelto locos! —trató de apelar a la sensatez de sus hambrientos compañeros, pero, como no daba resultado, comenzó a gritarles:

—¡¿Es que habéis sobrevivido tanto tiempo para ahora morir de empacho?!

Sola era incapaz de evitar la tragedia, pero no tardaron en venir en su ayuda otras enfermeras y médicos, que comprendían a la perfección la grave amenaza que se cernía sobre el campo. Pusieron orden en la cola y explicaron por fin a los cocineros que, por motivos de salud, debían dosificar la comida y darles a los presos apenas un poco de sopa, llenando solo la cuarta parte de las tazas. Luego, a petición expresa de las médicos polacas, los cocineros soviéticos trajeron provisiones de la retaguardia del frente y cocinaron en el campo platos ligeros: patatas secas hervidas y sémola hervida.

Parecía que la situación estaba bajo control. Pero la grasienta sopa ya hacía estragos entre quienes la consumieron nada más comenzar el reparto. Pero ocurrió que, aunque los cocineros se avinieron a las instrucciones y llenaban solo la cuarta parte de los recipientes, algunos reclusos avispados hacían cola varias veces para colmar sus vacíos estómagos. La tentación de saciarse era más fuerte que el sentido común, pero sus organismos, desacostumbrados a recibir tal cantidad de alimento durante meses, eran incapaces de responder adecuadamente y las consecuencias eran terribles. Los presos se retorcían en las esquinas de las barracas a causa del dolor de estómago, cólico o la diarrea. Todas las letrinas y los recovecos más recónditos estaban ocupados por desdichados que agonizaban mientras llenaban esos lugares de excrementos mezclados con sangre. Muchos murieron en medio de horribles padecimientos, pero —por ironías del destino— abandonaron ya liberados este mundo, sin autoría directamente visible de los ocupantes alemanes...

Un exprisionero en el patio del bloque 11 junto a la horca con escotillón. (Archivo del Museo Nacional Auschwitz-Birkenau. Foto S. Mucha, febrero/marzo de1945)

Reclusos de KL Auschwitz de distintos países recién liberados pasan bajo el portón con el rótulo Arbeit macht frei. (Archivo del Museo Nacional Auschwitz-Birkenau. Foto B. Borysow, marzo de 1945)

NIÑOS

Enero de 1945

—Ma-má —dijo con voz alta y clara Maria Hukowa, tras lo cual escribió en la nieve con una vara la palabra «mamá».

—Mamá —repitieron obedientes los niños, también los mayores que no debían tener ya problemas para leer ni escribir.

Los más pequeños, tras pronunciar la palabra más hermosa del mundo, increíblemente concentrados, con la lengua rota por la emoción, comenzaron a trazarla en la nieve con sus palitos, tratando de imitar la preciosa caligrafía de su nueva profesora.

—Pa-pá —silabizó ahora Maria, tras lo cual agitó con ímpetu su vara, dejando como huella unas bonitas letras decoradas.

—Papá —respondieron los niños, a la par que hacían sus garabatos.

—Her-ma-na —continuó la mujer, y ya iba a delinear en la nieve esa voz cuando escucharon la llamada:

—Marysia, niños, ¡hora de comer! —Era una anciana campesina de las proximidades de Leópolis a la que todos llamaban *Abuelita* la que convocaba a sus protegidos. No tuvo que repetirlo dos veces y los pequeñines hicieron entrada en tropel en la barraca, todos cogieron su plato y su cuchara y se pusieron dócilmente en cola delante de la viejecita. La mujer, feliz, podía obsequiar a sus niños. Tras la huida de los alemanes y la llegada del Ejército Rojo, las previsoras reclusas lograron entrar en los almacenes de la SS y encontraron allí un auténtico tesoro: pan, conservas, azúcar y ropa de abrigo. Al hacerse con estas delicias, las mujeres pensaron también en los pequeños huérfanos, a cuyos padres habían asesinado, o marchaban hacia el oeste con sus opresores. Maria Hukowa y la *Abuelita* estaban precisamente a cargo de un grupito de pequeños presos. En su caso era algo más fácil, pues eran niños polacos evacuados de Varsovia cuyas madres se consideraron aptas para tomar parte en las «marchas de la muerte». Con una sonrisa en su enjuto, pero bronceado rostro, la *Abuelita* llenaba los platos de los niños con una sopa hecha de conservas alemanas y los animaba a comer, dándoles además a cada uno una gruesa rebanada de pan.

Después de la comida alguien extendió la noticia de que había que sacar del campo a los niños. Toda la tarde estuvo el grupo preparando vituallas y mudas de ropa para la caminata. Algunos niños encontraron en el taller de costura del campo centenares de medias y calcetines que metieron por si acaso en sus petates. Pero los hatillos llenos de comida y de ropa resultaron demasiado pesados, sobre todo para los más pequeños. Las dos cuidadoras tampoco estaban en condiciones de cargar con una docena de bártulos. A uno de los expresidiarios, carpintero antes de la guerra, se le ocurrió una fabulosa idea y convirtió unos taburetes de madera en trineos clavando en cada uno dos patines. Se pasó toda la tarde trabajando y construyó unos cuantos de carritos. Cierto que no bastaban con un grupo de veinte personas, pero, siguiendo el ejemplo del carpintero, algunos de los chiquitines pusieron sencillamente boca abajo otros taburetes e concluyeron con éxito la prueba de tirar de ellos sobre la nieve.

Por la mañana, tras desayunar temprano, el grupo de Maria Hukowa y la Abuelita salía del campo presentando un aspecto muy singular. Los reclusos que encontraban por el camino se detenían asombrados, sin poder quitar el ojo de ese extraño cortejo infantil. Los soldados soviéticos bromeaban comparando a los niños con conquistadores del Polo Norte o con una caravana de descubridores que se había perdido en el desierto. A los propios niños les gustó la idea y los primeros kilómetros fueron agradables, era como un maravilloso juego. Pero, pasadas unas horas, el entusiasmo de los pequeños se evaporó y las cuidadoras debían interrumpir la marcha del grupo para descansar cada vez con más frecuencia. Entre los niños se encontraba Andrzej Kozlowski, de diez años. Caminaba con bríos, tirando de una cuerda, al cabo de la cual se encontraba un taburete boca abajo que había cargado de comida, mudas de ropa y una docena de calcetines. Iba con su hermana. Cuando la niñita se cansaba, se sentaba en el improvisado trineo. Cuando era Andrzej el que no tenía fuerzas para tirar, cambiaban de rol y el chico descansaba en el taburete. Se dirigían hacia el este, hacia Cracovia, donde, como les habían dicho, les aguardaba un lugar seguro en la filial de la Cruz Roja polaca o en la sede de Oficina de Protección de Civiles. Pero el camino por la nieve se hacía cada vez más duro y, además, caía la noche. Los niños seguramente seguían adelante solo por la consciencia de saberse libres y de que volvían a sus casas, con sus padres. Atardecía cuando el particular orfanato de Maria y la Abuelita arribaba a una aldea en la que afortunadamente encontraron una buena acogida. Allí resultaron útiles los calcetines y las medias que los sensatos pequeños llevaban consigo y que sirvieron como pago por la deliciosa cena y el techo sobre sus cabezas. A la mañana siguiente el grupo continuó la marcha, pero ya sin el entusiasmo previo. Los niños sentían la fatiga del día anterior y eran conscientes de que les quedaba un largo camino.

Marchaban lentamente, superando montículos de nieve y con sus escasas pertenencias en sus trineos, sacando fuerzas de flaqueza, cuando de repente oyeron el ruido de un motor. Maria Hukow se puso corriendo en medio de la carretera y comenzó a gritar y a agitar los brazos como loca. Al conductor no le quedó otra. Tuvo que frenar para no atropellar a la mujer, cosa que no fue nada fácil teniendo en cuenta la nieve y el hielo sobre camino. A pesar de apretar el pedal del freno, el camión seguía adelante por la inercia y, aunque los gastados neumáticos habían dejado de rodar, el vehículo se deslizaba por la calzada como un *bobsleigh*. El camión se detuvo en el último momento, justo delante de la horrorizada mujer, que se había quedado tercamente en medio de la carretera protegiéndose únicamente con las manos. Entonces el conductor, furioso, salió de su cabina y se puso a increparla:

—*Job tvoyu mach!* —imprecó en ruso, pero continuó en polaco—. ¿Te has vuelto loca? ¿Es que quieres morir y, de paso, averiarme el camión?

—Pero, los niños… —Fueron las únicas palabras que logró susurrar.

—¿Qué niños? —chilló el irritado joven. Era polaco y, a juzgar por el uniforme, soldado.

—¡Caballero, no me sea tan lanzado! —la Abuelita acudió al auxilio de Maria—. Díganos mejor dónde va.

—No es de vuestra incumbencia —replicó el hombre.

—Pues, ¿qué haces aquí, soldadote, tan lejos del frente? ¿Tan poco valiente eres? —insistió, mirando con lástima su uniforme recién estrenado.

—Lo que yo hago es secreto militar. ¿Por qué preguntáis tanto? Lo mismo sois espías de Hitler.

—Por supuesto —respondió la anciana señalando a los niños que justamente se estaban acercando al camión—. Un ejército de pequeños espías.

Al muchacho le dio entonces bochorno al ver a los pequeños tan tremendamente agotados y enflaquecidos, con sus hatillos en los taburetes.

—Voy hacia el este, como veis. Pero tengo una misión militar que cumplir.

La Abuelita lo escuchaba con una oreja, mientras se subía con dificultad al parachoques trasero y echaba un vistazo al maletero vacío.

—¿Va a Cracovia? —masculló insegura Maria, que empezaba a volver en sí después de su lance con el camión.

—Sí, a Cracovia —confesó el soldado pestañeando y mirando a través de las rendijas de los ojos a la joven.

—Y tienes sitio de sobra en tu camión. Vamos todos a Cracovia.

—Incluso si quisiera, no puedo. Es un vehículo militar, no puedo llevar pasajeros ocasionales —se excusó.

Entonces la Abuelita sacó del pecho un salvoconducto y lo puso ante sus ojos. Era un documento soviético que decía que su grupo estaba constituido por exprisioneros de Auschwitz y pedía facilitar a los niños el retorno a sus localidades de origen.

—Bien, no me queda otra —se rindió el soldado al ver en el documento la firma enérgica de un general soviético. Se acercó al camión y abrió el maletero—. Subid.

Ayudó servicial a todos los niños a encaramarse al vehículo, luego metió sus enseres y los taburetes e invitó magnánimamente a las mujeres a la cabina. Únicamente accedió la Abuelita. Maria decidió ir con los niños para estar pendiente de ellos durante el viaje. Encendió el motor, este traqueteó, una humarada negra salió del tubo de escape y el camión se puso en marcha. El resto del viaje discurrió sin incidentes y llegaron a la ciudad antes del anochecer. Dejaron a parte de los niños en la filial de la Cruz Roja que había en la escuela de la calle Sienna. El atento chófer llevó al resto del grupo a la sede de la Oficina de Protección de Civiles. Allí vistieron a los pequeños, les dieron de comer y les tomaron sus datos. Pasadas unas dos semanas, la Abuelita acompañó a algunos de los niños a Varsovia y, de camino, dejó a Andrzej Kozłowski y a su hermana en Pabianice, donde se instalaron en la casa de su abuela. Maria Hukowa partió por su cuenta de Cracovia hacia Przemysl, donde pudo reunirse con sus dos hijos.

***

Los soldados de la 100 División de Infantería conquistaron Oswiecim el 27 enero de 1945. El mismo día, alrededor de las 15:00 horas, sería liberado el campo de concentración Auschwitz-Birkenau. En total, se pusieron en libertad unos siete mil prisioneros. Además, en los campos dependientes de alrededor había otras quinientas personas. Al entrar, los militares soviéticos encontraron cerca de seiscientos cadáveres de reclusos, asesinados en el último momento por los alemanes o muertos a causa del hambre, del frío o por agotamiento de su organismo. Algunos de los cuerpos yacían en pilas, semiquemados, ya que las tropas soviéticas llegaron antes de que se convirtieran en cenizas.

Al ver tal cúmulo de desdichas, los soldados soviéticos compartieron con los hambrientos presos sus alimentos. Sacaron de sus propias provisiones galletas saladas, pan, tocino y conservas. Incluso, cumpliendo la orden de la superioridad, llegaron a sacrificar un caballo, lo descuartizaron y frieron su carne para dar de comer a los prisioneros. Sus cocinas de campaña se pusieron casi de inmediato manos a la obra para preparar sopas nutritivas y ricas en calorías. Por desgracia, para los disminuidos estómagos de los recién liberados, desacostumbrados desde hacía meses a una alimentación normal, el exceso de comida y su difícil digestión se convirtió en un grave peligro. Se dieron casos de defunciones de los reclusos por empacho, en medio de terribles sufrimientos. Por fin, cuando llegaron al campo los hospitales de campaña bajo las órdenes de los doctores Veytkov y Melay, militares con rango de mayor ambos, los médicos y las enfermeras que los acompañaban tenían algo de experiencia con casos similares. Lo primero que hicieron fue requisar a los presos toda la comida que de buena fe les habían dejado los soldados de la vanguardia, dosificaron la alimentación con sopa y cereales hervidos y digestivos y, más tarde, pudieron incluso elaborar dietas más específicas en la medida de lo posible.

Operación de traslado de exreclusos a sus casas (invierno de 1945, foto S. Mucha,
Archivo del Museo Nacional Auschwitz-Birkenau)

LA VIDA NOS DEBE UNA

Enero de 1945

Las dos jóvenes reclusas volvieron a mirarse en el gigantesco espejo enmarcado. Una era Agnieszka, que hacía llamarse «Jagusia»; la otra era Ryfka, una judía que había pasado toda la ocupación, el Alzamiento de Varsovia y el campo de concentración con documentos que certificaba que se llamaba Regina Zajac y era «aria». Se habían colado en la casa de un dignatario de las SS que, al parecer, no había logrado expedir los bienes acumulados durante su intensa labor en Auschwitz. Otros compañeros habían conseguido embalar y mandar al *Reich* muebles y alfombras, pero en el chalé en el que se encontraban las prisioneras no faltaba de nada. El guardarropa de la señora de la casa rebosaba de pieles —largas y cortas, con cuello y sin él—. Al lado, las tentaba un armario lleno de ropa interior de encaje.

Jagusia se puso un tocado sobre su sucio cabello y se mostró a su compañera.

— Antes muerta que sencilla —dijo sentenciosa.

—Hay que decidirse... Ya estarán llegando otros y todo no nos lo podemos llevar. —Regina se envolvió en una estola.

Tras una breve deliberación pusieron su botín en un gran abrigo de piel, que decidieron usar como si fuera un trineo. Sacaron su botín de la casa con dificultad. Resultó que las pieles solo servían bien sobre la nieve y el hielo, mientras que en el barro no había forma de arrastrarlas y las chicas tenían que levantar su pesado tesoro por encima de los charcos.

—En mi vida he tenido unas pieles como estas —confesó Jagusia a su amiga—, y si no me apuro, me quedo sin ellos. Pero, cuando uno roba algo robado, eso ya no es un robo, ¿verdad?

—Querida, la vida nos debe una por todos estos años —concluyó Regina. Iba a añadir algo más, pero en la oscuridad brilló el haz de una linterna.

—*Stoy!* ¡Alto! ¿Quién va? ¿Chusma alemana? —interrogaba una voz tras la cegadora luz.

—*Niet, niet, tovarishch!* Somos presidiarias, *Gefangen* —respondieron las chicas a gritos.

—*Shto?* Venga, ¡acercaos! —Agnieszka y Ryfka oyeron el chasquido de carga del fusil, que tan bien conocían. Jagusia se arremangó el abrigo con dificultad para mostrar el número que le habían tatuado en el antebrazo.

—*Tovarishch, my zaklyuchonyye!* ¡Somos presidiarias! ¡*Polska!* *Nicht schiessen!*

Los centinelas se acercaron, echaron un vistazo a los tatuajes, pero se fijaron más atentamente en el petate lleno de trofeos de guerra.

—Y eso, ¿de dónde? —preguntaron con indisimulado interés.

Regina les indicó la casa que acababan de desvalijar. Uno de los soldados se acercó aún más a las asustadas muchachas, encomiándolas a dejar su botín y continuar su camino.

—*Spokoynoy nochi, grazhdanka!* ¡Buenas noches, ciudadana! —dijo amablemente, pero, cuando vio que las chicas no abandonaban sus pertenencias, añadió con tono firme—¡Venga, moza, vete ya!

Soldados soviéticos conversan con presos liberados delante de la entrada al bloque no. 19. (Archivo del Museo Nacional Auschwitz-Birkenau. Foto Mazelev, febrero de 1945)

PROPAGANDA

Invierno de 1945

Apenas los campos nazis se liberaron, hicieron su aparición los equipos cinematográficos soviéticos, que se pusieron a hacer fotografías y a grabar material acerca de los crímenes de guerra alemanes. Fruto de esta labor fue un documental llamado *Auschwitz*, que también circula bajo el nombre de *Crónica de liberación del campo*. A finales de enero de 1945 también se presentó allí Adolf Forbert, operador de la Vanguardia Cinematográfica del Ejército polaco. Grabó en Auschwitz una película empleando los trescientos metros de cinta que le asignaron sus superiores.

También se pusieron allí manos a la obra representantes de la Comisión Estatal Extraordinaria de la Unión Soviética para la Investigación de los Crímenes de los Agresores Germano-Fascistas. En primer lugar, los miembros de la comisión inspeccionaron las barracas, las ruinas de los crematorios y las cámaras de gas, así como los lugares en los que habían sido enterradas cenizas humanas. Luego visitaron los almacenes de las SS, llenas de bienes saqueados por los alemanes. En el marco de la investigación, fueron reconocidos como pruebas más de un millón de prendas de vestir, cuarenta y tres mil pares de zapatos, catorce mil alfombras y unas siete toneladas de cabello humano.

Los miembros de las comisiones prestaron respetuosa atención al caso de cada uno de los reclusos.

Otro equipo ministerial comprobó que entre los que se habían salvado se encontraba el legendario escultor Xawery Dunikowski. Durante su estancia en el campo, sus compañeros polacos habían hecho lo posible para protegerlo, ahorrándole las labores más duras por respeto a su avanzada edad y también porque lo consideraban una joya de la cultura nacional que debía preservarse a toda costa. Los emisarios del ministerio del gobierno marioneta instaurado por la URSS lo intentaron todo para caerle bien al genio de la escultura polaca y para no ofenderle. Lo invitaron a un café con galletas y trataron de sonsacarle detalles de la vida en el campo de concentración.

—Maestro, ¿planea usted esculpir una nueva obra de arte basada en su experiencia aquí? ¿Ha pensado en algún monumento que haya que exponer en Auschwitz?

Estas preguntas de cortesía no podían incitar al casi septuagenario artista. Respondía educadamente, a veces con una sonrisa forzada, pero soltó unas carcajadas del todo sinceras cuando, después de una larga conversación extremadamente pedante, uno de los funcionarios le preguntó inesperadamente:

—Y, ¿cuánto tiempo lo tuvieron aquí entretenido los alemanes?

Cocina de la Cruz Roja Polaca, Maria Drozynska (jefe) y Jadwiga Anna Golec (enfermera). (Archivo del Museo Nacional Auschwitz-Birkenau)

LOS SAMARITANOS DE LA MINA «BRZESZCZE»

Enero de 1945

Antes aún de la liberación del campo, los prisioneros aprovecharon los varios días que se encontraron «en tierra de nadie» para buscar algo de ropa de abrigo y comida. Comenzó también entonces una espontánea operación de socorro a gran escala para salvar a los compañeros de prisión y a los enfermos. Quienes corrían un mayor riesgo de morir eran los ancianos y los más pequeños. Pero antes de que pudieran ser evacuados grupos enteros de niños, parte de ellos fue acogida por familias de lugareños polacos. También los habitantes de Brzeszcze comenzaron a moverse para salvar a los exprisioneros y enviaron un grupo de voluntarios dirigido por Tadeusz Mleko. Los voluntarios de Brzeszcze, que desarrollaron su labor directamente en el campo alemán de Auschwitz, tuvieron que enfrentarse desde el primer momento a dificultades antes de acometer tareas cotidianas. Para empezar, tuvieron que despejar el terreno de los cadáveres de los prisioneros asesinados y fallecidos. Sacaron los cuerpos de las barracas y los colocaron en una gran fosa que habían dejado los alemanes.

Lo siguiente fue limpiar las barracas, que los voluntarios querían convertir en salas provisionales para los enfermos. Debido a que numerosos expresidiarios sufrían un agotamiento extremo no podían levantarse y, al mismo tiempo, sufrían diarrea a consecuencia del hambre y hacían sus necesidades en sus propios camastros. Por eso era necesario adecentar las barracas: cambiar los colchones y mantas sucios, raspar del suelo las heces resecas, fregar el piso y limpiar las literas. Los sanitarios de Brzeszcze aserraron las literas y las convirtieron en camas de una sola planta. Luego hicieron turnos en los diferentes bloques: llevaban la comida a los enfermos y daban de comer a los más débiles, aseaban en los baños a los que no podían moverse por sí mismos y los llevaban a que les hicieran radiografías, les hacían la cama y les llevaban medicamentos y les ponían inyecciones.

Mientras tanto, en el campo recién liberado había dado comienzo un periodo de migraciones. Muchos de los liberados empezaron a buscar comida y ropa de abrigo en los almacenes, abiertos ahora de par en par. Otros, que por fin podían moverse libremente entre las barracas y los bloques, se pusieron a buscar a sus familiares y conocidos. Unos pocos tenían a sus familias en las cercanías y casi inmediatamente abandonaron por su propio pie el campo de concentración. Desde el principio fue también indispensable suministrar ayuda a otros antiguos compañeros de cautiverio más enfermos y castigados por el hambre, desprovistos ya de toda energía, incapaces de caminar por su propio pie y, por eso mismo, más necesitados de apoyo. Además, alguien tenía que hacerse cargo inmediatamente de los niños liberados del campo.

Nada más pasado el frente, en el territorio de la mina de Brzeszcze se instaló un pequeño hospital en el que los enfermos y heridos podían encontrar auxilio y atención médica. Allí justamente se enviaron quienes se habían salvado milagrosamente de las marchas de la muerte y los reclusos liberados de KL Auschwitz. Dirigían el hospital los doctores Józef Sierankiewicz y Marian Zielinski, mientras que Jan Drzewiecki, enfermero, se ocupaba de las cuestiones administrativas. Los médicos tenían el apoyo de enfermeras y voluntarios de la mina.

Lo primero que hicieron estos fue sacar del campo a un grupo de mujeres con bebés y llevárselas al territorio de la mina «Brzeszcze». Una de las barracas de la mina se transformó de urgencia en vivienda para los recién liberados. Según recuerda Stanislaw Szlachta, párroco de Brzeszcze, los recién nacidos estaban «medio muertos, de color violeta, macilentos y sucios». *Efectivamente, cinco de ellos murieron en los primeros días y fueron enterrados en el cementerio de Brzeszcze. El hospital estuvo en activo hasta el 28 de abril de 1945, día en que dieron el alta a los últimos convalecientes y el personal volvió a su trabajo habitual en la mina.*

También se sumaron al trabajo en el campo voluntarios de Oswiecim, con un grupo de la sección de la Cruz Roja polaca de esa localidad a la cabeza. Dirigían ese grupo Alojzy Etgens y Antoni Lesniak, miembros de la CR, y los médicos Tadeusz Müller y Bogumil Pietrzyk. El líder espiritual del grupo era Marian Stawarz. Fue él quien celebró la primera misa en una de las barracas del campo de Birkenau poco después de la liberación. Esto después se convirtió en costumbre y cada domingo a las 16:00 horas se oficiaba la santa misa. El sacerdote subrayaba en sus homilías que los exreclusos eran orgullo y reliquia de Polonia. Animaba a dejar a Dios la venganza por los males sufridos. Stawarz era vicario de la parroquia de la Asunción. El párroco allí era Jan Skarbek, también involucrado en la ayuda a los liberados. Otros sacerdotes, Stanislaw Rokita, Alfred Hoffman y Jakub Wolf, también asistían a los enfermos de Auschwitz. Los sacerdotes católicos celebraban la santa misa y otros oficios, administraban la confesión y la comunión a los enfermos. Durante largas conversaciones con ellos, se convertían en guardianes de los más íntimos secretos de los antiguos reclusos y de sus inimaginables sufrimientos.

Corrían los últimos días de enero de 1945 cuando una docena de hermanas de la orden de las serafinas acudieron en auxilio de los enfermos de KL Auschwitz. Las monjas daban de comer y lavaban a los pacientes y también trabajaban en la cocina. Además de ocuparse de los enfermos en el hospital del campo, acogieron a muchos de ellos bajo su propio techo. Las ursulinas y las hermanas de la orden del Alma de Cristo también se desarrollaron una importante labor en el antiguo campo de concentración.

Imagen de la crónica soviética de la liberación del campo. Unas monjas acompañan a niños liberados. (Archivo del Museo Nacional Auschwitz-Birkenau)

Voluntarios de la Cruz Roja de Brzeszcz: 1. Zdzisław Bosek, 2. Adam Kolanko, 3. Soldado del hospital soviético, 194.5 (Archivo del Museo Nacional Auschwitz-Birkenau)

LA DECISIÓN

Enero de 1945

El hombre se alzó el cuello de su desgastada cazadora, protegiéndose del viento, agarró bien la pesada bolsa que llevaba en
sus brazos y siguió adelante. Iba esquivando los montones de
nieve, cuidándose a la vez de que los camiones militares que
pasaban a su lado no le salpicaran demasiado en la pernera de
sus igualmente raídos pantalones. Se notaba que le costaba cargar con el bulto. No era fácil adivinar su contenido. ¿Se trataría
de víveres con los que trataría de conseguir que le soluciona-
ran un asunto urgente en una de las numerosas nuevas institu-
ciones estatales? ¿O quizá llevaba a su hogar vituallas obteni-
das con mucha dificultad? ¿O viejos libros de valor incalculable
que había sacado del fondo de sus armarios para venderlos por
unos míseros céntimos a un taimado anticuario?

—¡Hermano! ¡Compatriota! —Oyó de lejos, a sus espaldas.
Pero en la recién liberada Cracovia había miles de hermanos
compatriotas y al principio ni siquiera volvió la cabeza, cen-
trado en el transporte de su bulto, esquivar los montículos de
nieve y el barro que escupían los neumáticos de los coches.
Solo cuando escuchó que lo llamaban «¡Janek!» se detuvo. Se
dio la vuelta y vio cómo un viejo compañero al que no veía

desde hacía mucho se le acercaba con paso acelerado y su canosa melena al viento.

—¡Janek! ¡Estás vivo! —Adam Kurylowicz, hasta hacía poco tiempo prisionero del campo de concentración alemán KL Auschwitz, alcanzó a Janek y le dio un fuerte abrazo—. ¡Estás vivo! Querido doctor, cuando desapareciste tan de repente hace un año todos pesaron que habías muerto. ¡Dame un abrazo, hermano!

—Adasiu —respondió Jan Grabczynski, pero al acordarse de que su antiguo camarada, exsindicalista ferroviario, le llevaba dieciocho años y había sido miembro del parlamento, después de llamarlo por su diminutivo añadió rápidamente—, mi querido señor diputado, cómo me alegro de verte sano y salvo. ¿Sabes? Tuve suerte de escapar de las garras de Hitler. Sería largo de contar. Pero ¿para qué hablar a la intemperie? Entremos en algún local para resguardarnos del frío y charlamos... Y ¿qué tal si nos también nos tomamos algo para entrar en calor? —le hizo un guiño a su amigo, que aceptó encantado la propuesta.

Por suerte, en la intacta Cracovia podían encontrarse a cada paso tiendas abiertas, tascas, e incluso cafeterías. Entraron en el primer establecimiento que encontraron, pidieron una jarra de cerveza caliente con miel cada uno y se sentaron cómodamente en un banco.

—Dime, ¿dónde has estado todo este tiempo? —preguntó Adam.

—He tenido una suerte extraordinaria. Casi inconcebible. Imagínate que en abril los alemanes sencillamente me dejaron salir del campo.

—Imposible. Si ellos mismo decían que la única salida que había de ahí era la chimenea del crematorio.

—Exactamente. Pero la primavera pasada el vapuleo que los rusos les estaban dando a los germanotes era tal, que estos no podían reponerse. Bah, no eran capaces ni siquiera de hacerse cargo de sus propios heridos como Dios manda. Sencillamente, les faltaban manos: médicos, enfermeras, auxiliares... Y creo que solamente por eso me dieron un salvoconducto para salir del campo a condición de que me presentara inmediatamente al doctor Wirths, *Hauptsturmführer* de las SS. Este me mandó a trabajar a un hospital para alemanes que estaban montando en Brzezinka. Luego el mismo Wirths ordenó que me trasladara a Gliwice para trabajar como médico en una fábrica, pero conseguí escabullirme al cabo de un mes. Hasta la liberación, logré ocultarme de los alemanes en Cracovia y alrededores. Esa es mi historia. Y tú, ¿qué tal?

—Como ves, también he llegado con vida hasta la hora de la liberación —respondió Adam Kurylowicz, sonriendo de oreja a oreja. Su gesto se torció al continuar—. Pero fue duro. El peor momento fue cuando los alemanes decidieron evacuar Auschwitz. Nos pusieron en filas y nos sacaron a toda prisa. Aun así, muchos presos se quedaron, no pudieron ni acudir al toque de diana de lo enfermos y hambrientos que estaban. Entonces los SS dijeron que los que se quedaran morirían porque todo el campo había sido minado y lo iban a volar por los aires.

—Y tú, ¿saliste?

—Ya iba a hacerlo, pero estaba tan débil que me habría quedado parado nada más comenzar la marcha. Y entonces, ¿qué? Una bala en la sien y a la cuneta. Por eso me quedé. Pensé que, si iba a morir, que fuera en casa, en Polonia, y no errando entre extraños, no se sabe dónde.

—Y ¿qué? ¿Lo hicieron estallar?

—Sí, pero no las barracas llenas de gente, sino las pruebas de sus crímenes. Primero volaron por los aires los crematorios y las cámaras de gas, y al final prendieron fuego a los almacenes de objetos robados a los presos. La humareda negra lo cubrió todo en los alrededores durante los siguientes días. También hubo algunos fusilamientos y asesinatos, pero ya no a la misma escala que antes. Cuando empezaron a sonar los cañones en el este y vieron que el bombardeo se acercaba a Oswiecim, los últimos SS pusieron pies en polvorosa. Yo ni esperé a que llegaran los rusos. Cuando vi con mis propios ojos que los últimos centinelas alemanes salían en bicicleta, la inyección de energía me bastó para llegar a pie a Cracovia. Imagínate: no hacía nada que estaba moribundo e incapaz de marchar hacia el oeste. Pues la marcha hacia el este fue para mí un paseo en estas condiciones —relataba Kurylowicz con entusiasmo. Pero volvió a ponerse sombrío y, tras sorber algo de cerveza añadió, mirando con ojos serios a Grabczynski—. Doctor, allí se están produciendo escenas dantescas...

—¿Dónde?

—En el campo de Auschwitz. En Birkenau. A cada rato alguien muere de hambre, de enfermedades, de frío. Ahí quedan varios miles de personas incapaces de ponerse en pie por sí solas. Están enfermos, famélicos, débiles, todos exigen ser hospitalizados de inmediato. Janek, por Dios, debemos hacer algo.

El camión soviético ZIS-5, ya destartalado por lo largo de la guerra, conocedor de infinidad de caminos y veredas de Moscú a Cracovia, recorría extraordinariamente la ruta que comunicaba la antigua capital del Vístula hasta Oswiecim. El conductor polaco conducía su vehículo con mano diestra, pisaba el acelerador hasta el fondo y esquivaba los baches y cráteres, con reflejos digno de un pistolero, que veía en la carretera. Solo de cuando en cuando una rueda se introducía peligrosamente en un agujero oculto por los charcos.

Entonces tanto el chófer como sus dos pasajeros daban un brinco en sus asientos, golpeándose simultáneamente con la cabeza en el techo de hojalata de la cabina. Se oía entonces un sonido sordo y metálico.

Los tres desgraciados caían entonces de vuelta a sus asientos, imprecando entre los dientes, mientras se frotaban con las manos su recién adquirido chichón. A pesar de que hubo varios incidentes similares, el conductor no aminoró la marcha ni por un momento.

El breve día de enero llegaba a su fin y la conducción nocturna por las carreteras de Polonia, por las que el frente acababa de desplazarse, no constituía precisamente un placer. Además de que el débil fulgor de los faros servía de poco en la oscuridad, la guerra continuaba y, a decir verdad, lo mejor era no usar las luces en absoluto por precaución. Quebrantar la orden de permanecer a oscuras podría atraer a los aviones alemanes o, lo que era aún peor, a los soldados soviéticos que vigilaban el orden en las carreteras.

De poco habría servido seguramente a los viajeros el documento emitido y firmado por el ministro de Educación y plenipotenciario del gobierno de la República de Polonia, Stanislaw Skrzeszewski. ¿Qué más daba que hubiera escrito que Adam Kurylowicz y Jan Grabczynski eran emisarios especiales del gobierno polaco que iban a examinar personalmente las condiciones de vida de los antiguos reclusos del recién liberado campo alemán de Auschwitz-Birkenau? Si, de todas maneras, en el territorio de Polonia imponían su ley los soldados soviéticos con sus metralletas en las manos, y no civiles polacos indefensos, por muy alto cargo que ocuparan en el nuevo gobierno marioneta instaurado en Lublin.

Por suerte, el trayecto discurrió sin incidencias y llegaron a Oswiecim antes del anochecer, cuando el rojo disco del sol se acercaba al ocaso. Los centinelas con sus fusiles, apostados a la entrada a la ciudad, no los detuvieron siquiera, sino que les hicieron una seña con la mano para que continuaran, pero avanzaron por las calles de la localidad ya más lentamente, con prudencia. Esquivaban los socavones de la calzada y buscaban con la mirada rótulos que anunciaran minas. Pero aquí parecía todo más tranquilo y seguro y las señales solo indicaban que no había riesgo de explosiones. Conforme se acercaban al campo se iban topando con grupitos de antiguos reclusos con pijama de rayas. Debía tratarse de aquellos que habían recuperado las fuerzas lo suficiente para intentar salir del campo y volver con los suyos por su propio pie. Esos grupitos eran cada vez más numerosos, hasta que llegaron a bloquear completamente la carretera. Ahora rodeaba el camión gente con traje de presidiario que ojeaba por todos lados y examinaba cuidadosamente el maletero vacío. Seguramente, a pesar de que las cocinas de campaña soviéticas seguían en funcionamiento, estarían buscando comida después de meses y meses de hambre. Muchos soñarían con platos ya olvidados de antes de la guerra, sazonados con refinadas especias y con guarnición de verduras y frutas. Pero ¿quién iba a tener antes de la cosecha tomates, zanahorias o manzanas? Solo pudieron darles a los presos unas cuantas galletas saladas que el previsor chófer llevaba consigo. No había otra que dejar allí el camión al cuidado del conductor. Continuaron solos, cruzándose por el camino a gente que conversaba en todos los idiomas del mundo y a varios soldados. Fueron estos los que les indicaron cómo llegar al bloque 21 y, tras atravesar finalmente el portón original con la inscripción forjada, entraron en el campo. Se trataba del lugar correcto porque justo en esa barraca se encontraba el pequeño hospital improvisado, dirigido por expresidiarios médicos de profesión. A la luz de una débil lámpara de queroseno, los doctores se multiplicaban para atender a los convalecientes con la ayuda de varias mujeres. Se trataba de Maurycy Samuel Steinberg, de Francia, Jakub Wollmann, de Checoslovaquia y Jakub Gordon, de Polonia. Entre los enfermos se encontraba también el doctor Jerzy Kwarta, quien, a pesar encontrarse enfermo, daba a otros pacientes consejos médicos. La información que los galenos les suministraron no les llenaba de optimismo. A pesar de la liberación y de que una legión de reclusos había ya abandonado Auschwitz, en el campo principal y en los secundarios quedaban aún unos siete mil enfermos necesitados de inmediata atención médica y hospitalaria. Además, se decía que la situación de Auschwitz era «maravillosa» comparándola con la de KL Birkenau.

—Id a Birkenau —pedían a Grabczynski y a Kurylowicz los médicos del improvisado centro sanitario—. Allí comprenderéis de verdad lo que pasa y lo que necesitamos para salvar a toda esta gente. Id a Birkenau.

Momentos después, el ZIS-5 trituraba ya el barro de los surcos del carril que conducía al portón y a la rampa de Birkenau. Se detuvieron junto al pequeño repecho y bajaron de la cabina, mirando a su alrededor. Cuán diferente era Birkenau del campo matriz. Se notaba vacío, pues los reclusos capaces de andar por sí mismo habían abandonado hacía tiempo este lugar. Las barracas de madera de una planta esparcidas por el extenso terreno parecían totalmente deshabitadas en comparación con los edificios de ladrillo de Auschwitz. En Birkenau solo en algunos sitios muy concretos brillaban, muy débilmente, puntos de luz. Guiándose por esas pequeñas luminiscencias dieron finalmente con una barraca que parecía ser una sala para enfermos. En el pabellón, caldeado, pero aún frío, la doctora Katarzyna Laniewska y el doctor Otto Wolken se desplazaban con precipitación de cama en cama. No tenían tiempo para minuciosas conversaciones con los recién llegados y respondían secamente a las preguntas que les hacían. A pesar de ello, Jan Grabczynski y Adam Kurylowicz escucharon muy atentamente cuanto les decían sus colegas y el primero de ellos anotaba velozmente con su lápiz en un grueso cuaderno la información más importante: «Birkenau: barracas llenas de enfermos, moribundos. Sin instalaciones eléctricas ni tuberías. Hay que sacar cuanto antes a varias decenas de enfermos mentales (entre ellos algunos furiosos). Cuanto antes llevarse del campo a los huérfanos sin madres ni padres. ¡LO MÁS IMPORTANTE! Traer a Auschwitz y Birkenau a un número adecuado de médicos, enfermeras, auxiliares y cocineros».

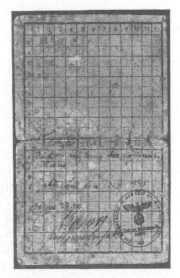

Documento emitido en el campo a nombre de Jan Hyla, preso nº 101291.
(Archivo del Museo Nacional Auschwitz-Birkenau)

Vista del muro y del bloque 11 desde el cascajar, septiembre de 1945 Foto de Z.
Klewander (Archivo del Museo Nacional Auschwitz-Birkenau)

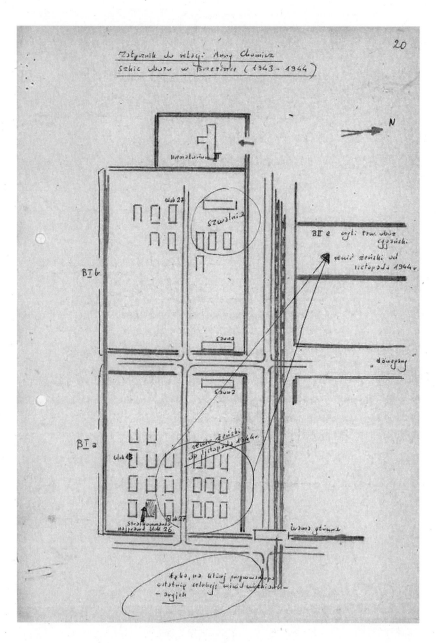

Boceto de un fragmento del campo de Birkenau. Anexo a las memorias de la reclusa Anna Chomicz. (Archivo del Museo Nacional Auschwitz-Birkenau)

LA REUNIÓN

Enero de 1945

—No va a salir bien. ¡No puede salir bien! —repetía en voz demasiado alta y dando vueltas de un lado a otro de la habitación uno de los presentes. Todos fijaron su vista en él. Mieczyslaw Bilek, famoso médico cracoviano, antes de la guerra epidemiólogo, ahora director del Departamento de Salud de la provincia de Cracovia. Ya había empleado todos los argumentos posibles para oponerse a la idea de trasladar a Cracovia a todos los enfermos del campo de Auschwitz-Birkenau y acomodarlos en los hospitales de la localidad. Ahora, impotente, no dejaba de dar vueltas, repitiendo su última consigna.

—Eso no puede salir bien. ¡No puede! —Se sentó por fin y le dio un codazo a su asistente, que se levantó y se dispuso a tomar nota. Pero, antes de que pudiera comenzar, intervino el ministro Jan Karol Wende:

—¿No tenemos capacidad para traernos aquí a toda esa gente?

—Ni por ensoñación —respondió acalorado el ministro plenipotenciario del gobierno Stanislaw Skrzeszewski.

El delegado del ejército rojo, que entendía muy bien el polaco, aprovechó la negativa respuesta del ministro para su cuña de propaganda bolchevique:

—Podemos poner donde sea y cuando sea varias decenas de camiones militares, y eso sin contar los carromatos que podemos requisar de los campesinos locales. Desde una perspectiva militar estamos en condiciones de transportar a varios miles de personas en el transcurso de unos pocos días.

—Entonces ¿cuál es el problema? —Wende volvió a mirar Bilke, acalorado por la discusión. Éste miró sombrío al ministro y, resignado y sin ganas de volver a exponer su opinión desde el punto de vista médico y científico sobre el peligro de que estallaran peligrosas pandemias, volvió a darle un toque en el brazo a su asistente. Este, que había permanecido todo el rato casi en posición de firmes, comenzó por fin a leer, empleando datos numéricos. Tardó un rato largo en terminar y, después de enumerar las camas disponibles en este o aquel hospital, resumió su discurso:

—Tras el paso del frente y de los enfrentamientos bélicos, hoy en día los hospitales de Cracovia no disponen de plazas libres. Por supuesto, podemos tratar de salvar la situación y dar el alta inmediata a los enfermos leves y a los convalecientes. Podemos intentar agregar camas y colchones en los pasillos y en los sótanos. Podemos incluso tratar de montar salas provisionales en escuelas o fábricas, pero después de hacer el cálculo nos salen entre mil y mil quinientas plazas adicionales. Teniendo en cuenta que necesitamos siete mil, es un número insuficiente.

—Y eso no es todo —Se alzó Bilek, que visiblemente había recobrado el aliento y trató de exponer nuevamente con palabras más sencillas los riesgos de una epidemia masiva. —Hay que tener en cuenta que los pacientes del campo de concentración tienen enfermedades contagiosas, como la fiebre tifoidea, la tuberculosis y vete a saber qué diablos más. Los alemanes disfrutaron de lo lindo haciendo experimentos médicos extremos y contagiaron a los presos enfermedades de todo tipo. Mi pregunta a los señores ministros: ¿está Cracovia en condiciones de luchar contra esos virus? ¿No corremos el riesgo de que estalle una epidemia que no podremos controlar?

—¡El estallido de una epidemia es un riesgo, pero ya en Auschwitz y Birkenau! —exclamó Kurylowicz, que ya no aguantaba más.

—Allí los enfermos no tienen fuerzas ni para levantarse. Orinan y defecan acostados. Los exprisioneros se mueren en sus propios excrementos. No hay agua, no hay letrinas, no hay luz, no hay calefacción. No hay nada —enumeró Grabczynski excitado.

—Los hospitales de campaña soviéticos ¿pueden hacerse cargo de esa gente? —Skrzeszewski echó una mirada interrogante al ruso.

—De ningún modo. En estos momentos tenemos uno o dos hospitales de campaña, pero se trata apenas de una docena de personas entre médicos y enfermeras. No están en condiciones de abarcar tantas obligaciones. Además, cuando el frente se desplace el hospital marchará hacia el oeste siguiendo al ejército. Debéis encontrar otra solución.

—¿Y colocar a los enfermos en los hospitales de las ciudades vecinas? ¿Y si, en vez de buscar siete mil plazas en Cracovia, encontramos, digamos, cuatrocientas en cada una de las ciudades más grandes y cien en las localidades menores? —pensó Wende en voz alta.

—Y expandimos la pandemia por todo el país... —murmuró entre dientes Bilek, sin evitar que comentario lo oyeran todos.

—Parece que no es buena idea tanto por cuestiones de organización como de registro. No perdamos de vista que los enfermos provienen de diversos países, hablan distintos idiomas, no tenemos sus documentos, ni los registros, ni el listado de enfermedades. Dudo que haya papeles de este tipo en el campo de concentración... —el razonamiento del coronel Stanislaw Plappert, presidente de la circunscripción cracoviana de la Cruz Roja polaca, resultó del todo lógico y recibió el apoyo inmediato de otros activistas de la CRP local, Kostarczyk y Trzebinski.

—Entonces ¿qué podemos hacer? —El ministro Wende preguntó pausadamente con premeditación y fue posando su mirada en cada uno de los presentes.

—¿Qué hacer?

—¡Yo tengo una propuesta y un proyecto sencillo y bien pensado! —Al fondo de la sala se levantó de su silla un hombre corpulento de unos sesenta años que había permanecido callado hasta el momento. —Señores, ya lo hemos debatido y planeado todo. Hace ya varios días que me reuní con mi equipo y podemos proponer una solución a este problema tan candente. No hará falta buscar plazas en los hospitales de Cracovia ni organizar ningún transporte. No habrá ninguna epidemia que se expanda por la región ni tendremos que contar con el apoyo de los médicos del Este. —Echó una mirada triunfal a su alrededor, pero al ver únicamente rostros perplejos, añadió rápidamente: —Organizaremos un hospital allí, en Auschwitz. Ya tengo un equipo de médicos de confianza y experimentados y yo a su cabeza puedo dirigir personalmente la labor de este insólito centro médico.

—¿Quién es este? —preguntó furtivamente el oficial soviético sentado al lado de Skrzeszewski, que no sabía nada acerca del clarividente galeno.

—Es Józef Bellert, de Varsovia —dijo Skrzeszewski en voz baja para no interrumpir la exposición del doctor.

—¿Nada más? —siguió indagando el curioso oficial, que evidentemente debía estar relacionado con el NKVD y ya antes había tomado nota de que el doctor Bilek no quería en absoluto adherirse al Partido Obrero Polaco y de que el coronel Plappert fue representante de la Cruz Roja Polaca en la comisión alemana que examinó las fosas de Katyn en 1943.

—Doctor en medicina general, evacuado por los alemanes junto con todo el hospital de la CRP después del levantamiento de Varsovia.

—Ah... ¿De confianza? —siguió inquiriendo el ruso y Skrzeszewski solo se encogió de hombros mientras escuchaba las explicaciones de Bellert, el cual, después de presentar su visión de un hospital en el viejo campo de concentración, agregó respondiendo a las inquisidoras miradas:

—Represento a un grupo de médicos y enfermeras del hospital de la Cruz Roja de Varsovia que los alemanes evacuaron a Cracovia con los enfermos tras la capitulación del levantamiento. Yo ya he estado en un campo de concentración: Durchgangslager Pruszków. Después del alzamiento. De verdad, no hacen falta cámaras de gas para asesinar en serie. La falta de ayuda médica y de higiene basta por completo. He visto muchas cosas en el frente. Tuve experiencia como médico durante la primera guerra mundial —vaciló un momento mirando de reojo al oficial soviético—, durante otras... batallas..., en septiembre del 39... He operado a heridos bajo las bombas alemanas en Varsovia durante el alzamiento y he socorrido a moribundos ya después de la lucha. Me las apañaré.

—¿Va a organizar usted en un campo de concentración un hospital de campaña para siete mil personas? —preguntó despectivamente Skrzeszewski, al que todo esto le parecía un mal chiste o los ensueños de un loco de atar.

—¿Me pregunta usted en privado o de servicio? La respuesta de servicio es: ¡sí! Voy a hacerlo como me llamo Bellert. Es lo que les debemos a esos desdichados como polacos, como representantes de una comunidad llamada Polonia, como médicos que se comprometieron por el juramento hipocrático. Y, en privado, le digo: se lo debo a toda esa gente personalmente. Yo tuve suerte: los alemanes asesinaron o mandaron a campos de concentración a la mitad de mi hospital. He sobrevivido al alzamiento y al fuego de los *Nebelwerfer*. Y continuamente me pregunto por qué yo me he salvado y otros han sido menos afortunados. Así que quiero ir allí. No iré solo, me acompaña un grupo de profesionales que están igual de locos igual que yo.

—Pero recuerde que no disponemos por el momento de medios económicos para organizar el hospital. ¿Verdad, señor ministro? —Wende mandó a Skrzeszewski una mirada interrogante y éste asintió.

—No necesitamos dinero —respondió Bellert apaciblemente. Somos fugitivos de Varsovia, unos vagabundos aquí. Nos basta un techo sobre nuestras cabezas y algo de comida.

Pero Bilek, contento de que por fin su visión hubiera triunfado en cierto modo, añadió:

—Al principio podemos daros dos mil zlotys del Departamento de Sanidad de la Voivodía de Cracovia para los costos de administración del centro. Y luego, ya veremos.

—Y nosotros —agregó magnánimo el oficial soviético— garantizaremos al hospital la comida. Ya tenemos trabajando en Oswiecim varias de nuestras cocinas de campaña.

—Bien —recapituló la sesión Wende, secándose con un pañuelo el sudor de su frente—. Así pues, señor Bellert, le nombro director del hospital de la Cruz Roja en Oswiecim, y a la vez será usted médico-jefe de ese centro.

En los últimos días de enero de 1945 hubo varios encuentros más en el Hotel Francuski de Cracovia. Tomaron parte en ellas Jan Karol Wende, ministro plenipotenciario del Gobierno, el Dr. Stanislaw Skrzeszowski y el director del Departamento de Sanidad de la Voivodía de Cracovia, el profesor Mieczyslaw Bilek.

—Señor Wende, no es el primer hospital que tengo que montar en un erial. Sé lo que hay que hacer. El caos y las catástrofes son iguales en todas partes. La diferencia es la escala. Y el reto es sacar la empresa del caos y conducirla a un orden eficaz por su simpleza.

—¿Qué quiere decir eso? —preguntó Wende.

—Eso quiere decir que parte de las decisiones podemos tomarlas aquí mismo. Hay que sacar del campo a las embarazadas y lactantes. Los niños de pecho, con ellas. Necesito varias sedes que hagan de hospitales de paso. Por supuesto, hablo de pacientes medianamente sanas, no de las que necesiten una hospitalización seria —explicó Bellert—. Debemos dividir el trabajo en segmentos fáciles de controlar. Estos caballeros nos han informado acerca de los dementes. Debemos aislarlos cuanto antes. Exigen más tiempo y personal que los enfermos sin problemas mentales, cosa que no debo explicarles.

—Los que podamos, nos los traeremos a Cracovia a la Clínica Psiquiátrica de la calle Copérnico —incidió Bilek—, y solicitaremos también personal auxiliar a las órdenes femeninas. Ya hay varias allí. Les pediremos más hermanas, incluso sin preparación médica.

—Bien, pero recuerde que se trata de un verdadero establo de Augías. En un hospital de campaña, la gente se hace sus necesidades encima, literalmente. Un hospital se vuelve normal cuando los enfermos son capaces de gritar: «Enfermera, el orinal» y hay alguien que le pueda poner ese orinal debajo del trasero. Así pues... Hay que curar a los pacientes, pero tenemos que limpiar el hospital, rasparlo hasta dejarlo en carne viva y desinfectarlo. Para eso necesito hombres. Jóvenes y fuertes. Cuantos más, mejor.

—Allí al lado, en Brzeszcze, han montado un hospital espontáneamente. La gente lleva comida, medicamentos. Hay voluntarios de la Cruz Roja, acudamos a ellos.

—Buena idea, necesitamos gente ya experimentada y sin miedo al trabajo duro de verdad.

Al cabo de dos días ya se había preparado un grupo de voluntarios de la Cruz Roja que debía trasladarse a Oswiecim lo antes posible. Los miembros de este primer equipo provenían mayormente del personal médico de Varsovia, que había sido evacuado por los alemanes tras la capitulación del alzamiento en esa ciudad. Encabezaba esta delegación el doctor Józef Bellert, al que le acompañaban los médicos Jan Perzynski, Jan Jodlowski, Jadwiga Magnuszewska y Zdzislaw Makomaski. Además, formaban parte del grupo los recién graduados en medicina Józef Grenda y Andrzej Zaorski), el jefe de la secretaría del hospital, Henryk Kodz, alrededor de una docena de enfermeras (con Genowefa Przybysz al mando) y unos veinte asistentes sanitarios. En total, algo más de treinta personas.

El doctor Józef Bellert con los miembros de una comisión de visita en el hospital.
(Archivo Nacional Museo Auschwitz-Birkenau)

Voluntarios de la Cruz Roja Polaca provenientes de Brzeszcze: 1. Zdzisław Bosek, 2. Adam Kolanko, 3. Un soldado del hospital soviético, 1945. (Archivo Nacional Museo Auschwitz-Birkenau)

Niños prisioneros liberados de KL Auschwitz tras la valla de alambres del campo matriz, 1945. Detrás, a la derecha, sor Tacjana Pozarowszczyk, a cargo de los pequeños. (Archivo Nacional Museo Auschwitz-Birkenau)

Día de la onomástica del doctor Jan Jodlowski. El doctor Jodlowski con Lidia Polonska. (Archivo Nacional Museo Auschwitz-Birkenau)

LOS PRIMEROS SOCORRISTAS

Enero de 1945

—Requiem aeternam donna eis Domine —rezó premioso el padre
Stanislaw Szlachta al pie de una tumba de dimensiones consi-
derables, mientras trataba de darle la espalda al pertinaz viento.
Pero no le sirvió de mucho, pues las continuas ráfagas zaran-
deaban sin cesar el bajo de su sotana y alzaban los extremos de
su estola. Pero lo peor eran los gélidos golpes de aire con las
orejas al descubierto. El sacerdote no tenía intención de volver
a sufrir este invierno una otitis. Por lo demás, en su parroquia
de Brzeszcze los acontecimientos se sucedían desde hacía unos
meses y no tenía tiempo para sus enfermedades y achaques.
Estaba terminando el entierro de presos de Auschwitz que no
aguantaron el paso de la evacuación y fueron rematados por
los alemanes. Tras el paso de las marchas de la muerte, en la
zona de Brzeszcze se hallaron algo más de una docena de cadáveres a los que había que dar cristiana sepultura cuanto antes.
   —Requiescat in pace. Amen —concluyó el padre Szlachta junto
a otra tumba recién excavada. Cuando el enterrador comenzó
a cubrir el ataúd con paladas de tierra congelada, el cura se despidió presuroso y salió con los monaguillos del cementerio de
Brzeszcze, seguramente tenía un nuevo servicio que prestar en

otro sitio. Volvió a la casa parroquial, se tomó a toda prisa un té caliente que le había preparado la asistenta y unos momentos después ya estaba listo para continuar su camino. Salió, se montó en su vieja bicicleta y partió en dirección al Este. Le costó recorrer aquellos cientos de metros, pedaleando penosamente y moliendo con las ruedas una nieve que había sido ya machacada por cientos de ruedas y miles de pies. Al ver a un hombre que esperaba junto a la carretera se bajó de la bicicleta con verdadera satisfacción y siguió ya a pie, conduciendo su vehículo tan poco útil resultaba con aquellas condiciones atmosféricas.

—¡Sea alabado Jesucristo! —exclamó el doctor Marian Zielinski al ver al fatigado y sudoroso sacerdote, con el que se había citado allí.

—Por los siglos de los siglos... —respondió el agotado clérigo.

—¿Seguro que le hace falta a usted esta bicicleta?

—Para este camino, efectivamente parece un peso innecesario...

—¿Y no querría desprenderse de ella?

—¿Quiere decir que si la regalo o la vendo? No, para nada —añadió rápidamente el padre al ver que el doctor asentía—. De eso ni hablar. Es mi único medio de locomoción independiente. Cuando tengo que asistir a feligreses que viven lejos, me ponen una carreta. Pero para tramos cortos me bastan mis piernas o esta bicicleta me sacan del atolladero.

—Pues le recomiendo de corazón que no se la lleve a Brzezinka.

—¿Por qué? —preguntó el cura visiblemente extrañado mientras echaba una mirada escéptica a su vieja, aunque aún útil máquina.

—Se rumorea en el pueblo que los soldados rusos no sólo sienten predilección por los relojes... —El médico guiñó el ojo con gesto de entendimiento, pero sin sonreír en absoluto.

—¿En serio?

—Totalmente. Si quiere conservar su bicicleta, le aconsejo, para poder mantener mi conciencia tranquila, que la deje en la casa parroquial.

—Si usted lo dice... —El sacerdote observó con cierta incredulidad en el rostro de Zielinski, pero como no notó en él ni el menor rastro de guasa en la advertencia, dio media vuelta resignado y se encaminó pesadamente hacia la iglesia, conduciendo su bicicleta.

—Tengo algo mejor que su bicicleta —dijo el médico unos minutos más tarde, cuando ya caminaban hacia Birkenau.

—¿Qué es lo que tiene ahí guardado?

—¡Esto! —dijo el doctor, sacando con gesto victorioso dos brazaletes blancos con la cruz roja— Póngaselo. Algo de seguridad nos dará, llegado el caso. La bicicleta no nos la habrían salvado, pero la vida a lo mejor sí.

—No tiente usted a la suerte, doctor...

Siguieron con paso franco y decido hacia el Este, bromeando y contándose las noticias más frescas del frente y los últimos chismes de los vecinos de la comarca. Por desgracia, escogieron la ruta menos transitada hacia el antiguo campo de Birkenau y no se cruzaron con ningún coche, trineo, ni carromato a pesar de sus esperanzadas y frecuentes miradas a ambos lados. Aun así, gracias a la interesante conversación el trayecto, de algo más de hora y media, se les hizo muy corto. Al entrar en la circunscripción de Birkenau, la imagen del campo, ya liberado, superó totalmente sus expectativas. Venían a ayudar, pero ¿qué eran sus cuatro brazos ante las necesidades de varios miles de exprisioneros gravemente enfermos, precisados de inmediata hospitalización? Después de sondear la situación, el doctor Zielinski y el padre Szlachta decidieron volver inmediatamente a Brzeszcze y organizar la ayuda proporcional a las necesidades de los enfermos que permanecían en Birkenau, en la medida de sus modestas posibilidades en tiempos de guerra.

∗∗∗

Los cascos de los caballos golpeaban rítmicamente la congelada nieve, arrojando hacia arriba pedazos de tierra helada y blancas partículas cristalinas, y arrastrando una nívea neblina mezclada con el vapor que exhalaban los descubiertos y sudorosos costados de los animales. A pesar del frío ambiente, los caballos no tenían por qué temer resbalar y partirse una pata, pues llevaban buenas herraduras invernales, así que llevaban un trote alegre, contentos de salir por fin del establo y de la blancura que los rodeaba. Su primer paseo invernal era maravilloso. Iban dejando el rastro de sus cascos y el de los patines del trineo y una blanca y húmeda polvareda quedaba al rezago de su trote. Los dos caballos, que estaban bien alimentados, remolcaban el viejo trineo por la blanquecina vereda, demarcada tan solo por dos filas de árboles a ambos lados del arcén. El vapor no solo salía de sus costados, sino también de sus hocicos abiertos. El arduo correteo no los cansaba en absoluto, más bien era al contrario, y parecía que la salida a la nieve les proporcionaba mucha alegría.

No se podía decir lo mismo del carretero ni de los pasajeros. Los rostros severos de aquellos hombres denotaban seriedad y concentración excepcionales. De vez en cuando podía adivinarse en sus pupilas una nerviosa expectación, quizá incluso miedo. El conductor, envuelto en un desgastado zamarrón, cada dos por tres blandía gallardo su látigo por encima de las ancas de los caballos, apremiando su trote. Los demás pasajeros, apiñados en la parte trasera, enterrados bajo un montón de mantas y pieles, iban enfrascados en sus propios pensamientos. El paisaje invernal para nada los llenaba de gozo. Ni siquiera el sol era capaz de sonsacarles una sonrisa al centellear en sus caras cada vez que se asomaba, sorteándolas, por encima de las copas de los árboles. La misión que los llevaba a la ciudad era un asunto serio, no había lugar para bromas.

El trayecto dejó de ser rápido y placentero nada más llegar a Oswiecim. Ya en los arrabales había centinelas soviéticos controlando a todo el que entraba o salía de la ciudad. A excepción de los militares, por supuesto. Aunque también en esto había salvedades. El trineo tuvo que esperar un buen cuarto de hora haciendo cola, pues uno de los guardianes, joven y excesivamente celoso en los menesteres encomendados, se puso a inspeccionar el camión militar que los precedía. Sin hacer caso de las bromas de los veteranos que estaban en el interior del vehículo, examinó detenidamente sus documentos. Respondiendo a las pullitas que le mandaban, rodeó el camión, inspeccionando cuidadosamente su estado técnico. Se demoró un buen rato y, cuando dio permiso para arrancar fue despedido por una lluvia de silbidos, tacos y chistes mal gusto. Los civiles tuvieron más suerte y el trineo no tardó en continuar su viaje por las calles de Oswiecim.

Se dirigieron al campo desde la ribera del Sola, esquivando montículos de nieve sin retirar, y trataron de cruzar el portón que había junto a la que fue villa del comandante. Apenas habían entrado, los caballos se quedaron petrificados. Algo les infundía un temor extraordinario y no querían seguir adelante. El carretero se bajó rápidamente del pescante y trató de explicar algo a sus pupilos, acariciándoles las crines y agarrándolos fuertemente de la guarnición. Intentó persuadirlos, animándolos con su propio ejemplo a dar unos cuantos pasos. Pero los rocines, de cuyos costados salían vapores tras la larga marcha, seguían quietos como estatuas, sin la más mínima intención de moverse. Los pasajeros se bajaron para intentar ayudar al conductor. Este tiraba hacia delante de los correajes con todas sus fuerzas y ellos empujaban el trineo desde atrás, pero apenas avanzaron unos pasitos y perdieron muchas fuerzas forcejeando con los caballos y el trineo. Al carretero no le quedaba otra y, soltando improperios en voz alta, sacó el látigo.

—Así os trague la tierra, parásitos. Así nunca más probéis la avena. *Asín* os partáis en el hielo vuestras escuchimizadas patas. ¡Así se os pudran las tripas! —maldecía el dueño de los jamelgos, que seguramente solía ser bondadoso con sus caballerías, pero que ahora, furioso por la actitud de sus animales, chasqueaba sus lomos con el látigo.

Pero de poco sirvió. Los caballos agacharon las orejas, se mecían a uno y otro lado, pataleaban con sus pezuñas, pero no daban ni un paso adelante. Resignados por la terquedad de los animales, los pasajeros ya habían decidido dejarlos ahí con su dueño y continuar a pie atravesando los montículos de nieve, pero cedieron a una última petición del carretero. Se pusieron detrás del trineo y empujaron con todas sus fuerzas, mientras el conductor tiraba de los correajes a la altura del cuello a la vez que les daba latigazos en los lomos.

El punzante dolor surtió efecto y los horrorizados animales dieron un brinco y salieron disparados. Casi echaron al suelo al carretero, que tenía asía en sus manos el atalaje y tuvo que salir corriendo tras el trineo. Los demás hombres también estuvieron a punto de caer en la nieve. Recuperaron el equilibrio sosteniéndose mutuamente y miraron pasmados cómo, aunque el camino parecía llano, el trineo iba dando botes al tropezar con accidentes del terreno. Unas decenas de metros después, el carretero, que milagrosamente había evitado una caída, logró detener a sus caballos. Le ayudaron los soldados soviéticos a cargo del servicio de cocina, que estaban en las inmediaciones y acudieron al oír los gritos e improperios. El conductor, visiblemente calmado, dejó el látigo en el trineo, asió nuevamente la guarnición y se puso a explicarles algo pacientemente a sus caballos, poniéndolos por las nubes y disculpándose por el uso de la fuerza. Mientras tanto, los soldados trataban de comunicarle algo, señalando el camino que llevaba al portón, pero él, ocupado como estaba con sus bayos, no sabía bien a qué se referían, además de que desconocía su idioma.

—¡*Nielzia*! ¡No se puede! ¡No se puede! —chillaban señalando el camino por el que había venido el trineo.

Y continuaron explicándole, gritando a cuál más:

—*Eto ochien plojaya ideya*. Es muy mala idea.

—No podéis hacer eso.

—Entrad por el otro portón.

—*Son muertos.*

Entre tanto, Zdzislaw Bosek llegó a donde estaba el conductor siguiendo las huellas del trineo y saltando los obstáculos. Agarró una pala que el previsor carretero se trajo consigo por si el vehículo se quedaba atascado por culpa de la nieve.

—¿Minas? —preguntó a los temerosos rusos. Cuando le respondieron que no, se acercó con su herramienta al primer montículo, clavó la pala los más hondo que pudo y comenzó a quitar la nieve, pero no tardó en dar con un obstáculo invisible. Forcejeó unos instantes con un objeto congelado oculto bajo la nieve. Finalmente, no pudo más y, resignado, entregó la herramienta a otro pasajero, quien fue algo más precavido y comenzó a retirar delicadamente la nieve por encima. Con destreza quitó una capa de nieve fresca y luego otra más, pero después dio con una capa totalmente congelada. Antes de clavar la pala trató de extraer algo de hielo y entonces vio un trozo de tela de rayas. Espantado, dio un paso atrás, pero en ese momento, los demás polacos se pusieron manos a la obra al ver su extrañeza. Se arrodillaron en la nieve y comenzaron a apartar nieve y pedazos de tierra congelada con las manos, casi hiriéndoselas con las afiladas aristas del hielo. No tardaron en desenterrar el cadáver de un prisionero vestido con traje de rayas. Zdzislaw Bosek se levantó tembloroso y miró en torno suyo. Había pequeños montículos de nieve por todas partes, alrededor de ellos, junto al portón, delante del trineo... Ahora se daba cuenta de que todo eran tumbas de presos asesinados o muertos de agotamiento que no habían sido enterrados por los alemanes, a quienes la propia naturaleza había sepultado piadosamente bajo su manto invernal.

A pesar de que quedaba poco para el atardecer, no interrumpieron su labor y siguieron dejando al descubierto nuevas tumbas de los reclusos. Siguiendo el ejemplo de los polacos, los soldados soviéticos se pusieron también manos a la obra, equipados con palas y palancas que trajeron de los almacenes, y luego también con una carretilla de dos ruedas, pues el carretero ni por todo el oro del mundo se avendría a poner cadáveres en su trineo.

Después de descubrir los restos humanos, la tarea más difícil era despegar los cuerpos del sustrato congelado. Para ello había que introducir cuidadosamente la pala debajo del difunto y separarlo poco a poco del suelo. Antes de que apareciera en el firmamento la primera estrella, concluyó el trabajo y los enfermeros soviéticos encargados de los enterramientos en el campo fueron retirando sucesivamente con la carreta las varias decenas de cadáveres que se habían colocado a lo largo del camino.

Acabada la lúgubre tarea, los recién llegados de Brzeszcze fueron invitados a cenar. No faltó aguardiente casero a la mesa y, cuando los rusos se enteraron de que los polacos eran miembros de la Cruz Roja y venían a ayudar, se alegraron sobremanera. Todos tendrían camastro, mantas y uniformes soviéticos. Acordaron más o menos, principalmente por medio de señas, cuáles eran las obligaciones de cada uno y la labor del día siguiente. Los polacos, cansados, se acostaron rápidamente. El carretero decidió pasar la noche allí también y volver a Brzeszcze a la mañana siguiente, pero, antes de irse a dormir, salió a dar las buenas noches a sus caballos y a excusarse una vez más por haberles castigado con el látigo.

***

Una delicada muchacha, arropada hasta la mismísima nariz, accionó el gran picaporte del portón de la iglesia. Como no pudo abrir, por un momento se quedó pensando si no sería demasiado temprano para entrar en el oscuro templo. Volvió a intentarlo con todas sus fuerzas y casi se quedó colgando del pomo de latón, que finalmente cedió al esfuerzo de la chica. Apenas logró entreabrir el enorme y pesado portón para hacerse un hueco. La densa oscuridad del interior de la iglesia apenas podía distinguirse de las que seguían adueñadas del exterior, pues solo junto al altar brillaba una pequeña vela. Evidentemente, era pronto para el oficio matutino. La muchacha se santiguó, tras introducir su mano en la pila del agua bendita, besó los pies de un crucificado y buscó uno de los bancos laterales donde se arrodilló rápidamente. Estaba a punto de salir, después de un cuarto de hora de oración, cuando desde las alturas del templo sonó portentoso el órgano. El organista comenzaba su trabajo cotidiano y anunciaba el comienzo de la misa deslizando sus manos con maestría por las teclas del viejo instrumento. Lo hacía tan maravillosamente que uno al principio podía pensar que la música que fluía por las bóvedas la emitían arpas o cítaras celestiales. La chica, aunque había terminado sus rezos, seguía absorta escuchando los sonidos de aquella desconocida y dulce melodía. Una nueva sorpresa vino a anidar en sus sentidos cuando, desde el coro, el hermoso canto de una monja se unió a la melodía celestial del órgano.

«¿Por qué esta noche brilla la luz en las tinieblas y resplandece el cielo como un sol? Cristo, Cristo ha nacido y nos salva del maligno. ¿Por qué anuncias hoy, ángel de Dios, tamaña alegría a los hombres? Cristo, Cristo ha nacido y nos salva del maligno...»

La muchacha permaneció en su letargo hasta la tercera estrofa. Entonces se dio cuenta de que la hermosa melodía era el canto de entrada de la misa. Y si la misa empezaba a la hora en punto y ella estaba citada a las seis de la mañana, eso quería decir que llegaba tarde a la misión más importante de su vida. Se santiguó rápidamente, se alzó el cuello de la gabardina y salió corriendo de la iglesia. Por suerte, el lugar de la reunión estaba cerca. Ora corriendo, ora patinando sobre la nieve, pocos minutos después había llegado. Respiró aliviada al ver ya de lejos un grupo de personas a la espera de un medio de transporte y a varios rostros conocidos entre ellos.

—Sea alabado Jesucristo... —susurró jadeante, acercándose a una de las mujeres.

—Por los siglos de los siglos —respondió algo extrañada por el saludo Joanna Jakobi, enfermera diplomada de veintisiete años—. Buenos días —añadió con un tono que recalcaba su superioridad.

—Buenos días —respondió Genowefa Ulman, de diecinueve años, algo desconcertada. —Es que, sabéis, hoy es la fiesta de la Candelaria, esto es... la Presentación del Señor. ¿Habéis ido ya a la iglesia? —Echó una ojeada en derredor, pero sólo vio un muro de miradas de extrañeza y la única respuesta que encontró fue un encogimiento de hombros. ¿A quién se le podía ocurrir ponerse a buscar alguna iglesia tan temprano en Cracovia cuando a las seis de la mañana salían hacia Auschwitz para trabajar sin descanso? Joanna solamente respondió, a la par que hacía un gesto negativo con la cabeza:

—No, yo no he ido.

La breve frase bastó para que la tímida Genowefa se asiera a ese hilo de comprensión.

—Pues yo ya he estado. Solo un momentito, porque salíamos a las seis. Pero me dio tiempo a rezar un poco por el éxito de nuestra misión y para que hagamos un buen trabajo. Me llamo Genowefa Ulman, pero todos me llaman Zenia —sonrió de oreja a oreja, dejando al descubierto una hilera de preciosos dientes blancos, y le tendió la mano con gesto resuelto e imperativo.

—Soy Joanna Jakobi, enfermera diplomada —replicó la mujer, apretándole la mano. Le había desarmado la confianza y la algo exagerada sinceridad de su compañera de viaje—. Pero, por favor, llámame Joasia.

—Pues yo, a pesar de ser tan joven, ya he trabajado en un hospital en el frente —dijo la joven, con el rostro ruborizado y voz orgullosa—. ¿Sabéis cuál es la situación en el campo?

—No lo sé —respondió Joanna pensativa—. Pero he oído el relato de un hombre que estuvo allí después de la liberación.

—¿Y qué dijo?

Permaneció un tiempo inmóvil, con la mirada ciega, clavada en imágenes lejanas, inaccesibles a otros. Los espectros de la imaginación que desfilaban ante sus ojos debían ser espantosos, pues su cara rápidamente se contrajo y se cubrió de seniles arrugas causadas por la pesadumbre y sus pupilas se ensancharon del pavor a la sola mención de ese relato acerca aquel Infierno venido a la Tierra. Envejeció décadas enteras en un instante.

—Nada en especial —despachó con rapidez a su joven compañera y soltó una risa nerviosa—. No sé. Ya lo veremos allí. Seguro que nos espera mucho trabajo... —Cerró el escabroso tema al advertir que se acercaba un camión militar con la caja cubierta de dril. Al ver que el vehículo se detenía, todos los presentes cogieron sus modestos enseres y rápidamente se dispusieron a subir a la parte trasera con la diligente ayuda del conductor.

El primer grupo de enfermeras partió de Cracovia ya el 2 de febrero de 1945. El grupo principal, con Józef Bellert a la cabeza, se reunió frente al Hotel Francuski de Cracovia el 5 de febrero (según algunos relatos, el 6 de febrero) y recorrió los setenta kilómetros que separan esta ciudad de Oswiecim en un destartalado camión. Su guía era un antiguo presidiario, el doctor Jan Grabczynski. El equipo del doctor Bellert llegó al campo de concentración ese mismo día. Lo primero que les impactó nada más bajarse del camión fueron las gigantescas dimensiones de KL Auschwitz y KL Birkenau. Sobre todo, el aspecto de Birkenau era desolador con sus varias decenas de kilómetros cuadrados y sus barracas rodeadas de alambrada. Henryk Kodz rememora que aquellas barracas de madera tenían el aspecto externo de unos establos. Tenía razón, parte de los barracones empleados en KL Auschwitz II-Birkenau habían sido diseñados por los nazis como establos para caballos (OKH-tipo 260/9). Cada uno de esos edificios podía albergar cincuenta y dos rocines. En el campo de exterminio debían caber más de cuatrocientos prisioneros. Los demás grupitos del equipo del doctor Bellert fueron llegando a lo largo de los días siguientes. Por ejemplo, Lidia Polonska y otras dos enfermeras no encontraron medio de transporte, así que hicieron el viaje a Oswiecim a pie, llegando al hospital de la Cruz Roja el 12 de febrero, tras tres días de marcha.

Una vez allí, encontraron que en el campo aún permanecían miles de antiguos prisioneros, enfermos, agotados e incapaces de salir por su propio pie. El doctor Bellert calculó a ojo de buen cubero (pues entre tanto tenía lugar un verdadero «éxodo»), que había entre cuatro mil quinientas y cuatro mil ochocientas personas, de las que dos mil quinientas se encontraban en KL Birkenau, mil quinientas en el campo matriz de Auschwitz y seiscientas en el de Monowitz-Dwory. Los números del director administrativo del hospital de la Cruz Roja, Henryk Kodz, eran otros: Según su informe, en Birkenau quedaban dos mil doscientos exreclusos, en Auschwitz mil ochocientos y en Monowitz unos ochocientos. Pero añadió que ya durante los primeros días los enfermos de Monowitz fueron transportados y alojados en Auschwitz, y que aquella sede se clausuró. El mayor número de antiguos prisioneros lo constituían judíos europeos, provenientes principalmente de Hungría. Polacos había también bastantes en proporción: según calculó Bellert, unas setecientas treinta personas. Según otros datos llegaban casi al millar, de los que una parte importante (unos ciento setenta) eran habitantes de la capital a los que se trasladó allí durante y después del alzamiento de Varsovia. Entre ellos había también soldados del Ejército Nacional que recalcaban con orgullo de dónde procedían: «¡Venimos de Varsovia, del Levantamiento!» Por desgracia, muchos de ellos murieron antes de que concluyera la guerra.

En Auschwitz había mejores condiciones que en las demás ubicaciones. Allí los pacientes ocuparon al principio veinticinco barracones de ladrillo. Mucho peor se presentaba la situación en las frías barracas de Birkenau. Sus delgadas paredes de madera no podían mantener dentro el calor y además las literas dificultaban la labor de médicos, enfermeras y sanitarios.

Entierro de prisioneros del campo brutalmente asesinados por los alemanes.

Exprisioneros de KL Auschwitz II-Birkenau, enfermos, trasladados en carromatos a los bloques de ladrillo del campo matriz. (Febrero de 1945, foto B. Borysov, Archivo del Museo Nacional Auschwitz-Birkenau)

Expertos forenses soviéticos llevan a cabo la autopsia de cadáveres de presos asesinados por los alemanes en KL Auschwitz en la última etapa de la existencia del campo. (Archivo del Museo Nacional Auschwitz-Birkenau, foto B. Borysov, marzo de 1945)

La enfermera Genowefa Ulman-Tokarewicz. (Archivo del Museo Nacional Auschwitz-Birkenau)

Miembros del grupo de la Cruz Roja Polaca: J. Jakobi y R. Pedzikiewicz.
(Archivo del Museo Nacional Auschwitz-Birkenau)

NUEVO ORDEN

Enero de 1945

—Pues empezamos —Bellert se frotó las manos—. Vamos a dividirnos en grupos. Uno, al mando del doctor Jan Perzynski se pondrá a trabajar en el hospital del campo matriz. Yo personalmente me pondré a la cabeza del personal de la Cruz Roja del hospital del campo de Birkenau. ¿Qué pasa con el agua? —preguntó a su equipo, reunido en abanico en torno a su jefe.

—No hay y no habrá en mucho tiempo. La red hidráulica está destrozada, con estas heladas será difícil repararla. Y, bueno, no es fácil encontrar especialistas —explicó Kodz—. Podemos traer agua del río Sola. Ya he pedido a las autoridades que nos manden carreteros. Y calderas, para tener con qué traerla. Peor es la cosa en Birkenau, que está más lejos —los pozos no sirven, e incluso si sirvieran preferiría no tocarlos.

—¿Demasiado cerca de la superficie y puede haber filtraciones? —preguntó Bellert, que prefería que le pusieran los puntos sobre las íes.

—Todo esto es un cementerio. Hay cadáveres sin sepultar por todas partes. No podemos arriesgarnos —concluyó Kodz, escrupuloso como un maestro de escuela—. Por otro lado, mientras no llegue el deshielo, no hay peligro de epidemia. Hablo de los cuerpos que no han sido enterrados. Me han prometido que nos enviarán prisioneros alemanes, solo que... de momento no hay nadie que pueda vigilarlos. A todo el que puede sostener un arma lo mandan para Berlín.

—Señorita Genowefa —Bellert, se dirigió a la enferemra que estaba a su lado—, la nombro jefa de enfermeras. Lo peor será, querida, en Birkenau; en esas frías barracas de madera deben bastarle doce enfermeras para dos mil doscientos enfermos. Dispondremos turnos como Dios manda, relevos y descansos cuando me informe dentro de una semana de cómo van las cosas. De momento, que todos trabajen lo que puedan. Si hay cualquier problema, venga a mí en directo.

***

Lavaron a los pacientes, los vistieron y los acostaron en sábanas limpias. Comenzaron también a auscultar, pesar y llevar un registro de todos los presos. Por ejemplo, la reclusa Zofia Palinska, de dieciocho años, pesaba apenas diecinueve kilos... Prácticamente todos los enfermos padecían desnutrición. Eran —en palabras de Józef Bellert— «esqueletos cubiertos de piel de color terroso, adultos que pesaban entre veinticinco y treinta y cinco kilogramos». Los exprisioneros tenían hinchazones, heridas supurantes, decúbito, congelación de manos y pies... Muchos padecían tuberculosis pulmonar y fiebre tifoidea. Las dolencias más pesarosas y que causaban más estragos entre los antiguos prisioneros eran la diarrea y la distrofia alimentaria, la enfermedad del campo por excelencia, por la cual el organismo, extenuado por el hambre y con los órganos digestivos atrofiados, no absorbía ya los alimentos, y los pacientes seguían adelgazando hasta finalmente morir. Había presos que tenían miedo prácticamente de todo; temían que volviera el hambre, así que ocultaban bajo sus camastros y debajo de la almohada trozos de pan. Tenían miedo de quienes llevaban batas blancas, de las inyecciones y de entrar en las duchas. La palabra «ducha» era en el campo sinónimo de muerte y los exprisioneros la asociaban por lo general con las cámaras de gas. Los enfermos tenían pesadillas con frecuencia y se despertaban por la noche con un grito y era difícil calmarlos y explicarles que la danza macabra del campo alemán había pasado, que eran libres y estaban bajo la tutela de los médicos y enfermeras polacos.

Puesto que en Birkenau las barracas no tenían canalización y en Auschwitz estaba averiada, lo más urgente era habilitar letrinas. Al principio, colocaron cubos en los barracones, que los asistentes se encargaban de sacar. Luego, entre los barracones y los bloques construyeron unas letrinas provisionales hasta que, finalmente, pudieron poner en marcha aseos normales dentro de los bloques de ladrillo del campo matriz.

Voluntarias de la Cruz Roja polaca, casi todas enfermeras, en la plazoleta entre el crematorio y el chalé en el que durante la guerra vivía el comandante del campo. A causa de la insuficiencia de ropa, las mujeres llevaban camisas a rayas. En la foto, de izquierda a derecha: Maria Rogoz, Anna Golec, Helena Ambrozewicz —cuarta—, la doctora Jadwiga Magnuszewska —sexta—, a su lado Ludmila Urbanowicz y Genowefa Przybysz. Junio de 1945. (Archivo del Museo Nacional Auschwitz-Birkenau)

Niños liberados en el campo de Auschwitz. (Contenidos libres de Wikipedia)

EL HALLAZGO

Invierno de 1945

—Separémonos —ordenó Janina Zawislak-Judowa. Bellert tachó el rubro «medicamentos» de su lista de imprescindibles. Después de una breve reunión, las enfermeras se dirigieron a la zona de las SS en busca de medicinas.

—Quiero oíros en todo momento. Gritadme vuestros nombres.

—Yo iba a gritar de todos modos. Todo es aquí tan horrible... —respondió una joven enfermera.

Atravesaron las amplias estancias que antaño ocuparon los dueños y señores del campo de exterminio. No quedaba gran cosa. Los presos se habían llevado hacía ya tiempo todo lo que pudiera tener algún valor. Janina se alumbraba con una lámpara de carburo que le habían traído los voluntarios de la Cruz Roja de la mina de «Brzeszcze». Atravesó una especie de despacho y vio montones de documentos que a todas luces los alemanes no habían conseguido destruir. «Tendremos que volver y recoger todo esto como pruebas de sus crímenes», pensó. Abrió cajones y grandes armarios, pero no contenían medicamentos.

—¡Janina! —exclamó, en espera de una respuesta.

—¡Ania! —gritó y el eco le devolvió su propio sonido.

—¡Marysia!

Poco después oyó a otra compañera:

—¡Aleksandra! Aquí hay algo. Tenéis que venir.

Las tres enfermeras se encontraron junto a las escaleras.

—¡Soy Aleksandra! ¡Estoy en el desván! Hay un montón de medicinas, chicas.

Mientras subían, la oyeron vomitar estruendosamente. Se apresuraron.

—¡Aleksandra! ¡No toques nadas! ¡Espéranos! ¡¿Qué es lo que pasa?!

Las muchachas, alteradas, subieron corriendo a la amplia buhardilla. En unas grandes cajas encontraron un verdadero tesoro, descrito además metódicamente: se trataba de medicamentos para la disentería, quinina y otros. Había incluso Migreno-Nervosin en polvo con su característico gallo, tan popular entonces para combatir el dolor de cabeza.

—Bueno, por fin tenemos un hospital de verdad —dijo Janina golpeteando las cajas—. Y a ti, ¿qué te ha pasado? ¿Has tragado algo?

Aleksandra se adentró en el desván y alzó la linterna. La luz sacó de la penumbra cientos de enormes botes de vidrio que contenían bebés y fragmentos humanos sumergidos en formalina.

Tras varios días examinando las reservas recién descubiertas, las enfermeras informaron a Bellert de que una parte considerable de éstas la constituían nuevos medicamentos que los nazis ensayaban en los presos. Había que examinarlos, clasificarlos y describirlos. En Rajsk, una población a dos kilómetros de Oswiecim, los alemanes ubicaron un laboratorio en el que guardaban cepas de diversas bacterias, incluyendo la peste y el cólera. Estos gérmenes se emplearon en pseudoexperimentos médicos en los reclusos de KL Auschwitz.

Cuando el frente pasó y el laboratorio se saqueó, hubo riesgo de expansión descontrolada de enfermedades contagiosas en la región.

DIFÍCILES COMIENZOS

Principio de 1945

Entraron en el campo de concentración por el lado del río, por el portón que había junto al que fuera chalé del comandante. Ya habían sido retirados de allí los cadáveres congelados, pegados a la tierra y cubiertos por una capa de nieve, así que, por suerte, las ruedas del camión pudieron pasar con total normalidad. Los cuerpos de aquellos desdichados reposaban en el lugar que debían. El vehículo frenó bruscamente y se detuvo delante de uno de los módulos de ladrillo. Los miembros del grupo de voluntarios de Cracovia se bajaron de un salto de la cabina del camión y se pusieron en fila cargando con sus escasos enseres. Los recibieron representantes del Ejército Rojo, quienes condujeron inmediatamente a los polacos a sus alojamientos. El equipo de enfermeras y socorristas al que pertenecían Genowefa Ulman y Joanna Jakobi se quedó en el edificio que antes habían ocupado las SS. Cuando pasaron junto a uno de los bloques, les llamó la atención unos extraños montículos de un color entre gris, pardo y azuloso que se elevaban a lo largo de todo el edificio. De lejos parecían montones de repollos podridos o de verduras totalmente congeladas y cubiertas por una delicada capa de nieve azul claro. Pero, conforme se acercaban a las extrañas pilas, más evidente se les hacía la macabra realidad.

Joanna fue la primera en desviar la vista, ya sabía que las supuestas verduras eran en verdad montones de cuerpos humanos, desnudos en su mayoría, grises y amoratados por el frío. Solo algunos llevaban aún jirones de sus trajes de rayas blanquiazules, con un tenue manto de nieve fresca por encima. La joven Zenia, por el contrario, registraba con su vista por primera vez en su vida las espantosas consecuencias de la demente política del nacionalsocialismo alemán, de la presunta superioridad de la «raza de los amos», así como el verdadero rostro de los campos de concentración alemanes. Mientras pasaban junto a los montículos de cadáveres, los polacos aceleraron inconscientemente el paso, pero los túmulos se extendían junto a pared más larga del bloque y, ya lo quisieran o no, se hartaron de contemplar la obra de los criminales germanos.

Por fin, tras un largo paseo en el que los segundos parecían convertirse en interminables minutos, quedó atrás el horrendo bloque, que hacía al parecer las veces de morgue, y dejaron de ver cuerpos amontonados junto a las paredes. Siguiendo adelante, comenzaron a encontrarse a su paso con reclusos vivos. Debían estar suficientemente sanos para andar por su propio pie.

De lejos, esa gente tenía un aspecto relativamente normal, pero al acercarse uno podía advertir su deterioro y comprobar que se encontraban al límite de la supervivencia. Enjutos esqueletos encorvados, recubiertos de piel terrosa, vestidos casi todos con harapos, mantas, trajes de rayas raídos, eran la negación de la humanidad tal y como Joanna y Genowefa habían entendido esa palabra durante toda su vida.

Los expresidiarios, con sus ojos salvajes y eternamente hambrientos, que huían aterrados de todo y de todos, se asemejaban más a animales silvestres recién apresados que a personas.

Por fin, las chicas llegaron a su alojamiento. Los voluntarios de la Cruz Roja de Brzeszcze les habían preparado unas habitaciones múltiples y también les suministraron almohadas, mantas y batas blancas para el día siguiente. Antes de irse a dormir, las chicas prepararon los accesorios médicos que se habían traído de Cracovia. Luego, después de asearse y de una oración en común, apagaron rápidamente la lámpara de queroseno y se acostaron, cubriéndose con mantas, abrigos y lo que tenían a mano, pues hacía mucho frío.

A pesar del cansancio las chicas no podían dormir. Cada una a su manera digería el miedo a lo que les depararía el día siguiente, en el que comenzarían seguramente la tarea más ardua por la que habrían de pasar en su vida. Temían la confrontación con los pacientes y con enfermedades que desconocían. No sabían qué médicos estarían al mando ni quién sería su superior.

La joven Zenia, además del miedo por lo que le esperaba cuando amaneciera, aún mantenía en su retina la visión de aquellas lúgubres figuras, de los enjutos y encorvados reclusos o, peor aún, de los montones de terrosos cadáveres. Se daba vueltas sobre la chirriante cama y suspiraba, tomando aliento nerviosamente. Finalmente, no pudo aguantar:

—Joasia, ¿duermes?

—No.

—Eres una médico con experiencia. Por favor, dime, ¿qué pasará mañana?

—¿Cómo que qué pasará? Pues, nos levantaremos... Van a despertarnos, así que podemos dormir tranquilamente. Así que, nos levantaremos, nos vestiremos, nos lavaremos, y luego iremos a las salas de enfermos. Alguien vendrá y nos conducirá a los bloques y salas asignados. Cada una de nosotras quedará a cargo de una sala con enfermos y cuidaremos de ellos. Igual que en un hospital... medir la temperatura, poner inyecciones, suministrar medicamentos, rellenar las fichas de los enfermos, llevarles los bacines, asearlos, cambiarles las sábanas, limpiar. Eso, las tareas típicas de un hospital. Espero que una vez al día tengamos una ronda para presentarle al doctor cada caso y memorizar las disposiciones que nos dé. —La visión que Joanna quería transmitir a la chica era la de un hospital de ensueño en el que nadie moría y todos se encontraban cada vez mejor.

—Y los enfermos... ¿No tienes miedo de estos enfermos?

Jakobi permaneció en silencio, pensando cómo responder. El parón fue largo y en la conversación se mezcló una tercera muchacha, quizá de la edad de Zenia:

—Yo no lo aguanto... —dijo casi llorando—. Mañana me vuelvo a casa, a Cracovia...

—Ay, tontita —respondió Joanna, la mayor de ellas—. Si aún no hemos empezado, ¿ya te quieres ir?

—Pero aquí todo es... es... horrible.

—¡Pero, chica! —exclamó la cuarta enfermera que se hospedaba en la habitación, la más taciturna e introvertida—. La guerra también es horrible. El levantamiento en Varsovia también fue horrible. Y ¿sabes qué? ¿Sabes cuantas enfermeras había en el levantamiento? —Sin esperar respuesta, añadió acto seguido— Miles. Y ¿sabes en qué condiciones teníamos que trabajar? En sótanos durante los bombardeos, con ladrillos y escombros cayéndonos encima. Varias veces nos quedamos enterradas... ¿Sabes cómo sabe el aire cuando te sacan de debajo de los escombros? Como el mejor perfume del mundo. Y ¿sabéis a qué sabe el agua estancada cuando sales de un sótano sepultado? Como el vino más caro del mundo. Operábamos sin anestesia, la gente gritando, queriendo escaparse. Teníamos que atarlos a las camas con correas y sujetarlos entre varias. Muchachitos se me morían en los brazos... Después del levantamiento, ya no le temo a nada.

—Pero yo, aun así, tengo miedo...

—Todas tenemos miedo —replicó Genowefa con voz grave—. Pero prueba unos días, prueba. Y si no aguantas, te buscaremos transporte de vuelta a Cracovia.

—Ya veis —cerró el tema Joanna—. A dormir, y mañana ya veremos lo que hay. Buenas noches, queridas.

—Buenas noches —le respondieron al unísono tres voces femeninas.

Al día siguiente, Joanna apenas tuvo tiempo de coger un termómetro, una jeringuilla y una botella de alcohol antes de salir corriendo tras su guía. Lo alcanzó justo delante del bloque, pero, aun así, de vez en cuando, tuvo que volver a trotar para seguir el paso del soldado soviético. Fue una caminata a lo largo de sombrías edificaciones y vallas de alambre que en su día estuvieron electrificadas. Parecía que iban a pasar junto al bloque donde se encontraban los cuerpos amontonados. Entonces no pudo más. Agarró al soldado del brazo, señaló con el dedo los montículos de cadáveres desnudos y le rogó:

—¡Por ahí no! Demos un rodeo.

El soldado la entendió y giró hacia otra vereda evitando aquel lugar tan traumático para Joanna. No tardaron en entrar en el edificio número cuatro y, saltando varios escalones de una vez, llegaron a su destino.

—Aquí es —dijo en perfecto polaco el militar vestido con uniforme soviético. No daba muestras de cansancio tras la rápida marcha y el esprint final en las escaleras.

—¿Eres polaco? —preguntó Joanna tan extrañada como jadeante.

—Sí. Soy voluntario de la Cruz Roja de Brzeszcze. Llevamos varios días trabajando aquí. Es duro... Pero tratamos de arreglar lo que los alemanes con su puñetero Hitler han jodi... Han fastidiado, quería decir.

—Pero ¿por qué llevas uniforme ruso?

—No había mucho donde elegir. Mejor esto que un traje de rayas de los alemanes... Bueno, tengo que ir a trabajar. Queda con Dios.

—Gracias, y suerte también.

Cuando Joanna entró en la sala que se le había confiado, sintió cómo la sangre le pulsaba en las sienes y el latir del corazón en el pecho. No le dio mucha importancia a estos síntomas, que atribuyó a la apresurada marcha tempranera, al cansancio de los últimos días, a una mala noche y a la nerviosa espera antes del primer día de trabajo. Abrió la puerta con bríos y dio sus primeros pasos dentro del local. La habitación, sumida en una ligera penumbra, contaba con la iluminación de una única lámpara de queroseno y del fuego de la estufa. Casi todos los enfermos yacían en sus camastros, gemían de dolor y suspiraban ruidosamente, en espera de ayuda. Solo unas cuantas sombras encorvadas se encontraban apostadas junto a la estufa tostando unos pedazos de pan. La sombría la sala contrastaba con el luminoso día que despertaba al otro lado de las ventanas y con la blanca nieve que bañaba el contorno. Pero había algo aún peor. Era el hedor que Joanna percibió, nada más entrar en el pabellón, lo que la dejó petrificada y lo que le hizo anidar en su ser el deseo de echarse atrás. Aquella peste a excrementos mezclada con el olor a sudor humano, cuerpos putrefactos, humo de estufas y trozos de pan tostado se quedaría grabada para siempre en su memoria, asociada a la muerte y a la degradación del ser humano. No es de extrañar que la chica, paralizada por el nauseabundo olor, procurara en ella, sencillamente, el deseo de dar media vuelta y huir de allí lo más lejos posible.

—Dios, todo menos esto —pensó febrilmente. Cerró los ojos y el sudor cubrió su pálido rostro—. Todo menos esto. Puede ser un hospital en el frente, lleno de sangre y de miembros amputados, un hospital de evacuación con pobre gente hambrienta y un montón de huérfanos, cualquier otro hospital... pero no en esta morgue...

Volvió a abrir los ojos, la imagen seguía siendo la misma: la gente gimiendo y algunos seguían junto a la estufa. Cuando intentó dar un paso atrás en silencio, se oyó una débil voz proveniente de la litera más cercana. Alguien se había dado cuenta de su entrada. A esa voz se unieron otras y en breve toda la sala era un clamor pidiendo socorro:

—*Schwester! Schwesterschen! Hilfe!*

Los enfermos eran de diversas nacionalidades, pero durante años se habían acostumbrado a que eran los alemanes quienes estaban al mando, así que normalmente empleaban el idioma del invasor. La joven enfermera, en una situación así, no podía ya retirarse y se acercó termómetro en mano a la cama que tenía más cerca. Este fue el comienzo de la agotadora labor de Joanna Jakobi en el hospital de la Cruz Roja en el campo de concentración Auschwitz-Birkenau. Durante las primeras semanas la palabra «turno» era solo una idea abstracta de su verdadero sentido etimológico. Una se retiraba a descansar cuando comenzaban a faltarle las fuerzas y se quedaba dormida de pie. Entonces una compañera le decía «acuéstate un rato». Durante ese periodo, el más duro, estaba tan agotada y a la vez involucrada en su labor de ayuda a los enfermos que ella misma no recuerda qué comía, si es que comía algo.

Janina Zawislak-Judowa entre otros miembros de la dotación del hospital de la Cruz Roja, en el lugar de la exhumación de cadáveres de prisioneros, febrero de 1945. (Archivo del Museo Nacional Auschwitz-Birkenau)

De un noticiario: una comisión soviética en el almacén en el que los alemanes guardaban sacos llenos de pelos. (Archivo del Museo Nacional Auschwitz-Birkenau)

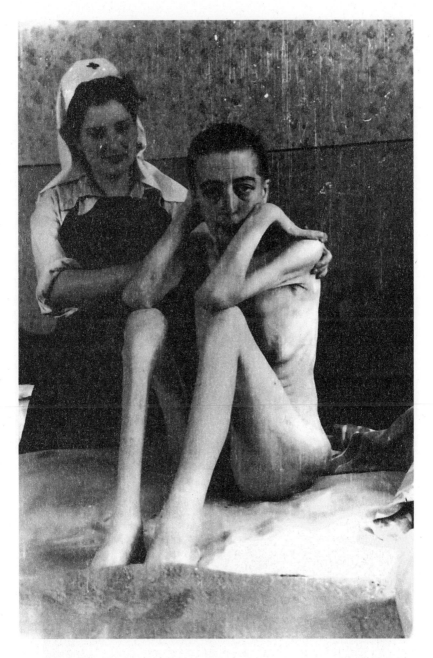

Margarette Kantor, belga nacida en Berlín. Foto tomada en el bloque 23 del hospital de la Cruz Roja durante la inspección de la Comisión de Investigación de los Crímenes Alemanes en Polonia. (Archivo del Museo Nacional Auschwitz-Birkenau. Foto S. Luczko, mayo de 1945)

Almacén de gafas confiscadas a los presos que llegaban a Auschwitz.(Wikipedia)

REGRESOS

Primeros meses de 1945

—¿Cuántos médicos se han presentado de entre los prisioneros? De entre los pacientes, quería decir —se corrigió Bellert. La pregunta iba dirigida a Henryk Kodz, que dirigía la administración del hospital y bregaba para poner en orden los registros—. ¿Serán de ayuda?

—Hay varios especialistas de alto nivel... de Hungría, de Rusia, y algún polaco. Menos mal que los médicos saben identificar las enfermedades y expresarlas en latín, porque a esos húngaros no hay quien los entienda, señor director. Pero ¿sabe usted? Ayer volvió en sí por un momento un médico que dice que le conoce —Echó un vistazo a su agenda—... Se llama Wojnicki.

—¿Wojnicki? ¿Cirujano? ¡De Varsovia! —exclamó Bellert, alterado—. ¿Dónde se encuentra?

—No será de mucha ayuda en el hospital. La médico rusa dice que ya tiene un *dystrophia alimentaris* de tercer grado. Según ella, es cosa de días, que está más de aquel lado que del nuestro. Ahora lo que le hace falta es un cura.

—Bajaré un momento para estar con él. Es un buen hombre. Y un magnífico cirujano. Hizo auténticos milagros durante el levantamiento. Nos sería muy útil un especialista de su clase.

—Doctor, él ya está más bien... ausente. Incluso cuando estaba consciente yacía rígido y mirando al techo. Duerme con los ojos abiertos. ¿Tenía usted conocimiento de eso? Me dijeron nuestras chicas que solo empezó a reaccionar cuando un funcionario de una de esas comisiones con las que tenemos que cargar, preguntó medio en broma si había un médico en la sala. Entonces, no sin dificultad, alzó su brazo.

MANOS A LA OBRA

Primeros meses de 1945

Los dos hombres, vestidos con viejos y desgastados uniformes de drill soviéticos, permanecieron inmóviles durante un buen rato, disfrutando de sus ondulados cigarrillos. Los habían liado usando tabaco ruso de pésima calidad y papel de periódico impreso en cirílico. Estaban delante de las puertas de una barraca, abiertas de par en par, pero no tenían la menor intención de entrar en ella para resguardarse del frío. Al contrario, encendiendo un cigarrillo tras otro, parecían retrasar a propósito el momento de acceder a aquel espacio. Solo tiraron las últimas colillas cuando comenzaron a quemarles los dedos. Al fin, soltaron de sus pulmones una última exhalación de humo, pero aun así siguieron haciéndose un poco los remolones. Pasaron unos minutos hasta que el más joven tomó la palabra, mientras miraba irreflexivamente al considerable montoncillo de colillas que se habían acumulado en la nieve bajo sus pies.

—Bueno, pues, entonces, ¿entramos?

—Venga... Que sea lo que Dios quiera. Amén —respondió el mayor, mientras se santiguaba enérgicamente. Tras estas palabras, escupieron al suelo al mismo tiempo nerviosamente y se taparon la boca y la nariz con unos extraños pañuelos que los hacían más semejantes a unos bandidos del salvaje oeste que a voluntarios de la Cruz Roja. Después de estos preparativos, tomaron las palas que había apoyadas en la pared y entraron en la edificación. Aunque había amanecido hacía ya bastantes horas, la barraca tenía las ventanas tan pequeñas que apenas entraba la luz dejándola casi en penumbra. Pero el mayor trastorno era el indescriptible hedor, imposible de eliminar por ningún medio, así que los pañuelos servían de poco. Esa espantosa peste provenía de los cadáveres en descomposición, excrementos añejos y orín, madera podrida, harapos podridos, mantas y del irritante olor de los omnipresentes roedores. Estos fueron precisamente el primer objetivo de los voluntarios. Se adentraron en la barraca de un brinco, dando alaridos y golpeando las literas donde se encontraban los muertos y ahuyentaron a una bandada de ratas que se estaban dando un festín. Cuando se deshicieron de ellas, lo siguiente fue llevar los cadáveres al exterior. Pusieron unas viejas mantas junto a los catres, agarraron los cuerpos tiesos y congelados y los sacaron de las camas, tendiéndolos sobre las mantas. Luego los sacaron de la barraca y fueron colocándolos ordenadamente en filas y de docena en docena. Cuando parecía que la peor parte del trabajo había pasado y estaban fumando lo más lejos posible de la barraca y de los cadáveres, apareció no se sabe de dónde, un soldado ruso montado en un tiro.

—¡*Davay, davay!* ¡Vamos! —vociferó mientras daba latigazos a los aturdidos caballos y apremiaba a los polacos y señalando con el dedo a la fila de cadáveres.

No les quedaba otra, apagaron los recién encendidos cigarrillos y los guardaron para más tarde. Luego se pusieron a cargar los cuerpos en el carro, cuyo conductor sin disimulo echó un par de tragos de una botella de aguardiente. Cuando terminaron y ya se disponían a ocuparse de sus asuntos, el soldadote ebrio no se lo permitió. Sacó un fusil de debajo del pescante y los invitó a subir al carro agitando el cañón. Se encaramaron haciendo mohínes y se sentaron al lado de los cadáveres. El conductor espoleó a los caballos, aunque el trayecto fue breve. En las inmediaciones se encontraba una gran fosa en la que habían colocado ya los restos hallados tras la liberación del campo y los de los presos fallecidos durante los últimos días. Aunque el agujero no tardó en llenarse, no lo habían cubierto de tierra porque seguían echando cadáveres. Una vez terminada la ingrata labor, con el fusil soviético apuntando a sus espaldas, los polacos regresaron a su barraca a pie. El único provecho de la excursión de regreso había sido poder respirar algo de aire fresco.

A la vuelta, se ocuparon de las literas. Pero antes de hacer uso de las sierras, tenían que deshacerse de la porquería que había encima: mantas y almohadas podridas, hediondas, llenas de excrementos y de pus salido de heridas sin cicatrizar. Ese era el sucedáneo de ropa de cama que había en el campo de concentración. Sacaron toda la inmundicia fuera con auténtica repugnancia y lo amontonaron para hacer una hoguera. Le pondrían fuego más tarde. Antes serraron las literas de madera, ya innecesarias. El serrín iba cayendo al suelo al ritmo de sus brazos, que trabajaban con conocimiento y rapidez, y una neblina de polvo se elevó hasta el techo. El sudor les bajaba por la frente mientras trabajaban con frenesí, cortando un trozo tras otro. Los postes y las tablas las sacaron fuera, mientras que en el interior colocaron junto a la pared los camastros individuales, indispensables para el funcionamiento del hospital.

Dejaron para la tarde la labor más dura de la jornada. Tras una breve pausa para el almuerzo que les suministraban los rusos (esta vez nadie les amenazó con un fusil y fue otro soldado soviético quien les trajo lo que quedaba de sopa caliente en una caldera), volvieron a fumar. Aspiraban ávidamente el humo de ese tabaco de mísera calidad que les irritaba los pulmones mientras pensaban que, en el fondo, se trataba de una anestesia demasiado leve para el trabajo que llevaban a cabo. Volvía, una y otra vez a sus pensamientos, el descarado soldado ruso que le daba a la botella ostensiblemente, aunque no hablaron del tema y no tenían idea de que pensaban en lo mismo. Si ellos tuvieran a disposición, aunque fuera un poco de alcohol, atenderían su trabajo de una manera distinta e incluso lucharían por superar el insoportable hedor de la barraca. Pero en el pequeño hospital polaco el alcohol escaseaba, valía su peso en oro y, además, el uso que se le daba no era precisamente echárselo a la garganta.

Terminaron de fumarse los cigarrillos, se echaron otra vez los pañuelos a la nariz, asieron las palas y volvieron a entrar en el edificio. Fueron avanzando hombro con hombro, arrancando con las palas viejos excrementos resecos pegados al suelo, mezclados con serrín y otros residuos. El trabajo era arduo porque las heces, pisoteadas por cientos de pies, se habían mezclado con el pavimento de arcilla, formando una estructura sólida. Unas veces había que extraer grandes pedazos de arcilla, otras era necesario servirse con precisión del cuchillo o de unas herramientas similares a espátulas que se habían procurado, hechas de trozos de chapa. Cuando no les quedaba otra, traían cubos de agua, rociaban el suelo y esperaban un momento hasta que la dura corteza se ablandaba algo. Entonces se arrodillaban y avanzaban a gatas arrancando la inmundicia, con las rodillas y las manos sumergidas en aquel barro asqueroso. Al echar agua a las inmundicias era más fácil limpiarlas, pero la fetidez se volvía entonces insoportable, provocándoles náuseas. En ocasiones, el más joven, pringado de heces y barro, salía corriendo fuera dando arcadas. El mayor tenía más aguante y no vomitaba, pero también se veía obligado a dejar, de cuando en cuando, la labor y salir para respirar aire fresco y fijar su mirada en otra cosa que no fueran excrementos.

LAS ENFERMERAS

Primeros meses de 1945

Marianna Rogoz, de veinticuatro años, estaba casi en posición de firmes, escuchando las últimas indicaciones del doctor Bellert, médico jefe, y Genowefa Przybysz, jefa de enfermeras. Había llegado al hospital de la Cruz Roja a finales de febrero con un nuevo turno de personal voluntario. Antes de venir, en la reunión informativa, le preguntaron por su experiencia y musitó tímidamente que antes de la guerra apenas había sido higienista de un grupo de scouts en Sromowce Wyzne, en los montes Pieninos. Aun con tan escaso curriculum, inmediatamente pasó a engrosar las filas de las enfermeras y le fue asignada una sala de enfermos que atendería por su cuenta. Sin embargo, seguramente debido a que era solo higienista, los superiores solían aclararle extensa y esmeradamente cuáles iban a ser sus labores y obligaciones, haciendo hincapié en que debía dosificar adecuadamente los medicamentos y la comida y sacar de la sala los cuerpos de los difuntos durante su turno. Ella asentía, pero aguardaba impaciente el fin de la retahíla. Por fin el doctor Bellert concluyó y Genowefa Przybysz la acompañó personalmente a su bloque. Marianna se fijó en el número del edificio y se sintió incómoda. Cierto que no creía en supersticiones, pero el número trece no presagiaba nada bueno. Antes de entrar, su jefa le deseó buena suerte, se despidió de ella, se dio media vuelta y volvió a sus obligaciones. Marianna entró sola y, cuando cerró la puerta, se encontró en otro mundo.

Antes de nada, debía presentarse a Marusia, que era la jefa de bloque, una enfermera soviética que miraba por encima del hombro a todas las polacas que trabajaban en su edificio. No faltaron comentarios sarcásticos sobre la competencia de los médicos y enfermeras polacos, y luego siguió con reproches personales a la asustada muchacha. Estas críticas eran en el fondo menudencias —que si llevaba el delantal sin planchar... que si el termómetro que llevaba no era el adecuado... que su experiencia de higienista podía metérsela donde le cupiera...—, pero los comentarios llegaron a abatir a la flamante voluntaria. Por fin, ya terminando su implacable monólogo, Marusia transmitió a la polaca ciertos datos relativos a su bloque: en el edificio número tres había unos doscientos exprisioneros enfermos. En las salas de la planta baja se encontraban las mujeres, los hombres en el piso superior. Marianna debía atender durante sus turnos una sala en la planta de abajo en la que había ochenta mujeres.

La primera vez que abrió la puerta y entró en su sala tuvo que echarse atrás involuntariamente. El punzante olor a humo de la estufa, comida chamuscada y excrementos humanos la obligaron a volver al pasillo. Entonces vio la sonrisa irónica de Marusia, que había acompañado a su nueva enfermera hasta la puerta y se había quedado allí a propósito para ver su primera reacción. Al notar la mirada burlona de la jefe de bloque y su sonrisa sardónica, Marianna apretó los dientes, llenó de aire los pulmones, dio un último respiro y volvió a traspasar el umbral de la sala.

La primera impresión fue horrible. Al irritante y desagradable olor había que añadirle el estremecedor panorama. La mayoría de los agotados enfermos yacían en literas esperando que alguien les ayudase. Solo unos pocos podían alzarse de sus lechos. Éstos se apostaron alrededor del hornillo y tostaban en él trozos de pan y otros alimentos. Antes de que los ojos de Marianna pudieran acostumbrarse a esta visión y se pusiera manos a la obra, en el pasillo alguien dio la voz de que era hora de comer. En efecto, llevaron a las salas peroles con una sopa de puré de patatas. Era la única comida «dietética» que tenían disponible en la cocina de campaña soviética. Acordándose de las indicaciones de Bellert y Przybysz, Marianna suministró personalmente el alimento a sus enfermos. A los que podían levantarse, una cuarta parte de la escudilla; a los que estaban totalmente extenuados, apenas unas cucharadas de sopa.

Marianna pasó el día haciendo labores comunes: lavaba a los enfermos, les hacía la cama, o les cambiaba la ropa de cama, que solía limitarse, simplemente, a una manta. Las que estaban más sucias de excrementos las echaba fuera y traía otras limpias procedentes de los almacenes alemanes, que aún estaban bien provistos. Mientras se dedicaba a estas tareas advirtió que muchos exreclusos escondían en sus jergones restos de comida, como pedazos de pan, por ejemplo. De nada servía explicarles que ya no había peligro de hambre. La pesadilla por la que habían pasado y una alteración psíquica los obligaban a hacer provisiones y ocultarlas en los más variados lugares por si volviera la penuria. Además, la enfermera suministraba a sus pupilos medicamentos de uso oral, y otros por vía intravenosa o intramuscular. Las inyecciones resultaron un grave problema porque los antiguos presos las temían de manera sobrecogedora. Los que podían dominarse más preguntaban con indisimulado horror en la mirada:

—Y eso, ¿qué es? ¿Para qué sirve?

Otros se mostraban tan terriblemente espantados que estaban dispuestos a quitarle la jeringa de la mano y romperla o bien huir a la esquina más lejana de la habitación con tal de que no les aplicaran la inyección. Y eso que querían administrarles medicamentos que les eran indispensables. Pero tantos meses siendo humillados y tratados como animales les marcaron profundamente. En el campo alemán las malas noticias se divulgaban rápidamente. Los presos no tardaron en enterarse de que uno de los métodos más comúnmente empleados para asesinar gente en los campos de concentración eran las inyecciones de veneno: fenol, concretamente. Otro contratiempo para la recién nombrada enfermera era la diarrea, muy común entre los hospitalizados. Marianna no tenía quien la ayudara durante sus turnos nocturnos. Debía ocuparse sola de sus ochenta pacientes. Ocurría que, en mitad de la noche, se sentaba en una silla en el pasillo, con la puerta abierta, aprovechando un momento de tranquilidad. Pero era imposible echar una cabezada. Apenas pasaba un momento y desde algún lugar de la habitación brotaba una voz endeble y llena de angustia:

—*Schwester! Schieber! Schwester! Schieber!* (—Hermana, ¡el bacín!).

Pero lo peor era la muerte de los pacientes. Durante su primer turno de noche, de las ochenta mujeres que había en su sala fallecieron once. Después de comprobar la defunción, Marianna debía sacar de la cama los cadáveres, a veces aún calientes, y depositarlos sobre la manta que ponía en el suelo. Entonces comenzaba el verdadero trabajo. Sacar los cuerpos al pasillo era un auténtico desafío. La menuda muchacha clavaba los pies en el suelo con todas sus fuerzas, luchando para avanzar, poco a poco, arrastrando la manta con el difunto. Había momentos en los que, llena de sudor y desprovista de fuerzas, se dejaba caer al suelo para descansar unos segundos. Cuando volvía a su lucha después de la pausa, a veces la manta se quedaba enganchada de una astilla o el muerto no cabía en el estrecho corredor entre las camas. Debía bregar de lo lindo, sin ayuda, para sacar a los difuntos de sus lechos y llevarlos al pasillo. Los auxiliares llegaban por la mañana y se llevaban los cadáveres al bloque, extrañados de que tantos pacientes hubieran dejado este mundo en el curso de una noche.

Una gran bandada de grajos escarbaba con sus garras en la nieve recién descongelada, evidentemente buscando alimento en el duro periodo previo a la cosecha. Algunos de los pájaros usaban sus picos, hincándolos profundamente en el suelo. Los que tenían suerte de encontrar un bicho de envergadura, alzaban rápidamente el vuelo con su presa, perseguidos a veces por sus envidiosos «camaradas». La mayor parte de ellos trabajaba tenazmente, sin prestar atención al ambiente en el que se encontraban, y engullían las pequeñas semillas y las larvas que hallaban recién despertadas de su sueño invernal. En un momento dado, el más grande de los pájaros advirtió un peligro y dio un estridente graznido.

Desde el campo de concentración, a lo lejos, venía un carromato, haciendo ruido con sus ruedas sin engrasar, pero no suponía ninguna amenaza para las aves que además contaban con la protección de la elevada y densa cerca de alambres. Aun así, la bandada alzó el vuelo entre graznidos y más o menos se pusieron en formación. La negra nube aviar dibujó un amplio arco, aproximándose a la valla que delimitaba el campo. Entonces, los pájaros se dispersaron, y ya ninguno de ellos sobrevolaría el perímetro del antiguo campo alemán de Birkenau, ni uno solo de aquellos pájaros traspasó un milímetro del territorio que marcaban las vallas de espinos.

Observaba la escena un hombre que, dejando clavada su pala en la tierra, se había tomado una pausa en su arduo trabajo. Se había erguido, y protegía sus ojos con la mano del molesto sol de la primavera temprana. Extrañado, se quedó mirando la desbandada de los grajos. Había oído historias de que en toda el área del campo de concentración era imposible encontrar un animal que no fuera una rata, o que los pájaros hacían un arco para no sobrevolarlo. Pero ahora, en los últimos días de febrero, cuando la temperatura se iba haciendo más cálida, pudo comprobar que aquellas crónicas tenían signos de verisimilitud. Zdzislaw Bosek, voluntario de Brzeszcze, siguió con la mirada el nubarrón de pájaros durante un largo rato. Solo cuando se detuvo a su lado el carromato que había espantado a las aves volvió a asir la pala y retomó su labor. Había que reconocer que su quehacer no era precisamente agradable.

***

Era el primer día que el sol hacía su aparición en el cielo desde hacía dos semanas de nevascas y heladas. Le acompañaba un viento cálido que anunciaba la llegada de la ansiada primavera. En pocos días se iniciaría el deshielo que cedería al fragor del sol y la nieve, que cubría los campos desde noviembre, comenzaría a derretirse. En el transcurso de unas horas, la temperatura subió más de una docena de grados y la nieve y el hielo se convirtieron en una masa barrosa. A consecuencia de esta repentina evolución el tiempo, algunos médicos que prestaban sus servicios en los dispensarios que se habían erigido en el territorio de los extintos campos alemanes de Auschwitz y Birkenau (esto es, de los hospitales de campaña soviéticos y del hospital de la Cruz Roja polaca), comenzaron a temer seriamente el estallido de una epidemia y que los contagios se propagaran entre los enfermos. El súbito deshielo dejó al descubierto las poco profundas tumbas de los presos asesinados y el considerable aumento de la temperatura provocó la rápida descomposición de los cadáveres que se encontraban ocultos tan solo bajo una capa de nieve o almacenados en salas. Se decretó, con carácter de urgencia, que todos los enfermos que aún había en Birkenau fueran trasladados al hospital del campo matriz y, en el curso de varios días de trabajo ininterrumpido, una caravana de automóviles y carretas transportó a los enfermos hasta Auschwitz. Además, se decidió que había que juntar todos los cadáveres en una sola fosa en el área del campo matriz. Para ello debían exhumar a los difuntos que estaban enterrados en tumbas provisionales en los más variados puntos del campo de Birkenau, así como los que se encontraban en el bloque número once.

Cierto que la rápida mejora del tiempo y el brusco deshielo hacían más fácil cavar en la tierra, congelada hasta hacía poco, pero también suponía la amenaza de que los restos mortales se pudrieran y estallara una epidemia. Por eso varias brigadas, compuestas principalmente de voluntarios polacos de la Cruz Roja, se presentaron sin demora para desenterrar las fosas comunes y trasladar los cadáveres a un solo lugar. Uno de esos obreros era Zdzislaw Bosek, que se había deshecho hacía tiempo de su raído uniforme soviético y llevaba encima un capote de civil. Tras la breve pausa que dedicó a observar el extraño comportamiento de los pájaros, estuvo un largo rato trabajando con ahínco, cavando en un terreno embarrado. El ritmo del trabajo aumentó con la llegada del carromato lleno de cadáveres y parecía que Zdzislaw y sus compañeros polacos se encontraran en una competición de excavación por pala. No tardaron en quitar la capa superior de barro, quebraron la corteza de hielo y podían ver ya unas mantas de color pardo. Los obreros se quedaron consternados durante un momento: uno de ellos retiró la primera manta y quedó al descubierto una pila de brazos, piernas, torsos y cabezas entrelazados. No tardó en descubrirse que los alemanes, seguramente presionados por el tiempo, ocultaron bajo las mantas esa fosa común llena de cuerpos de presos asesinados y la taparon bajo una fina capa de tierra. Todo coincidía. Según declararon algunos presos, en un extremo del campo, ya casi junto al vallado, debía haber más fosas llenas de cadáveres.

Después de desenterrar la fosa y de quitar las mantas, trasladaron cuidadosamente los cadáveres al carromato. Cuando ya no ya quedaba más sitio, el conductor los llevó a una de las barracas de madera, al lado del crematorio que había sido volado por los aires, más o menos en el centro del campo. En esa barraca, una comisión médica soviética trabajaba desde que amanecía hasta el anochecer. Los médicos llevaban a cabo las autopsias en grandes mesas de madera fabricadas a propósito para este fin y anotaban los resultados en un gran cuaderno. Luego, los voluntarios polacos de la Cruz Roja trasladaban los cadáveres a otra sala y los metían en ataúdes. Estas cajas de madera las iba fabricando sobre la marcha otro grupo que trabajaba igualmente sin descanso, pero por falta de material y debido a la gran cantidad de cadáveres, metían en cada una tres cuerpos, o incluso cuatro o cinco a veces, los que cupieran. Después las cajas, llenas hasta más no poder, eran cerradas con clavos y transportadas al bloque número once en carromato, a veces unas pocas y otras más de una docena. Ese bloque se convirtió por muchos días en almacén de despojos humanos y de ataúdes ya cerrados. Durante los últimos días de 1945 tuvieron lugar los preparativos para el funeral solemne de las víctimas del genocidio alemán. Según los cálculos oficiales, se daría entierro a setecientos cadáveres. Zdzislaw Bosek lo recuerda de otra manera. Según él, esa cifra es mucho mayor. Conforme a lo que relató posteriormente, prepararon el entierro de mil difuntos, o quizá incluso más.

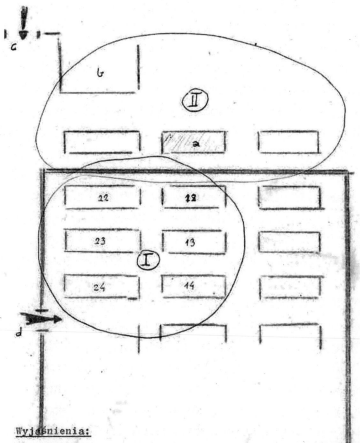

Croquis de la ubicación de los bloques del campo matriz utilizados por el hospital de la Cruz Roja en Auschwitz; según el informe del Dr. Jan Szczesniak.
(Archivo del Museo Nacional Auschwitz-Birkenau)

Documento firmado por el Dr. Bellert en el que certifica que Maria Rogoz trabajó en el
Hospital de la Cruz Roja en Auschwitz.
(Archivo del Museo Nacional Auschwitz-Birkenau)

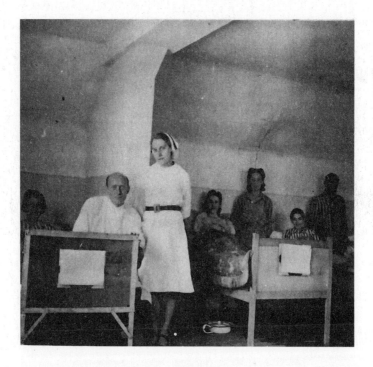

Sección para tuberculosos en la buhardilla del bloque 22. En primer plano el Dr. J.
Jodlowski, a su lado la enfermera L. Polonska. En las camas yacen exreclusas.
(Archivo del Museo Nacional Auschwitz-Birkenau).

Cadáveres de presos de KL Auschwitz depositados en una de las salas del bloque 11. (Archivo del Museo Nacional Auschwitz-Birkenau, foto S. Mucha, febrero/ marzo de 1945).

Salida al patio del bloque 11, directamente al paredón de ejecuciones, según se ve en la actualidad. (Foto Szymon Nowak, 2019).

EL REGRESO DE LOS SUPERHOMBRES

Comienzos de 1945

Tras su turno de noche, un joven estudiante de medicina que ahora trabajaba como voluntario en el hospital de la Cruz Roja en Auschwitz no pensaba más que en dormir. Pero el sol iluminaba tanto su pequeña habitación que le era completamente imposible cerrar los ojos, aunque fuera un momento. Al principio no dejaba de girar a un lado y otro, colocándose de modo que el rostro quedara a la sombra. Luego trató de taparse la cara con la manta, pero entonces le faltaba oxígeno. Finalmente se alzó y, desesperado, empezó a tapar la ventana con mantas, pero lo único que logró fue arrancar de la pared los sólidos rieles alemanes. Enfadado, arrojó la barra metálica a una esquina y la manta enrollada sobre la mesa, con tan mala suerte que derribó la columna de libros colocada junto a la pared. Su exasperación llegó al cenit. Se disponía a dormir después de una noche de trabajo y ahora no le quedaba más remedio que recoger del suelo los cientos de volúmenes que había desparramado.

Andrzej Zaorski, de veintidós años, soldado del batallón Chrobry II durante el Levantamiento de Varsovia, estaba

195

colocando mecánicamente los libros, despotricando contra el sol y contra las injusticias de este mundo cuando le llamó la atención uno de aquellos tomos, abierto en el suelo. Los variadísimos pájaros descritos al detalle en las páginas de ese volumen no cuadraban para nada con el lugar en que se encontraba. Algo sorprendido tomó el libro y se fijó en la portada. El «52° Anuario del Museo de Historia Natural», de 1942, no le sonaba a nada. Volvió entonces al artículo de los pájaros y leyó el nombre del autor y su título: Dr. Günther Niethammer, *Observaciones acerca de los pájaros de Auschwitz (este de la Silesia Superior)*. Más adelante venía el contenido del artículo en alemán, fotografías detalladas de los pájaros que podían encontrarse en esa zona. Las fotos mostraban tanto pájaros en libertad como ejemplares disecados. Servían como marcadores unas hojas escritas a mano, seguramente del mismo autor del texto, un mapa dibujado a lápiz que señalaba, en el área de Auschwitz y Birkenau, los lugares en los que había colgadas cajas de nidificación, y dos fotografías sueltas. En la primera de ellas, un hombre sonriente con sombrero tirolés y escopeta al hombro estaba de pie junto a una bicicleta. Tenía más bien aspecto de cazador bávaro que de funcionario nazi. La segunda foto despejaba cualquier duda. El mismo hombre se encontraba junto al portón de KL Auschwitz vestido con uniforme de las SS, con la distintiva calavera en la gorra. Ambas fotografías estaban firmadas de un modo similar en el reverso: Obersturmführer SS, doctor en ornitología Günther Niethammer. El texto final de su artículo acerca de los pájaros de Auschwitz tampoco dejaba lugar a equívocos: «(...) pude dedicarme a esta tarea y hacerme una idea bastante completa de la situación ornitológica de estos nuevos territorios orientales de Alemania, tan interesantes y aún no descritos detalladamente, sobre todo en lo que respecta a las especies de aves que aquí anidan. Le debo esto a la maravillosa comprensión que el comandante de KL Auschwitz, el Sturmbannführer Höss, y su ayudante de campo, el Obersturmführer Frommhagen, mostraron continuamente para el estudio científico de estos terrenos y para las tareas de investigación a las que la ciencia se enfrenta en el oriente alemán».

Lo que más le interesó a Andrzej Zaorski fue el mapa de las cajas de nidificación. Efectivamente, ya se había dado cuenta de que había bastantes en KL Auschwitz, pero hasta la fecha no le había prestado demasiada atención a la presencia de aquellas cajitas. Ahora, después de dar por casualidad con este artículo del SS-ornitólogo en el que describía las aves de Auschwitz, decidió salir y dar un paseo siguiendo las huellas de las cajas. El sueño no le venía de todos modos y la hermosa mañana era un estímulo para hacer una excursión. Además, el caso del ornitólogo nazi que era al mismo tiempo vigilante de las SS en un campo de concentración ya de por sí era bastante peculiar. Efectivamente, había un montón de esas cajas, algunas de ellas ocultas con bastante ingenio entre las ramas de los árboles. Andrzej caminaba mirando hacia arriba, buscando las nidos artificiales que el alemán había señalado en su mapa y tratando de avistar los pájaros que allí vivían.

El mapa terminaba en los límites de la ciudad, pero él siguió hacia adelante pensando en aquel SS enamorado de los pájaros de Polonia. Al principio llegó incluso a sentir algo de simpatía por el ornitólogo, pero cuanto más vueltas le daba al asunto tratando de entender a ese hombre, más conmoción sentía. Y es que, ¿cómo era posible pasear entre tanta gente que era asesinada y observar tranquilamente la vida de los pájaros entre los árboles sin darse cuenta de la matanza que tenía lugar a su alrededor? ¡Maldita hipocresía germana!

Se dio cuenta de que, ensimismado, había llegado ya a la entrada de KL Birkenau. Se propuso buscar pájaros también por allí. Pero Birkenau era un enorme desierto, tanto si hablamos de pájaros, como de árboles. Además, la extensión del campo era tan grande que en los varios miles de sus hectáreas era imposible encontrar uno de ellos. Los únicos puntos de cierta altura eran los postes que sostenían el vallado de espinas, las torres de vigilancia y los faldones de los tejados de las barracas. Solo en la lejanía, en el horizonte, se veía la línea de un frondoso bosque, habitado con certeza por pájaros.

En un momento dado, mirando a su alrededor, Andrzej Zaorski advirtió un objeto brillante que refractaba los rayos solares. Tantas veces había escuchado leyendas sobre el oro que fluía por la corriente del río Sola y sobre las partículas doradas halladas en los escoriales de cenizas de Birkenau que en un primer instante pensó en una dentadura de oro o en un puente dental. Sin embargo, cuando se acercó se dio cuenta de que era tan solo una botella de medio litro. La sacó con cuidado de entre las cenizas, la abrió y advirtió que dentro había un papel deteriorado. Era un folio doblado, escrito por fuera en francés y dirigido a la Cruz Roja polaca. Como no estaba en un sobre, Andrzej hurgó en el recipiente, lo sacó y lo desdobló. El nombre del destinatario estaba en la parte interior de la correspondencia, pero a pesar de ello no dejó de leer.

El autor dirigía aquellas palabras a su esposa, que vivía en Francia. Le describía su horrible sino y sus experiencias trabajando en el crematorio a las órdenes de los alemanes. El francés subrayaba que iba a morir, igual que ya habían muerto todos sus compañeros y quienes le habían precedido en esa labor. Del contenido de la carta se deducía que no tenía ninguna esperanza de volver a ver a su esposa y por eso le dejaba una serie de indicaciones para su vida después de la guerra. Le pedía que nunca viniera a Auschwitz, ni Birkenau, ni a Polonia en general. El hombre que escribió la misiva y la había metido en una botella era perfectamente consciente de que los alemanes sacaban las cenizas de Birkenau y las vertían en el Sola. Albergaba también la esperanza de que alguien la encontraría y de que llegaría finalmente a su destino.

Andrzej Zaorski se quedó espantado tras leer aquella epístola que contenía incluso algunas confesiones íntimas de aquel desconocido francés. Volvió a doblar cuidadosamente el folio y se lo guardó en el pecho, prometiéndose entregarla personalmente en la embajada de Francia en Varsovia. La tragedia tan personal de aquella familia francesa era la vida real, un verdadero drama. No como lo del pajarero de Auschwitz, aquel aburrido guardián de las SS que parecía estar en la Luna.

***

Era una mujer de unos treinta años, con mandil blanco y una jeringuilla en la mano. Detuvo su caminar y durante un momento estuvo escuchando. Le había parecido oír truenos que anunciaban tormenta, pero en febrero en Polonia no hay tormentas ni descargas atmosféricas. Se quedó petrificada, pero como se hizo de nuevo el silencio, volvió a sus obligaciones. Le dio tiempo a ponerle una inyección a una paciente, a medirles la temperatura a varios más y, según lo acostumbrado, suministró los medicamentos a un grupo de enfermos que yacían en la sala. Cuando volvió a salir al pasillo, escuchó de nuevo el mismo siniestro ronroneo. Ya estaba segura de que no se trataba de una ilusión. Terminó sus labores médicas y subió al desván para ver mejor... Pero ¿qué buscaba exactamente? ¿Una tormenta que se aproximaba? Ya en su mirador, se acercó a la ventanilla que se orientaba al sur. Efectivamente, en medio de la impenetrable oscuridad podía distinguir unos chispazos. Desde lejos parecían ciertamente rayos a los que seguía el ronroneo de los truenos. Algo desconcertada, bajó y salió para mirar otra vez al cielo. Ya delante del edificio, un nuevo sonido se añadió a aquel murmullo lejano. Parecía como si algo crujiera y diera aullidos al mismo tiempo. El volumen del desagradable sonido continuó creciendo hasta convertirse en un estruendo continuo que se le iba acercando.

Joanna Jakobi, enfermera del hospital de la Cruz Roja en Auschwitz, tuvo que taparse los oídos cuando la columna de tanques soviéticos pasó a todo gas por la carretera que pasaba junto al campo de concentración arrancando del suelo tierra y cantos rodados con sus orugas. Seguía a los carros de combate un convoy aún más largo de camiones, cargados hasta la bandera de soldados armados hasta los dientes. La enfermera notó sorprendida que la columna se dirigía directamente hacia la supuesta tormenta.

Sin que se hubieran disipado sus dudas, volvió de nuevo al bloque para ocuparse de las obligaciones encomendadas. Justo cuando estaba dando a sus pacientes de cenar, la puerta se abrió con estrépito y un sanitario polaco entró jadeante.

—¡Es la guerra! ¡Han vuelto!

Joanna casi dejó caer al suelo la escudilla al oírle gritar, mientras que los enfermos daban muestras de estar espantados.

—El ejército alemán se acerca a Oswiecim. Es muy probable que haya que evacuar el hospital. Estad listos para salir en cualquier momento.

Iba ya a seguir su camino después de transmitir su mensaje, pero Joanna pudo cerrarle el paso.

—¡Para, hombre! ¿De qué guerra hablas, un mes después de la liberación? ¿Qué es eso de tropas alemanas?

—Yo solamente digo lo que me han mandado los superiores rusos —intentó salir corriendo, pero la muchacha no se dejó vencer y volvió a cruzarse en su camino, agarrándolo de la manga.

—Vamos a ver, hermano. A mí me puedes decir de qué va esto —salió por la puerta ella primero y sacó al pasillo al sofocado muchacho, al que seguía teniendo agarrado con fuerza para que no se le escapara.

Apenas podía tomar aliento. Le explicó que aún tenía que hacer una ronda por un montón de edificios para avisar del peligro, pero como Joanna no soltaba su brazo y él mismo había podido calmarse un poco, continuó su relato:

—Solamente sé que los alemanes han roto el frente y que un numeroso destacamento se acerca a Oswiecim. Había un montón de tropas con tanques que los rusos habían rodeado cerca de Zywiec. Han logrado salir de allí rompiendo el frente y se nos están acercando a toda máquina. El comandante soviético ya ha dado la orden de evacuación, pero, antes de que todos salgan pitando, los rusos han mandado para allá a todas las tropas de las que disponen en la zona. Vamos, que van hasta los pinches de cocina, los sanitarios y los de intendencia. Se organizar la de san Quintín.

—Y nosotros, ¿qué tenemos que hacer?

—Estar listos para salir. Preparad lo indispensable, lo que podáis llevar encima. Estad preparadas y aguardad instrucciones —Entonces se soltó de sus brazos, pero ella ya no quería retenerlo.

Volvió rápidamente a su sala, transmitió de nuevo con exactitud la horrenda noticia y dio las órdenes pertinentes. Los pacientes se asustaron enormemente, pero los que podían sostenerse en pie se dispusieron inmediatamente para la marcha, metiendo sus enjutas pertenencias en hatillos y preparando sus zapatos y ropa de abrigo. Peor se encontraban aquellos que no podían andar o ni siquiera levantarse de sus camas por sí mismos. Eran los que estaban más asustados y no dejaban de hacer preguntas:

—¿Qué va a ser de nosotros?

—¿Nos vais a llevar también con ustedes?

—¿Nos dejaréis a merced de los alemanes? Yo de aquí no me muevo. Ya pasé una vez por una evacuación del campo. No me voy a ningún sitio.

—¿A cuáles de los enfermos os llevaréis?

—¿Vendrán en coches a por nosotros?

—No sé nada más —Joanna trataba de dominar la situación y de calmar a sus excitados pacientes—. Los que puedan, que se preparen para salir. Los que no puedan levantarse, que esperen con paciencia. Si efectivamente evacuamos el hospital, por supuesto que todos los heridos se trasladarán a un lugar seguro. No teman, ningún miembro del personal médico saldrá de aquí mientras haya un enfermo en el hospital.

La situación se calmó momentáneamente y los pacientes se sosegaron un poco. Después de transmitirles sus palabras de ánimo, la enfermera entró en su cuarto y preparó ella también los enseres más necesarios. Luego volvió a la sala y ayudó a los pacientes a hacer el equipaje. No tardaron en estar listos para la evacuación. Los enfermos que podían caminar por su propio pie permanecían sentados, dispuestos para salir en cualquier momento. Más nerviosos estaban los demás, completamente dependientes de la ayuda de otras personas. Pero también estos se calmaron al ver a los sanitarios llevando camillas por los pasillos.

Avanzada la tarde, arreció el centelleo y el estruendo de los cañonazos, anuncio de que la batalla se encontraba en su apogeo y de que tanto Oswiecim como el hospital de la Cruz Roja estaban en peligro. Los pacientes se miraban unos a otros con gestos de incertidumbre mientras estrujaban sus hatillos y seguían preguntando: «¿Qué pasará? ¿Qué será de nosotros?» Otros, los más ansiosos, salían aguardando que la orden de marchar llegara en cualquier momento. Como eso no sucedía, volvían a la sala aún más inquietos y les contaban lo que habían visto a sus compañeros de infortunio, aumentando su zozobra e incertidumbre. El estado de alerta se prolongó hasta altas horas de la noche, mientras los pacientes permanecían vigilantes. En medio de la noche, Joanna subió varias veces al desván para observar el fragor de la batalla. Luego salió al patio, donde la situación era de relativo sosiego a pesar del anuncio de la evacuación. Finalmente, los enfermos se acostaron de madrugada, tras una noche en vela por los nervios. Ella misma echó una cabezada poco antes del amanecer. Al alba, advirtió con gozo que el cada vez más discontinuo estruendo de los cañones se alejaba hasta acabar extinguiéndose. Al parecer, la situación en el frente estaba controlada y el peligro de una evacuación repentina del hospital, en mitad de la noche y quizá bajo el fuego enemigo, había desaparecido.

***

El doctor Boleslaw Urbanski llegó al hospital de Auschwitz a finales de febrero de 1945 y no tuvo ocasión de trabajar en la sede de KL Birkenau, pero había escuchado muchas cosas de ella y estaba interesadísimo en ver con sus propios ojos los crematorios, las cámaras de gas y los montículos de cenizas humanas. Pero durante sus primeras semanas en el hospital de la Cruz Roja sus obligaciones eran tan numerosas que no tuvo tiempo para nada, pues trabajaba dieciséis horas al día, y a veces hasta veinticuatro. La situación recuperó cierta normalidad a mitad de marzo y, con esta tranquilidad, un día el doctor Urbanski se dispuso por fin a dar un largo paseo provisto de unos prismáticos y de una cámara fotográfica.

Tomó inmediatamente el camino que llevaba a Birkenau. Cruzó el paso a nivel y no tardó en llegar a un gran edificio de ladrillo que servía al mismo tiempo de portón de entrada al campo. Cuando lo atravesó, le pareció encontrarse en un espacio olvidado por la civilización humana, un territorio que nadie pisó durante largas semanas. Las hierbas primaverales comenzaban a cubrirlo todo, llenando poco a poco el área que había entre las vías y los caminillos de grava del complejo, que habían permanecido vacía hasta entonces. Incluso, las plantas se abrían paso por las puertas y ventanas rotas y ocupaban los abandonados barracones. Pero a la flora no la acompañaba la fauna. El espacio libre del campo de concentración y las fosas comunes atraían solo a colonias de ratas. Pero en Birkenau ni siquiera los roedores parecían estar presentes. El médico, interpretando en esa hermosa y soleada tarde de marzo el papel de observador de la vida animal y vegetal advirtió sorprendido que en el territorio de Birkenau no había un solo gorrión, carbonero, liebre ni zorro. Quizá estos pobladores de los prados y bosques vecinos habían sido ahuyentados por el hedor a podrido que aún se cernía sobre el campo. Y eso que la alambrada, cortada ya en muchos lugares, no suponía un obstáculo para los animales silvestres.

Boleslaw Urbanski continuó su paseo mientras seguía observando a través de sus gemelos y hacía algunas precisas y estudiadas fotos. Llegó trazando un círculo casi hasta las afueras del campo. Se sintió incómodo al darse cuenta de que se encontraba junto al crematorio que los alemanes habían volado por los aires. Sentía el impulso de adentrarse en las ruinas y explorar aquel elemento del mecanismo de exterminio alemán. Por otro lado, temía entrar solo en un territorio desconocido y aún sin estudiar. El sol se estaba poniendo cuando decidió echarse atrás y volver a Auschwitz, directamente hacia el este.

Justamente pasaba al lado del montículo de cenizas humanas cuando volvió a sentirse inquieto. Estaba tan cerca de esos restos humanos. Pensaba que esa era la causa de su inexplicable temor y comenzó a rodear el montículo para dejarlo atrás cuanto antes. La circunvalación hacía más largo el camino de regreso. Seguía teniendo a la vista aquel escorial cuando el último rayo de sol se ocultó tras el horizonte. Todo se volvió aún más lúgubre, oscuro y frío. Aunque, por contra, había dejado de soplar el viento. Pero todo era ahora más gélido, lúgubre y silencioso. Apretó el paso para abandonar por fin el inhóspito paraje, pero la superficie de KL Birkenau era tan gigantesca que apenas había conseguido alejarse unos centenares de metros de ese lugar. Cada vez que se daba la vuelta, seguía viendo las ruinas del crematorio y los montículos de cenizas humanas.

Además, un extraño e inusual sonido penetró el silencio del ambiente. El sonido de un motor no pegaba nada en el desierto de Birkenau, que quedaba a varios kilómetros de la carretera más cercana. Pero el oído no le fallaba: el zumbido iba en aumento. Desconcertado, Boleslaw Urbanski salió del camino de gravilla, se adentró en los matorrales que le llegaban casi hasta la cintura y se ocultó tras una de las vigas de madera de una torre de vigilancia.

Suponía que se trataba de una columna de vehículos soviéticos que se habría extraviado por desconocimiento del terreno. Se estremeció al ver que los coches que aparecieron tras una curva llevaban una cruz negra en las puertas. Se acuclilló rápidamente en la maleza sin darse cuenta de que se estaba manchando sus pantalones de domingo.

El *Adler* que iba a la cabeza salió de detrás del escorial, dio un rodeo y se detuvo junto al crematorio, levantando una gran humareda. Lo mismo hizo el camión que le seguía. Cuando los dos vehículos se detuvieron, un oficial se bajó de la limusina y se llevó unos prismáticos a los ojos. A Urbanski le pareció por un momento que el alemán estaba mirando justamente a donde él se encontraba. Se inclinó aún más y trató de camuflarse con el entorno sin interrumpir su observación.

Del camión se bajó primero un grupo de soldados de las SS. Con la misma desenvoltura que si estuvieran de maniobras colocaron dos ametralladoras en el suelo apuntando al este, suponiendo que de haber alguna resistencia, ésta vendría de Auschwitz. Dos oficiales más se apearon del automóvil y, con un mapa en la mano, midieron sus pasos comenzando desde la esquina de las ruinas del crematorio. Los soldados alemanes que salieron del camión se echaron sus fusiles y metralletas al hombro y comenzaron a cavar a toda velocidad.

Durante un largo rato vio como los soldados echaban al aire trozos de tierra con sus palas. Entre tanto, uno de los oficiales inspeccionaba atentamente los alrededores con sus gemelos. Lo mismo hacían los que estaban a cargo de las ametralladoras, mientras que sus soldados no soltaban el gatillo. El polaco también quería usar sus prismáticos para observar a los inesperados visitantes, pero temía que el reflejo del vidrio delatara su posición a los alemanes. Por el mismo motivo renunció a tomar unas fotos.

Después de unos minutos las palas chocaron con un objeto oculto bajo la tierra, invisible para Urbanski. Dos de los nazis se metieron en la fosa y con bastante dificultad sacaron de ella dos grandes cajas. Los soldados las guardaron en el camión, luego metieron allí las palas y se subieron ellos mismos. Después los oficiales se montaron en la limusina y los puestos de ametralladoras se desmantelaron. Entonces los vehículos arrancaron, la gravilla crujió bajo los neumáticos y los alemanes se dirigieron rápidamente hacia el oeste, desapareciendo tras los montículos de cenizas.

Cuando volvió el silencio, Urbanski salió de los matorrales y corrió hacia Auschwitz para avisar a la guarnición soviética, pero era tarde para reaccionar. El destacamento germano se evaporó igual de rápido que había aparecido en Birkenau. Solo se podía hacer conjeturas sobre el contenido de las cajas. Boleslaw Urbanski estaba convencido de que los alemanes se habían llevado objetos valiosos que les habían robado a las víctimas de su exterminio masivo y que habían ocultado allí previamente, pero había indicios de que podía tratarse de algo más importante y peligroso para ellos: documentos que probaran sus crímenes contra la humanidad y actas personales de la dotación de la fábrica de la muerte.

El director del hospital, Józef Bellert, trabajando en su despacho.
(Archivo del Museo Nacional Auschwitz-Birkenau)

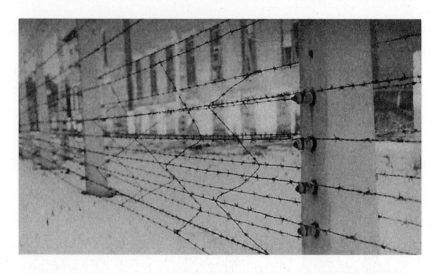

Auschwitz. Fragmento del vallado, a la derecha el bloque nº 11. Foto: Z. Klewander, invierno 1945/1946 r. (Archivo del Museo Nacional Auschwitz-Birkenau)

Habitación del médico-jefe del Hospital de la Cruz Roja en Auschwitz. (Archivo del Museo Nacional Auschwitz-Birkenau)

Fotografías de miembros de las SS, guardianes de KL Auschwitz.
(Instituto de Memoria Nacional de Polonia)

De una de las crónicas. Soldados soviéticos junto a fosas comunes llenas de cadáveres
enero / febrero de 1945. (Archivo del Museo Nacional Auschwitz-Birkenau)

RESPETO

1945

La interminable fila de ataúdes, situados uno junto a otro, causaba una impresión impactante. Parecería que solamente una catástrofe repentina podría cobrarse tantas víctimas, pero bastaba echar una rápida mirada alrededor para despejar muchas dudas: los barracones, el vallado, las torrecillas de vigilancia. Todo el mundo en Oswiecim, hasta el más joven de los que tomaban parte en la misa funeral, era consciente de lo que ocurría y de quiénes eran aquellos a los que estaban dando sepultura. Seguramente nunca en la historia de la ciudad habían enterrado en una fosa común tantos ataúdes de una vez.

Entre la inmensa multitud destacaban en primer plano, por supuesto, los promotores de la ceremonia, esto es: los sacerdotes católicos, monjas y monaguillos que celebraban o secundaban la liturgia. En segunda fila destacaban los uniformes soviéticos de los oficiales, soldados, médicos del hospital de campaña y enfermeras. De todos ellos, el grupito más afanado era el equipo de filmación y de fotógrafos que iban de acá para allá aparato en mano para encontrar el mejor puesto posible y conseguir cuantas más tomas mejor de la solemnidad. Un tercer grupo lo constituían los polacos, habitantes de Oswiecim, Brzezinka y otras localidades de la comarca, con los representantes de las autoridades de la ciudad a la cabeza. De entre la comunidad local destacaban los miembros de la orquesta de instrumentos de viento de la mina «Brzeszcze». Fueron ellos los que, antes de que diera comienzo la ceremonia, interpretaron un variado repertorio piezas musicales alusivas al momento. Todas eran de tono triste. Los polacos se alegraron enormemente de que introdujeran —de tapadillo— en el repertorio canciones militares que, aunque dulzonas, eran ya entonces políticamente incorrectas, tales como *Somos la primera brigada*, *La marcha de la infantería gris* o *Florecieron las rosas blancas*. Entre los polacos podían verse a los médicos y enfermeras del hospital de la Cruz Roja, cuyas batas blancas sobresalían de debajo de sus abrigos. El cuarto y último grupo también vestía de un modo peculiar. Todos sabían que los trajes de raya pertenecían a los antiguos reclusos. Acudió una multitud proveniente de los más diversos países de Europa y que hablaba los idiomas más variados y profesaba también diferentes religiones. Y aunque algunos de ellos se encontraban lejos del Dios de los católicos y de la fe en Jesucristo y no entendían nada en polaco ni en latín, participaron con mucho fervor en esa misa, llorando de conmoción al recordar a sus hermanos asesinados.

—Gloria a Dios en el cielo y en la tierra paz a los hombres que ama el Señor —comenzó el sacerdote, Jan Skarbek—. Por tu inmensa gloria te alabamos, te bendecimos, te adoramos, te glorificamos. Te damos gracias, Señor, Dios rey celestial…

El prelado presidía la liturgia, asistido por una hueste de sacerdotes. En la homilía recalcó la acción de gracias por la libertad recobrada. Recordó también el trágico destino que los alemanes habían reservado para tanta gente.

—Sois la mayor reliquia del mundo de hoy, orgullo de nuestros tiempos —dijo el presbítero, dirigiéndose principalmente a los exreclusos—. De ninguna manera podemos echar a perder este don divino, malgastándolo en nuestras miserias humanas ni en nuestros ajustes de cuentas tan terrenales. Seamos orgullos de nuestra civilización y enviados del mismísimo Jesucristo. Anunciemos la Palabra de Dios y demos a todos, el testimonio de nuestra vida, de nuestra fe, de los milagros que hemos experimentado. ¿No es un milagro que nos encontremos aquí entre los vivos? ¿Que, mientras sepultamos a nuestras hermanas y hermanos difuntos en esta ceremonia, nosotros mismos podamos sentirnos libres al fin?

Durante los últimos días, Birkenau había sufrido un cambio considerable. Como todos los enfermos se habían trasladado al hospital del campo matriz, quedaron vacías las destartaladas barracas de madera, de aspecto sobrecogedor con huecos allí donde antes había puertas y ventanas. Desaparecieron tramos enteros del vallado de alambre y algunas de las torrecillas de vigilancia se desmontaron para aprovechar la madera como combustible durante los meses más fríos. El área muerta del campo de exterminio ahuyentaba incluso a los más sañudos saqueadores. También durante la solemne ceremonia católica se notaba que lo único que había entre aquellos bloques grises, vallas de alambre y grandes charcos era muerte.

—Y yo os digo que Jesús también estuvo en Auschwitz. Jesús también estuvo en Birkenau. Jesús estuvo en cada uno de los campos de la muerte alemanes. Y que a Él también lo asesinaron los verdugos alemanes con una inyección venenosa, en una cámara de gas, también lo incineraron en el crematorio. Lo mataron de hambre, lo ahorcaron y lo apalearon. Que rellenaron colchones con su cabello y con su piel fabricaron pantallas para lámparas y forro para libros. Que sus huesos sirvieron a los alemanes para construir macabros muebles y su calavera decoró los escritorios de oficiales de las SS. Que su Santísima Sangre fue utilizada por los bárbaros germanos para sus experimentos pseudomédicos, inyectándole gérmenes de las más rebuscadas y espantosas enfermedades. Él estuvo aquí. Entre vosotros. Y vosotros sois la prueba de que Él estuvo aquí. Vivís, tenéis fuerzas para participar en esta misa, dais testimonio de que era posible sobrevivir aquí y de lo que aquí pasó durante el dominio alemán.

Cuando la comitiva se puso en marcha, prácticamente todos se estremecieron del frío, pero estaban aliviados al dejar ese paraje tan desagradable e inhóspito. Encabezaban el cortejo los monaguillos, las monjas y los sacerdotes, que entonaron el canto fúnebre. A las voces terrenales de los pastores se unieron las de varios miles de los fieles que iban en columna, avanzando pacientemente tras los caballos que lentamente arrastraban las plataformas cargadas de ataúdes hasta superar su capacidad. Subía hasta el firmamento la letra del canto:

Bajad del cielo al son de nuestros ruegos, moradores de la gloria, todos los santos de Dios; desciendan los ángeles de las nubes brillantes y acudan al encuentro con la multitud de los salvados. Que un cortejo de ángeles reciba tu alma y la eleve de la tierra a las alturas del cielo, y que el canto de los redimidos la conduzca hasta que llegue a la presencia del Altísimo.

El séquito parecía una larga y gruesa cinta humana que comenzaba en el portón del campo de Birkenau, se extendía por las veredas y campos de Brzezinka y acababa en las afueras de Oswiecim. Aunque era ya época de deshielo y el agua caía a chorros de los tejados y había una increíble cantidad de charcos, los fieles se alzaban los cuellos de sus abrigos y trataban de acelerar el paso a causa del gélido aire de febrero. Poco después de comenzar la marcha, la columna cruzó el portón del *Arbeit macht frei*, pasó junto al antiguo bloque de las SS y se detuvo al lado de una gran fosa recién excavada al lado. Allí colocaron los más de cien ataúdes con cadáveres de presos del campo fallecidos y asesinados. Cuando sepultaron la fosa y los sacerdotes concluyeron la ceremonia, miles de voces polacas entonaron el viejo himno:

Dios, que durante siglos rodeaste a Polonia del esplendor del poder y la gloria y que la cubriste con tu escudo protector, librándola de los males que buscaban afligirla, postrados ante tu altar te rogamos, ¡dígnate, Señor, restaurar nuestra Patria libre!

El mayor Polakov, médico soviético, Genowefa Przybysz, el Dr. Z. Makomaski y la comandante de la unidad militar soviética, mayor Zhylinskaya.
(Archivo del Museo Nacional Auschwitz-Birkenau)

Territorio de KL Birkenau. Ataúdes con cadáveres de presos del campo alemán trasladados al cementerio. (Archivo del Museo Nacional Auschwitz-Birkenau, foto: B. Borysov, 28 de febrero de 1945)

Monaguillos y monjas que participaron en el entierro de presos de KL Auschwitz y KL Birkenau asesinados por los alemanes. (Archivo del Museo Nacional Auschwitz-Birkenau, foto: W. J., 28 de febrero de 1945)

PACIENTES Y MÉDICOS

Febrero de 1945

Los motores rugían al unísono, expulsando humaredas por el tubo de escape. Los conductores de los camiones, que estaban ya a punto de partir, inhalaron, por culpa de las ráfagas de viento, los gases de los motores y tosieron varias veces a causa de la nube negra que salía de escapes. Se retiraron entonces unos metros, huyendo del punzante humo. Su comportamiento era algo extraño, teniendo en cuenta que no dejaban de fumar, seguramente a causa de la impaciencia, pero los peores ataques de tos les venían cuando los rodeaban los gases de los vehículos. Aunque quizá los chóferes tosían tan ostentosamente para hacer ver a los enfermeros que llevaban ya demasiado tiempo esperando y que los motores ya estaban calientes. La impaciencia estaba más que justificada. A principio de febrero el frío era intenso y había nieve por todas partes, así que permanecer a la intemperie sin apenas moverse conllevaba el riesgo de congelarse. Por eso los conductores hacían de vez en cuando movimientos extravagantes —daban saltitos, agitaban los brazos o daban pataletas— tratando de entrar en calor y de recuperar el tacto en los dedos de las manos y de los pies, que poco a poco se les estaban quedando entumecidos.

Como habían terminado de fumar sus cigarrillos y seguían sin darles indicaciones desde el edificio junto al que se encontraban, su jefe decidió ponerse manos a la obra. Jan Grabczynski, en quien habían delegado para la comunicación entre el hospital de la Cruz Roja de Auschwitz y Cracovia, tenía una misión de extraordinaria importancia que cumplir ese día, pero su realización dependía de los pacientes, que aún no se habían presentado junto a la puerta del hospital. Por eso, sin esperar más, subió a la cabina de su vehículo y apagó el motor. Lo mismo hicieron otros dos chóferes. Luego tomó dos profundas bocanadas de aire y entró en el bloque, que era ahora parte esencial del hospital polaco. Grabczynski, saltando varios escalones de una vez para entrar en calor, se dirigió al gabinete médico sin que nadie quisiera impedírselo. De repente, un espantoso alarido hizo que se detuviera. La voz venía de la planta baja, pero era tan atrozmente clamorosa que estaba seguro de que se había oído en todo el edificio, y, por supuesto, que la habían escuchado los demás conductores que estaban fuera, los cuales, algo desconcertados, se calaron sus gorros y se acercaron a sus vehículos. Era un aullido que no parecía natural, un bramido casi animal que se iba transformando en el jadeo de un monstruo mítico. Grabczynski se estremeció al oírlo, pero como ese ruido inhumano se repitió varias veces tomó la valiente decisión de bajar. Siguiendo la voz, entró en el puesto de guardia de la planta baja. Era allí donde tenía lugar la dantesca escena y desde donde salían los horribles alaridos, bramidos que le ponían a uno la piel de gallina. En una de las esquinas, con las piernas abiertas y los dedos extendidos como zarpas, había una mujer con traje de rayas en postura de estar defendiéndose o de estar dispuesta a huir. Al acercarse podía advertirse su mirada enloquecida, sus cabellos revueltos y su desabrochada camisa de reclusa. Tres enfermeras trataban de acercarse a ella poco a poco, explicándole algo con voz sosegada. Un poco más atrás iba avanzando el doctor Jan Oszacki, que había llegado con el convoy organizado desde Cracovia para llevarse de Auschwitz a los pacientes con trastornos psíquicos. Solo una de las enfermeras advirtió la entrada de Grabczynski y, para aclararle la situación, le dijo directamente:

—Es una loca furiosa...

Cuando parecía que el monótono discurso había calmado a la pobre mujer y que las enfermeras se habían acercado lo suficiente para agarrarla y ponerle al fin la necesaria inyección, dio un horrible aullido, se acercó de un salto a una de las sanitarias, le arrebató la jeringuilla violentamente y la tiró al suelo, rompiéndola en mil pedazos. Se subió a la mesa de un brinco y en un instante se encontró en la otra esquina de la sala. Dos enfermeras y el doctor Oszacki se dirigieron allí de inmediato, impidiéndole que se escapara por la puerta. La otra enfermera, resignada, se puso a barrer los restos de la jeringuilla y fue entonces cuando vio a Grabczynski junto a la puerta.

—Solos no nos apañamos —dijo como si estuviera hablándose a sí misma, pero añadió, ya mirándole a los ojos—. Ayúdenos y llame también a los demás conductores.

Salió de un salto, mientras la enfermera ocupó su sitio y bloqueó la puerta. Cuando Grabczynski regresó con sus compañeros la situación no había cambiado mucho. Las tres enfermeras y el doctor —todos con bata blanca y una de las mujeres con una jeringuilla nueva en la mano— trataban de agarrar a la enajenada mujer. Seguía arrinconada, pero daba aullidos y trataba de morderles y a veces se escapaba a otra parte de la sala, sorteando los muebles con destreza. Jan agarró una manta gris que había en la cama, la extendió ante sí como si se tratara de una extraña capa y se fue acercando a la loca. Detrás de él, los otros dos chóferes avanzaban también, cuidando de que la mujer no se les escapara. Entre tanto, las enfermeras se rindieron y se echaron a un lado. Los hombres seguían aproximándose poco a poco y Jan comenzó un largo y monótono monólogo en el que le contaba a la pobre mujer el hermoso, tranquilo y próspero futuro que la aguardaba.

Y ocurrió algo extraño: aunque sus palabras seguramente le eran incomprensibles, puesto que la mujer no era polaca y no entendía ni una pizca del idioma, el timbre de su voz comenzó a calmarla. Grabczynski se acercaba a ella de puntillas, como un torero, manta-muleta en mano, pero la mujer ya no se veía agobiada y no trataba de huir.

Quizá al ver las batas blancas y la jeringuilla la mujer se acordó de los experimentos médicos de los alemanes en el campo de concentración y perdió los estribos, mientras que Grabczynski, vestido de civil y con tonos oscuros en su ropa, no llamaba la atención, es más, se confundía con la penumbra de la habitación. Sin interrumpir su relato, siguió hablándole del maravilloso futuro de Polonia y sus habitantes y se puso a su lado. La cubrió delicadamente con la manta, la abrazó (o quizá más bien la inmovilizó), y la condujo a la cama más cercana, sentándola con la cara mirando a la pared. Continuó con su monólogo, mientras hacía señas a las enfermeras para que se acercaran con la jeringuilla y alzó con destreza un reborde de la manta, dejando al descubierto el enjuto brazo de la exprisionera. Mientras exponía a la enferma cómo sería aquel nuevo mundo sin dolor ni sufrimiento, sus dos compañeros se acercaron por detrás y asieron con fuerza los brazos de la mujer. Cuando ya estaba totalmente inmovilizada, una enfermera entró en acción y, con destreza y rapidez, le puso por fin la inyección. La paciente, sosegada por el flujo de las palabras de Grabczynski y por su actitud humanitaria, recibió la inyección sin protestar y con una calma extraordinaria, solo se estremeció ligeramente con el pinchazo. Tras la intervención, la envolvieron en la manta y le ataron con correas los brazos al tronco. El medicamento comenzó a surtir efecto y la mujer consentía pasivamente todo lo que hacían entorno a ella. Pudieron sacarla del edificio sin problema y sentarla en el cajón del camión. El doctor Oszacki se quedó con ella, mientras que Grabczynski y otros dos chóferes ayudaron a las enfermeras a ponerles la inyección a los demás expresidiarios. Todo fue a pedir de boca. Ya experimentados, acordándose de las peripecias con la primera paciente, quizá la más peligrosa, hablaban con dulzura a los enfermos y los envolvían en las mantas, dándoles sensación de seguridad e inyectándoles al mismo tiempo un medicamento que tenía un rápidos efecto sedante y somnífero. Los enfermos se volvían apáticos y somnolientos, sobrellevaban con calma las incomodidades y se dejaban sacar del hospital sin problema.

Poco después, los tres camiones estaban llenos de enfermos envueltos en mantas y aturdidos por las inyecciones y el convoy pudo emprender su marcha. El viaje no duró mucho y pasada una hora el primer vehículo, conducido por Grabczynski, se detuvo delante de la clínica psiquiátrica de Cracovia. Detrás vino el tercer camión, en el que se encontraba el médico. Pero el segundo no venía. El doctor entró en el hospital para indagar si el vehículo no habría tomado un atajo, llegando antes que ellos. Jan Grabczynski lo buscaba a lo lejos con la vista, pero también comenzó a preocuparse. La guerra continuaba y temía que hubieran caído en la emboscada de un grupo de nazis perdidos por la zona. Estaba ya dispuesto a rehacer el camino y buscarlos, pero temía que se despertaran los enfermos, que aún seguían en la caja de su camión. El doctor Oszacki volvió al cabo de un cuarto de hora. En la clínica no sabían nada del vehículo extraviado. Decidieron no esperar más y traspasar al hospital a los enfermos mentales con su historial médico. Cuando estaban ya despertando a los pacientes y acompañándolos o llevándolos en brazos al edificio con ayuda de unos enfermeros, apareció el camión extraviado. Resultó que el chófer, que no conocía bien el camino, sencillamente se había perdido a pesar de que iba en medio de la columna. En cualquier caso, todos los enfermos ingresaron en la clínica, en la que se quedó también el doctor Oszacki. Acabada con éxito la misión, Grabczynski recobró la paz, despidió a los otros conductores que partieron en sus vehículos, mientras que él mismo dejó su camión frente al hospital y se encaminó relajado a casa.

Torres de vigilancia de KL Birkenau en la actualidad. Foto: Szymon Nowak, 2019

UN TARRO DE MOSTAZA

Comienzos de 1945

Una mujer joven entró con paso rápido en la barraca hospital y, al ver que acababan de empezar a distribuir la comida, tomó una de las primeras escudillas. A la mirada del sanitario a cargo de la caldera, extrañado de que tomara la porción sin esperar su turno, respondió sencillamente:

—Es para una enferma.

Esquivó la larga cola de pacientes que aguardaban su almuerzo y se abrió paso entre el gentío que bloqueaba la puerta. Buscó con la mirada a su paciente al final de la sala y al cabo de un momento se encontró junto a ella sonriente.

—Buenas tardes, doña Anastasia.

—Ah, hola, mi niña —replicó la anciana, que había seguido sus movimientos casi desde que entró—. Pero llámame Nastka. Es que, sabes, en Leópolis llamábamos Anastasia a las viejas, y Nastka a las jovencitas. Y yo sigo prefiriendo que me cuenten entre las jóvenes —hizo un guiño y soltó unas risas, provocándose una tos seca y mórbida.

—Bien, doña Nastka, conforme a lo que le prometí, aquí me tiene antes de partir para Cracovia. Y le traigo su almuerzo —dijo Zofia Bellert mientras dejaba la escudilla en el alféizar.

Luego ayudó a la enferma a sentarse en la cama y colocó la almohada de modo que casi incorporada, sin levantarse, pudiera comer algo sin atragantarse. Colocó a la paciente en este improvisado trono y comenzó a darle de comer, pero la viejecita torció el gesto ya tras la primera cucharada.

—¿Qué es esto?

Zofia echó una mirada al plato.

—Debe ser una sopa de cebada o algo así, porque veo los granos.

—Pero ¿dónde están las especias? La pimienta, la sal, las hierbas inglesas, la hoja de laurel... ¿Y dónde están las verduras? La cebolla, el puerro, las hojas de perejil, el hinojo...

—Estooo... Seguramente se habrá quedado en el perol... —respondió Zofia tartamudeando, tratando de excusar al cocinero, a la vez que era perfectamente consciente del sabor de la flojísima sopa de la cocina del hospital.

—Querida, ¿cómo voy a recuperar las fuerzas para volver a casa? Con consomés de tan poca calidad no voy a aguantar mucho —refunfuñó la mujer, pero siguió tragando cucharada tras cucharada la sopa que le daba la enfermera. Cuando acabó, se dejó caer un poco en las almohadas y se sumió en sus ensueños mirando a través de la soleada ventana...—. Sabes, mi niña, en Leópolis sí que teníamos restaurantes antes de la guerra. el Atlas, el De la Paix, la Szkocka... Servían los mejores platos. O la confitería de Zalewski o la cafetería Elite. Ahí no te ponía una sopa tan aguada, con aspecto y sabor —discúlpame— al culo de un perro. Yo querría comer algo de sabor normal, intenso. Quizá con algo de mostaza o de pasta de tomate, porque encontrar pimientos será imposible, supongo...

—Señora Anasta... Señora Nastka, yo me voy hoy, ahora mismo, a Cracovia. Llevo a varios pacientes ya recuperados. Puedo buscar mostaza o pasta de tomate. Si encuentro algo en el mercado, lo compro y se lo traigo.

—Pero, hijita, si no tengo ni un centavo...

—No importa. Se lo pago yo, y cuando tenga usted, entonces me lo devuelve. ¿Quedamos así?

—Por supuesto.

—Entonces, perfecto. Tengo que irme ya —Zofia la besó en la frente, cogió el plato vacío y salió de la sala a paso rápido.

La anciana volvió a sumergirse en sus memorias de Leópolis, pero parecía sentir ya inconscientemente en el paladar el intenso sabor tan añorado, pues murmuraba para sus adentros a la par que daba chasquidos con la lengua: «Mostaza, pasta de tomate, mostaza...»

Después de salir del barracón, Zofia Bellert se dirigió a su alojamiento, pero no tardó en volver al patio del antiguo campo de concentración, donde la aguardaba ya un automóvil. Solía ser al revés, pero esta vez los pacientes a los que acababan de dar el alta ya habían ocupado sus asientos en el *Dodge* militar con una gran estrella roja en el lateral. El chófer también estaba, así que solo esperaban a Zofia.

—Tened cuidado, va a hacer algo de viento —avisó el conductor mientras ponía el motor en marcha y se ponía bien su gorro con orejeras. A pesar del deshielo primaveral y del cálido sol, el joven soldado llevaba, además del gorro de invierno, una *kufayka* (un abrigo guateado).

Por supuesto, que el aviso no fue gratuito. Nada más arrancar, el viento comenzó a hacer diabluras alrededor de sus cabezas. El todoterreno militar estaba desprovisto de techo y de cristales, aparte del parabrisas, así que, con el frío del alba de primavera unido a la velocidad, los viajeros comenzaron a sentirse helados nada más comenzar el viaje. Después de diez minutos los pasajeros, ateridos por el frío y envueltos en sus abrigos, que hasta entonces habían permanecido inmóviles en sus asientos, comenzaron a temblar y a rechinar los dientes.

—Ya queda poco —repetía de cuando en cuando con paciencia el soldado al ver los rostros amoratados de sus pasajeros. Pero no bajaba el pie del acelerador y el vehículo continuaba veloz, restando kilómetros a su destino por aquella carretera tan poco transitada.

—¡El *kapo*! —chilló de repente uno de los exprisioneros, fijándose con terror en silueta del hombre junto al cual acababan de pasar.

El chófer dio un frenazo y el camión americano se detuvo casi de inmediato. Los pasajeros que se encontraban en el cajón del vehículo, que habían caído a la batea por efecto de la inercia, se alzaron poco a poco, sin saber lo que había ocurrido.

—Es el *kapo* de nuestro bloque... —dijo el exrecluso, señalando con el dedo a un hombre que iba andando tranquilamente por el arcén.

El conductor tomó su metralleta y se lanzó a por el sospechoso. Se le acercó, apuntándole al pecho.

—¿Quién eres? ¿Tienes documentos? —preguntó con tono amenazador. Zofia y varios de los convalecientes se bajaron también del camión.

Antes de que el sorprendido transeúnte pudiera reaccionar, el espantado exrecluso que había causado el revuelo se ocultó detrás del camión sin dejar de hablar:

—Es el *kapo* de nuestro bloque. Lleva el mismo abrigo negro y tiene los pelos canosos. Es el *kapo*. Seguro que tiene escondida su porra. Tened cuidado...

—¡Dame tus papeles! —el soldado, cada vez más irritado, apremió al desconocido con tono perentorio.

—Yo soy... Kowal, de Brodly. Joachim Kowal —tartamudeó el hombre a la par que, obediente, sacaba sus papeles con manos temblorosas.

—¿De dónde vienes? ¿Has estado en el campo de Auschwitz? —inquirió el chófer mientras bajaba el arma y leía el documento que, efectivamente, confirmaba que se trataba de Joachim Kowal, ciudadano polaco residente en Brodly, campesino de confesión católica.

—Yo, señor, soy de aquí. No he salido de la comarca durante la guerra. Vivo y trabajo en la aldea. Y vuelvo de casa de un vecino porque queríamos decidir cuál de nuestras huertas vamos a arar primero y cuándo.

—Bueno, bueno. Vete ya —el confuso soldado devolvió los papeles a Kowal y se montó rápidamente en la cabina. Miró con reproche al preso y frunció el ceño:

—¿Qué significa esto?

El otro se encogió de hombros:

—No sé. Era igual que nuestro *kapo*. Idéntico. El mismo abrigo, la misma apariencia, los mismos movimientos...

El camión arrancó cuando ya todos habían vuelto a su lugar en la batea. No había recorrido aún diez kilómetros cuando el mismo pasajero vociferó de nuevo:

—¡El *kapo*! ¡Es el hijoputa de nuestra barraca!

Y el vehículo volvió a detenerse bruscamente. Esta vez se habían cruzado con un grupo de tres hombres vestidos con traje de rayas y que tiraban de un carrito que portaba escasos enseres. La vestimenta era señal inequívoca de que habían salido de Auschwitz.

—¡Alto! —bramó el conductor y se bajó del *Dodge* metralleta en mano. Los desconcertados prisioneros de rostro sin afeitar se fijaron espantados en el uniforme y en la ametralladora.

—*Llin dobli* —dijeron tratando de dar los buenos días en polaco—... *France... Paris... Hitler kaput. ¡Viva la Pologne!* —balbucearon, siguiendo con la mirada el cañón de la metralleta por si acaso les estaba apuntando.

—¿Tenéis algún documento? —preguntó el militar, aturdido por segunda vez. Se dio la vuelta y atravesó con la mirada al exprisionero que se había ocultado al otro lado de la puerta del camión.

—*Donner les documents* —Zofia Bellert, la única persona que se bajó del camión trató de ayudar al soldado.

—*S'il vous plaît.*

—*Oui, oui* —Y sacaron unos papeles en ruso que certificaban su identidad e informaban de que eran antiguos prisioneros del campo alemán de Auschwitz—. *Nous allons... Krakow.*

—Ya, estos tampoco tienen pinta de *kapo* —Zofia, que se encontraba junto al soldado, parecía estar hablando consigo misma, pero el soldado se había ruborizado y estaba a punto de estallar. Devolvió los documentos a los franceses y les deseó un buen viaje. Lo mismo hizo Zofia, que gritó para despedirse—: ¡*Vive la France! ¡Vive la Pologne!*

—¡Joder! —dijo el enojado conductor poniéndose al volante y dejando a un lado su metralleta. Miró sin mediar palabra al causante del embrollo que, igualmente callado, se había escondido ahora tras otros compañeros en el cajón del camión, haciéndose el inocente—. ¡Qué capo ni qué narices! ¿Dónde está?

Reanudaron la marcha y la tranquilidad fue más duradera. Quizá porque se había hecho tarde y no se cruzaron ni con un alma durante largo rato. Cuando se aproximaban ya a Cracovia, vieron en el camino a lo lejos dos vagas siluetas a la luz del atardecer. El conductor encendió los faros y se acercó lentamente, iluminándolas a propósito. De lejos se veía que eran dos mujeres lugareñas, polacas, envueltas en gruesos mantones de rayas. Una era ya mayor; la otra, adolescente. Aun así, el exrecluso no soportó la presión:

—¡El *kapo*! ¡Es el *kapo* de mi bloque! Tengo miedo...

Ocultó el rostro entre las manos y prorrumpió en sollozos. Esta vez nadie reaccionó a sus fantasías. Zofia, que estaba a su lado, le rodeó con su brazo dándole ánimos, mientras el *Dodge* estaba a punto de entrar en la ciudad.

***

Ya había anochecido cuando Zofia Bellert entró en su pequeña habitación de la «Casa del Médico» de Cracovia. Dejó caer su mochila, se sentó en un viejo sillón hundido y cerró los ojos unos instantes. Pero no pudo echar siquiera una cabezada. Se sentía fatal, cansada, sucia y apestosa. Dormir en esas circunstancias sería irresponsable, pensaba. Decidió lavarse antes de echarse a dormir. Además, no dejaba de molestarle el extraño olor que la acompañaba todo el rato. Pensaba que, en Cracovia, tan lejos de Auschwitz, se desprendería de ese hedor nauseabundo. Pero parecía que ella misma, su piel, su cabello, su ropa estuviera impregnada de él. Incluso ahora, metida en una habitación en Cracovia, a sesenta kilómetros del campo, seguía sintiendo ese olor tan extraño, empalagoso y tan difícil de definir. Era como unir algo dulce con un repugnante toque a quemado. Como un humo dulzón e indefinible, pero no había fuego. Para deshacerse del molesto hedor decidió bañarse y lavarse el pelo y airear toda su ropa al frío de la intemperie. Eso hizo y, casi desnuda, tendió la ropa en la barandilla del balcón. Luego se encerró en el baño y llenó de agua caliente la bañera. Se sumergió con auténtico deleite, le entró de inmediato una sensación de bienestar y se olvidó de todos sus problemas. Entró en calor y, absorta, se fue alejando de la realidad sin darse cuenta de que se estaba quedando dormida. Creía que se encontraba en una hermosa pradera llena de hierba verde y de coloridas flores silvestres. Su hermana la seguía y, riéndose en voz alta, iba arrancando esas flores, llevaba ya un ramo bien abultado. Zofia iba delante, sonriente. En su subconsciente sabía que la guerra había llegado a su fin, que no había hospitales en el frente, que el alzamiento había terminado, igual que su labor en Auschwitz, y que sus padres la aguardaban en casa. Se sentía feliz y alegre yendo hacia el sur, con el sol calentando su rostro y la brisa acariciándole el cabello. Cerró los ojos y expuso todo su cuerpo a la reconfortante acción del sol y la sonrisa no se esfumaba de su rostro. Cuando volvió a abrir los ojos tras una larga pausa, notó el cambio de inmediato. No sabía cuándo el sol había desaparecido tras el horizonte, solo quedaba el rastro de un resplandor anaranjado. Oscureció de inmediato y empezó a hacer frío. El viento, aprovechando la ausencia de los rayos crepusculares, campaba a sus anchas. Violento, zarandeaba también la falda, mecía inmisericorde el mar de hierba y seguro que había arrancado el ramo de las manos de Marysia. Zofia se dio la vuelta bruscamente buscando a su hermana, pero parecía que se la hubiera tragado la tierra. Comenzó a llamarla, pero estaba sola en la pradera. Cuando se desaparecieron los últimos rayos de sol, el viento arreció aún más. Soplaba tan fuerte que casi echó al suelo a la espantada muchacha. Además, comenzó a llover con tanta fuerza que el agua corría con profusión por su rostro y las gotas le entraban por la boca y la nariz. Se atragantó incluso un par de veces. Emprendió el camino de vuelta. Avanzaba a duras penas, con el viento de cara, tratando de recuperar a cada paso el equilibrio porque le parecía que a causa de la ventisca no solo se mecían las altas hierbas del trigal, sino que se balanceaba toda la tierra. De repente, advirtió que se encontraba en un solar vacío cubierto de mantas grises de un campo de concentración colocadas ordenadamente. Cuando miró al suelo, vio que de debajo de la manta más cercana sobresalía un pie humano. Se asustó de veras y quiso escapar, pero no pudo dar ni un paso. Unas manos cadavéricas de color terroso empezaron a emerger de debajo de las mantas y le bloqueaban todos sus movimientos, arrastrándola hacia el interior de la tierra, hacia una fosa común. Ya estaba dentro, entre calaveras, manos, piernas y vientres en descomposición.

Ya comenzaba a atragantarse por la tierra, incapaz de respirar y entonces... Dando un grito de horror saltó fuera de la bañera, empapándolo todo de agua a su alrededor. Se quedó un momento mirando espantada el espejo del agua y trató de volver en sí mientras jadeaba. Tardó algo en dominar el miedo y en respirar con normalidad. Entre tanto, la superficie del agua ya se había calmado y Zofia comprendió que, por imprudencia, se había quedado dormida durante el baño y que durante su pesadilla se había sumergido y casi se ahoga. Agarró la toalla, se envolvió en ella y se secó escrupulosamente cada pulgada de su cuerpo. Luego se puso un larguísimo camisón y se metió debajo del edredón. No se quedó dormida de inmediato. Una y otra vez volvía a su cabeza esa última pesadilla, que además le infundía miedo a regresar a Auschwitz y a su labor en el hospital de la Cruz Roja.

A la mañana siguiente se levantó cansada, con escalofríos, jaqueca y dolor en todos los músculos. Miró el reloj y aceleró el ritmo. Se puso ropa interior limpia y se asomó al balcón para coger la ropa que había dejado allí. Luego comenzó a ponerse sus entumecidas prendas, sin esperar a que se calentaran un poco. Tenía prisa, pues faltaba poco para la hora a la que había quedado con el chófer para volver a Auschwitz. Cogió su petate y, antes de salir, olfateó su ropa y, contrariada, torció el gesto. Aun tras ventilarlas durante toda la noche al frío de la intemperie las prendas seguían emanando el pestilente olor del campo de exterminio.

En marzo de 1945, aún durante la guerra, Zofia Bellert no sabía que aquel olor tan molesto que la acompañaba era el mismo meloso y repulsivo olor a grasa humana quemada que, mientras los crematorios alemanes estuvieron funcionando, pendía como un manto sobre el campo nazi y se metía en todas partes —en los ojos, en la boca, en la nariz...— provocando las náuseas. Incluso hoy día, pasados tantos años, uno puede seguir sintiendo ese singular hedor en la zona del campo alemán de Auschwitz.

De camino al lugar en el que se había citado con el conductor, Zofia tuvo tiempo de ir al mercado y, fisgoneando entre las casetas, encontró el ansiado tarro de mostaza casera. Cuando llegó al hospital, se encaminó primeramente al barracón de la señora Anastasia. Con el tarro de mostaza en la mano y con rostro triunfal entró en la sala y se acercó al camastro de la anciana. Entonces advirtió que en el lugar de la señora Anastasia había otra mujer. Zofia se acongojó y ni siquiera pudo hablar ni moverse por un momento. Muchos pensamientos e interrogantes le venían a la cabeza, pero la respuesta parecía evidente. De todos modos, una enfermera que pasaba a su lado y la conocía dijo en voz alta aquello que Zofia deseaba no oír:

—¿Estás buscando a la señora Nastka? La pobre viejecita se murió esta noche. No dejaba de acordarse de ti y de preguntar cuándo volverías de Cracovia y si le traerías la mostaza...

Foto de grupo delante del edificio de la administración del hospital. De izquierda a derecha: L. Polonska, Dr. J. Magnuszewska, Dr. K. Gorajski; sentados: Dr. Makomaski, Dr. Jodlowski y la enfermera G. Przybysz con su hijo pequeño.
(Archivo del Museo Nacional Auschwitz-Birkenau)

Edificio de la antigua administración del campo nazi en el que se instaló la cancillería del hospital de la Cruz Roja. (Archivo del Museo Nacional Auschwitz-Birkenau)

Grupo de exprisioneras de KL Auschwitz que fueron atendidas en el hospital de la Cruz Roja después de la liberación del campo.
(Archivo del Museo Nacional Auschwitz-Birkenau)

Edificios y alambrado de KL Auschwitz hoy día. Foto: Szymon Nowak, 2019

С П Р А В К А.

Дана гр. БЛИЦ Иве?у 1926 г.р. бельгийско-поддан
му, бывшему заключенному в фашистском концентрацион
лагере "Освенцим-Биркенау", содержавшемуся там под №
66200 /татуирован/, в том, что он по освобождении лаге
Красной Армией находился на излечении в Военном Гос
тале, основанном на территории бывшего лагеря, а по
излечении добросовестно работал для нужд госпиталя
бывших заключенных больных товарищей до 21. июня 19

Начальник В/ч п/п 48643
Майор Мед/сл. /Щипинская/

Documento con foto expedido para Józef Blitz, exprisionero de KL Auschwitz, número de recluso 66200. (Archivo del Museo Nacional Auschwitz-Birkenau)

Cruz Papal en Auschwitz. Detrás, el barracón número 11. (foto: Szymon Nowak, 2019)

LA TORRE DE BABEL

Comienzos de 1945

El joven médico y las dos bonitas enfermeras que iban a su lado se detuvieron al lado de la cama que había al fondo de la sala, junto a la ventana. Era ya el último paciente y la ronda nocturna llegaba a su fin. El médico miró al paciente, tomó el historial que le entregó una de las enfermeras y la miró con ojos de extrañeza.

—Y esto ¿qué es? —preguntó señalando unos ininteligibles garabatos en idioma extranjero.

—Son los apuntes del doctor Tibor Villanyi. Era prisionero del campo. Húngaro, igual que el paciente.

—Pero ¿quién va a descifrar esto ahora? —El médico se puso bien el estetoscopio que le colgaba del cuello.

—A lo mejor la rusa... —Se refería a la enfermera rusa que iba con ellos. Sin esperar a la reacción de su superior, se dirigió a su compañera, trabándose algo la lengua— Marusia, ¿tu gavarish un poco en húngaro? ¿Magyar? ¿Lo hablas?

—Niet.

—¿Y puedes leerlo?

La rusa solo pudo encogerse de hombros.

—Pues tenemos un problema —dijo el doctor mientras se masajeaba impacientemente el pescuezo, como esforzándose en pensar más rápido y encontrar una salida.

—A lo mejor el paciente entiende algo en polaco o en ruso...

—Oiga usted —la enfermera zarandeó al enfermo sin miramientos, despertándolo quizá de una buena siesta—. ¿Es usted húngaro?

El anciano, arrancado del abrazo de Morfeo, estuvo un largo rato mirando a sus visitantes sin entender nada.

—*¿Magyar? ¿Magyar?*

—*Igen. Jude. Zsido. Magyar.*

—Húngaro —El médico polaco sonrió por primera vez, a la par que acercaba al enfermo su historial médico.

—Lea esto, por favor.

Sin entender lo que el doctor le había dicho, más bien sintiendo en el subconsciente de qué se trataba, tomó los papeles y se puso a leer. En húngaro, por supuesto. Ni el médico, ni la enfermera polaca ni la rusa entendieron nada de lo que les transmitía el paciente. El doctor, desesperado, se llevó las manos a la cabeza y dispuesto a arrancarse los pelos de la desesperación.

—Doctor, no se preocupe. Vamos a por ese médico húngaro y él nos dirá qué es lo que anotó en el historial.

La enfermera dio media vuelta y salió corriendo de la sala. Volvió al cabo de unos minutos trayendo de la mano a un anciano que llevaba bastón, gafas y traje de rallas.

—Doctor, nos ha caído usted del cielo —Quizá cantaba victoria demasiado pronto el médico, que de los nervios estaba ya mordiéndose las uñas a la cabecera del enfermo—. Díganos qué le pasa a este enfermo y qué medicamentos le ha prescrito. Ya ve, no podemos leer sus anotaciones.

El hombre del bastón sonrió bondadosamente y, tomando el historial del paciente, recitó rápida y exhaustivamente todo lo que había escrito... En húngaro. El médico polaco y las enfermeras que lo acompañaban pusieron mirada de tonto.

—¿Y no puede ser en polaco o en ruso? Por favor...

Solícito para con las suplicantes miradas de sus interlocutores, el galeno húngaro respondió de nuevo con un torrente de palabras extranjeras. Puede que en su exposición aparecieran nombres de enfermedades o de medicamentos en latín, pero, sea por el timbre de su voz o por una sordera momentánea de sus oyentes debida a los nervios, no comprendieron ni una sola de sus palabras. Solo cuando se pasó al alemán hubo algunas expresiones que les sonaban, pero el anciano apenas conocía unas cuantas expresiones comunes, así que el nuevo intento de comunicarse fracasó igualmente.

—*Ein moment, ein moment* —repitió varias veces y salió de la sala. Pasó un largo rato hasta que volvió tomando de la mano a otro hombre aún mayor que él y que andaba con dificultad. El médico húngaro asentó al viejecito en la cama del paciente y, señalándolo con el dedo, dijo.

—*Igy, jol. Olasz.* Italiano. —Echó una mirada interrogante alrededor y, para asegurarse, repitió— Italiano, *Olasz*, italiano.

—¿Alguien habla bien italiano? —preguntó el médico polaco, cada vez más acalorado. Pero la respuesta fue un largo silencio. Entonces al viejito italiano se le ocurrió una idea genial:

—*Parles français?*

—*Oui!* —respondió alguien del otro lado de la sala. Efectivamente, había un judío europeo que hablaba bien francés y, mejor aún, sabía también francés. Entonces se dispusieron a traducir el historial del paciente. Luego tradujeron sus explicaciones —qué le dolía, y de qué se quejaba—. El enfermo de magiar expuso sus problemas al médico proveniente de Budapest. El doctor húngaro más o menos se entendió con su amigo italiano. El viejecito turinés le tradujo algo pobre judío que yacía sin fuerzas y le iba traduciendo de corrido al alemán de qué se trataba a la enfermera polaca que se encontraba junto a su cama y esta, en voz alta, se lo contaba al médico, quien iba anotando directamente en el historial cuál era la enfermedad diagnosticada y los achaques que sufría el enfermo. Allí mismo apuntó el doctor sus observaciones e indicaciones. Para terminar, la enfermera polaca tradujo a un ruso macarrónico a su compañera Marusia. Esta ronda tan especial acabó mucho más tarde de lo previsto. Por suerte, el personal del hospital de la Cruz Roja logró descifrar los apuntes del médico húngaro y encontró el modo de hacerse entender entre tanta gente de tantas naciones y lenguas distintas.

**

Nadie en el bloque hospitalario del antiguo campo alemán de Auschwitz se extrañaba al ver los hábitos de las monjas. Las mujeres que había en la sala, provenientes de los más recónditos rincones de Europa, mayoritariamente judías, ya se habían acostumbrado a los cuidados y asistencia que les proporcionaban esas señoras siempre inmersas en la oración, con un crucifijo colgándoles sobre el pecho o con un rosario en la mano. Además, el revoloteo de los faldones de los hábitos hizo que los pacientes de la circunscripción se convencieran pronto (o quizá era una ilusión auditiva) de que las monjas se movían más rápido que las otras enfermeras y de que su ayuda llegaba antes. En el hospital trabajaban desinteresadamente grupos de hermanas seráficas, ursulinas y de la congregación de las Hermanas del Alma Santísima de Cristo Señor. Parte de las monjas estuvo a cargo de labores culinarias, pero la mayoría estaba en los barracones del hospital, donde asistían directamente a los enfermos: les daban de comer, los aseaban y los preparaban para las intervenciones. No tardaron en ganarse la confianza de los pacientes, hasta el punto de convertirse en depositarias de sus mayores secretos. La sola aparición de las siervas de la

Inmaculada provocó gritos de júbilo de las pacientes y una sincera conmoción acompañada de lágrimas.

—Hermana, acérquese, por favor — Solicitaban las judías. Todas deseaban poder contarles su vida, sus vicisitudes durante la guerra y los sufrimientos por los que pasaron durante su presidio en el campo. Durante el turno de día no había tiempo para sentarse tranquilamente junto a alguna de las enfermas para escuchar sus relatos. La guardia nocturna tenía otro ritmo y entonces ocurría que alguna de las hermanas podía pasar más tiempo con una sola paciente. Era entonces, durante el desempeño de sus tareas de asistencia acostumbradas, cuando las monjas podían escuchar las confidencias de las expresidiarias, quienes las convertían en testigos de toda su vida.

Era solo el preámbulo de la labor que llevó a cabo en el hospital Aniela Skrynska, madre superiora de las hermanas ursulinas. Además de su trabajo común en el hospital, se dedicó especialmente a llevar asistencia espiritual a las pacientes. Daba igual si era durante su turno o en las horas en las que teóricamente podía descansar. El tiempo no era un problema y continuamente se le podía ver trajinando entre las camas de los pacientes. Su mayor preocupación era que esas mujeres, ya santificadas por el sufrimiento en el campo de concentración, no se acudieran a la llamada del Padre sin confesión ni comunión. Por eso se mostraba incansable en su andar de acá para allá entre las pacientes, preparándolas para la confesión. También animaba a quienes podían andar a que participaran en la misa dominical. Muchas veces se encontraba con gente que no se había confesado en años, y no solo se trataba de polacos. Eran judíos, franceses, alemanes, griegos... Todos deseaban reconciliarse con Dios y muchos de ellos tenían a bien que les hablaran de Jesucristo y de su Madre.

Barracones de madera de KL Birkenau en la actualidad. (Foto: Szymon Nowak, 2019)

*Birkenau. Exhumación de las fosas en las que los alemanes habían sepultado huesos y cenizas tras quemar los cadáveres, marzo de 1945.
(Archivo del Museo Nacional Auschwitz-Birkenau)*

DECENCIA

Comienzos de 1945

—Pero usted ¿se dedica a esto personalmente? —dijo extrañado el jefe administrativo del hospital, Henryk Kodz.

Se encontró a Bellert respondiendo a cartas y telegramas que venían de todo el mundo. Se trataba de personas que preguntaban por sus familiares, averiguar si habían pasado por el campo. Y, si había muerto, querían saber de qué manera. Gran parte de la correspondencia la constituían solicitudes de actas de defunción, un problema nada baladí debido a que los alemanes se habían llevado la documentación. En circunstancias tan extraordinarias, comenzaron a dar validez formal de partida de defunción a los testimonios de otros prisioneros que hubieran presenciado la muerte de aquel por quien preguntaban.

—¿En serio que no quiere usted descansar? Esto es trabajo para *un plumilla*. Tenemos cada vez más enfermos curados. Buscan alguna actividad. Los sentamos aquí y que escriban... Ahora le traigo a alguien para que le ayude. Si tiene usted esta necesidad... puede incluso dictar a tres a la vez, como Napoleón.

—Bien, estimado colega, que así sea. Que escriban otros, pero las cartas las revisaré personalmente. Van dirigidas a mí.

Si esa gente me tiene confianza, debo ser yo el que haga frente a esos encargos. No hay vuelta de hoja.

—Como si no tuviera usted otras ocupaciones —insistió Kodz.

—Fíjese usted en estas cartas: dos de Inglaterra y un telegrama de América. A estas quiero darles una respuesta muy exhaustiva, aunque justamente ningún familiar de los remitentes ha pasado por Auschwitz. Por suerte para ellos.

—No lo entiendo... —respondió Kodz haciendo un gesto de negación con la cabeza.

—Leo y doy respuesta a todas las cartas. Y a veces... de paso pido medicamentos para salvar a los que han sobrevivido. ¿Se cree usted que esta caja con inyecciones que nos ha llegado de Londres ha venido sola volando por los aires? Durante la primera guerra había un dicho para cuando a uno ya se le ocurría qué más decir durante una conversación: «Biomalz con rábano». ¿Se acuerda usted?

—Claro que sí. Era asqueroso, no me gustaba nada.

—No hace falta que le guste. Van a llegarnos cuatro mil ampollas de glucosa y nutritivas de Biomaltz. Resulta que en una de nuestras salas estaba el hermano de un hombre importante de los nuevos mandatarios. Me mandó una carta privada, sin adornos ministeriales. ¿Cómo iba a saber yo que se trataba de un viceministro? ¿Cómo iba a suponer que nuestro paciente y el misterioso inquisidor eran hermanos? Llevan apellidos distintos. Así que le respondí igual que a todos: con respeto, amabilidad y cariño. Como me enseñó mi abuelo. Durante unos días no supe nada más, y luego... ¿Vio usted los *Chevrolet* que había aparcados en el patio anteayer? Vino a verle toda la familia. Estuvieron dos horas llorando. Y por pura gratitud humana este personaje importante nos ha mandado preparados de malta. Biomalz original. ¿Sabe usted a cuántos de nuestros enfermos les va a arreglar eso los intestinos? Así que, ya ve, hay que leerlo todo y responder a todo el mundo. Con precisión, a conciencia y amablemente. Nunca sabe usted, colega mío, con quién se va a cruzar en su camino. Por eso vale la pena ser decente, por si acaso.

El Dr. Metz (cirujano), exrecluso de KL Auschwitz, E. Nowosielska (enfermera) y el Dr. Jakub Wollmann (cirujano), también exprisionero.
(Archivo del Museo Nacional Auschwitz-Birkenau)

GENTE NUEVA A BORDO

Comienzos de 1945

Un joven de bata blanca salió rápidamente del barracón de madera y cerró cuidadosamente la puerta detrás de sí. Caminó a lo largo de la pared del edificio. La nieve congelada que se había pegado a sus suelas chirriaba a su paso. Se detuvo a propósito a la sombra. Józef Grenda, estudiante de medicina, no deseaba que nadie advirtiera su flaqueza. Así, oculto junto a la pared, se quitó las gafas y se secó las lágrimas con un pañuelo. Luego pasó un buen rato limpiando los cristales de sus anteojos mecánicamente. Acababa de terminar su primera ronda en el bloque del hospital provisional de Birkenau que le había sido asignado y aquello que vio puso patas arriba todo lo que pensaba hasta la fecha acerca de la guerra, la medicina y la asistencia a los enfermos. Pasó un tiempo pegado a la pared, sin sentir para nada el frío, pensando en su quehacer y en las elementales dolencias diagnosticadas a sus pacientes durante la visita: diarrea, enfermedades dermatológicas y decúbito. Los minutos pasaban y volvió en sí poco a poco, pero en la situación en que se encontraba no tenía idea de cómo salvar a esa gente. Los consejos de manual y sus estudios universitarios de poco servían al enfrentarse a unos organismos destrozados por la vida en el campo de concentración y a los trastornos que había dictaminado. El casi treintañero Józef estaba en estos momentos más aturdido a causa de su ignorancia médica que antes de comenzar la carrera universitaria.

—¡Señor doctor! —Su ayudante, Marian Stepkowski, que lo había acompañado durante la ronda, interrumpió de un grito su meditación

—¿Sí?

—Doctor... Si me permite, tenemos un problema.

Volvió a secarse los ojos, las gafas y se sonó la nariz.

—Ya voy —No tardó en llegar a la puerta abierta—. Pero nada de doctor. Ya le he dicho que apenas soy estudiante de medicina con un año de experiencia.

—Comprendo. Pero, ya ve, tenemos un problema extraño. Mire a este hombre —Stepkowski señaló con el dedo al individuo más alto y ruidoso del barracón.

Efectivamente, el personaje se comportaba como si fuera el mismísimo Führer. Vestigios psicológicos del viejo régimen del campo. El exjefe de bloque abroncaba a los demás pacientes de la barraca, les gritaba y los ultrajaba. Todos tenían que escucharle, cumplir sus órdenes, cederle el paso, levantarse de la cama y ponerse firmes, e incluso inclinar la cabeza hasta la cintura ante él y taconear a su paso. Józef Grenda y Marian Stepkowski seguían junto a la puerta, se miraron a los ojos pensando al mismo tiempo: «¿Qué narices es esto?». Entraron silenciosamente, sin dejar de observar el comportamiento del jefe de bloque. Este no advirtió la presencia de los sanitarios y seguía reprendiendo a un pobre diablo al que obligó a levantarse de la cama y que intentaba ponerse en posición de firmes a pesar de que apenas podía con su alma.

—*Halt!* ¡Firmes! —chilló el pequeño Hitler mientras buscaba una vara a su alrededor—. Hijoputa, has vuelto a cagarte en la cama. ¿Quién crees que va a limpiar ahora esa mierda tuya? ¡Tú, jodido cagón! ¡Tú, paleto! ¡Me cago en tu puta madre! — daba vueltas rápidamente alrededor del sucio y apestoso desdichado que apenas se tenía en pie.

—Señor, fue sin querer. Es la enfermedad. Lo que como, sale inmediatamente.

—Pues aguanta. No hicimos las letrinas en el patio para que estén ahora vacías y que la gente se cague encima. —Entretanto encontró bajo una de las camas su vieja porra, recuerdo de tiempos de antes de la liberación del campo.

—No me dio tiempo... —balbuceó el otro, que iba empequeñeciendo al ver el arma de madera en la mano del capo. El amo y señor de la vida y de la muerte alzó rápidamente el brazo, dispuesto a golpear con todas sus fuerzas la cabeza de su sucio compañero, pero alguien lo asió férreamente de la muñeca derecha.

—Quietecito, quietecito —le dijo al oído Stepkowski, arrastrando las palabras, mientras Grenda le quitó con destreza la porra de la mano.

—¿Se ha vuelto loco? —gritó enfadado Józef, que se olvidó por un momento de todos los demás problemas. Al mismo tiempo, arrojó a una esquina el instrumento de castigo—. Esto es un hospital, y usted vuelve a convertirlo en un infierno nazi.

—¿Cómo? —replicó extrañado el jefe de bloque, que no entendía que le pudieran llamar la atención por llevar a cabo unas labores, en su opinión normales, que los alemanes le habían metido en la cabeza durante meses a latigazo limpio.

—Esto ya no es un campo de concentración, ¿entiendes? Sea más benigno con esta gente. Son exprisioneros y pacientes, igual que usted. Se acabó ese horror.

—Pero hace falta disciplina —El sorprendido tagarote señaló con el dedo el camastro y las mantas llenas de excrementos, a la vez que se puso a buscar su porra—. ¿Quién va a limpiar ahora esta pocilga?

—A lo mejor era una pocilga con los alemanes. Ahora es la sala de enfermos de un hospital.

—Pero, además, puede limpiarlo —intercedió Stepkowski, que observó cómo el antiguo jefe de bloque llegó de una a la otra esquina de la habitación y sacó su porra de debajo de una cama.

—Hace falta disciplina, señor doctor, y yo estoy aquí para poner orden, no para barrer. Así era con los alemanes y ahora es lo mismo. Y a quien no le guste… —Echó una mirada sombría a su alrededor, a los demás exreclusos, ya de por sí muy asustados. Sin que nadie protestara, volvió junto a Grenda y Stepkowski, exhibiendo orgulloso su recobrada alma—. Le prometo que voy a poner a trabajar a esta panda de gorrinos y la sala va a quedar brillante —dijo mientras golpeaba con la porra la caña de sus botas, dando a entender a los presentes el modo en que impondría su ley.

—De eso nada, amigo. Tu tiempo se ha acabado. Si ya estás sano como para dar paseos, agitar la porra y andar insultando a la gente ¡vete de aquí a tomar por culo! —Józef Grenda, con el rostro demudado, se encolerizó como quizás nunca lo hizo en su vida. Los ojos se le salían de las órbitas y los vidrios de sus gafas se empañaron. Estaba listo para la pelea, jadeando ruidosamente por la furia. Hasta Stepkowski se quedó extrañado del comportamiento de su joven superior, aunque aprobaba con todo su ser la expulsión del celoso miserable.

—¿Has oído lo que te ha dicho el doctor? ¡Vete a la mierda! —Marian le quitó la porra al asombrado jefe de bloque, lo agarró del cuello del abrigo y lo echó fuera—. Y no vuelvas, que como te vuelva a ver no respondo de mí mismo —le dijo dándole un patadón de despedida, cerrando la puerta y volviendo con Grenda, que se iba calmando poco a poco. Cuando se recuperó, dijo en voz alta:

—Escuchadme, se acabó la tiranía de este hombre, que era como el peor de los capos. No tenéis nada que temer. Espero que no volváis a ver su siniestra cara nunca más. A partir de ahora, nosotros os cuidaremos. Si algo malo ocurre en este bloque, avisadnos inmediatamente.

***

La leña soltaba de cuando en cuando revoltosas gavillas de chispas, pero los tres hombres que se encontraban alrededor de la estufa no hacían caso, se inclinaban sobre la mesilla y seguían leyendo las pequeñas letras de un cuaderno. En la sala solo se podía apreciar algo de calor en la zona inmediata y próxima donde estaba ubicada la estufa. Incluso por la espalda sentían cómo les agarraba el frío invernal que encontraba una entrada a la sala por cualquiera de los resquicios y huecos de la estancia: por la puerta que no cerraba bien, por las ventanas y por las grietas que había entre los mal ensamblados paneles de las paredes. Por eso iban los tres abrigados hasta las orejas —llevaban abrigo, gorros soviéticos *ushanka* con solapas para las orejas, guantes y bufanda bien apretada—. Lo único que quedaba al descubierto bajo todo ese vestuario invernal eran unos ojos somnolientos y unos rostros ensombrecidos por llevar varios días sin afeitar. Contrastaba todo ello con la claridad que reinaba en la sala gracias a la luz de una lámpara de queroseno. También los restos de tarugos de madera ardiendo emitían un halo rojizo que se extendía por el suelo a través de la puertecilla abierta de la estufa. La conversación de los tres compañeros no tenía en modo alguno el aspecto de un comité médico de importancia. Más que a un debate científico de médicos de un hospital, se asemejaba más a un encuentro de exploradores del

Polo Sur o a una reunión clandestina de polacos exiliados en Siberia para planear su evasión.

—Escuchadme, sigo leyendo: ya después de la primera visita al barracón de enfermos, me di cuenta de que fundamentalmente son dos las enfermedades que más desgastan los organismos de nuestros pacientes —Józef Grenda se tomó en serio su trabajo y, pasados unos días de su llegada al hospital de la Cruz Roja y de que lo enviaran al sector más difícil de Birkenau, elaboró su primer informe médico. En estos momentos les estaba transmitiendo sus observaciones a sus más inmediatos colaboradores, que eran sus subordinados Henryk Kodz y Marian Stepkowski—. Se trata de enfermedades dermatológicas y de decúbito y de la diarrea consecuencia del hambre. Sobre todo, la diarrea. La llamaban *durchfall*, del alemán, y es una manifestación de la distrofia nutricional que causa estragos en el organismo y conduce rápidamente a la muerte. Los presos, tras meses de hambre, no entienden que el exceso de alimento y el alto valor de calorías pueden causar diarrea. Mis explicaciones no servían de nada, a veces la única respuesta era: «dadnos de comer bien de una vez». En estas condiciones es imposible aferrarse a cualquier esquema de atención médica. Evidentemente, no podemos tomar en consideración ningún tratamiento parenteral. —Dejó de leer y miró a sus compañeros—. ¿Qué os parece? ¿Está bien así?

—Por supuesto, todo explicado como una secuencia lógica: síntomas-diagnóstico-tratamiento. Ahora hay que abordar la cuestión del tratamiento y luego exponer un resumen y acabarlo con una conclusión. —Ni siquiera entonces podía Henryk Kodz, como profesor que era, prescindir de su hábito de desmenuzar toda cuestión hasta sus elementos primarios.

—Exacto. Y aquí podemos tener un problema, sobre todo con el tratamiento... Pero sigo leyendo: Como mencioné al principio, la causa principal de la mortalidad en nuestro bloque era la deshidratación brusca. Los exreclusos no sabían que el exceso de alimento puede acabar en una tragedia cuando el organismo famélico y deshidratado, es incapaz de asimilar la comida. El alimento ingerido abandonaba el sistema digestivo al cabo de unos minutos. La deshidratación se hacía más aguda y aumentaba la pérdida de proteínas. Los presos liberados comenzaron a morir masivamente. Para frenar la mortalidad había que detener la deshidratación. —Józef Grenda, estudiante de primero de medicina, responsable de la vida y la salud de ciento treinta pacientes del bloque número 118 del campo alemán de Birkenau, concluyó su exposición y tosió ligeramente mientras se ponía bien la bufanda.

—¿Cómo lo veis? ¿Puede ser?

—Puede ser —respondió Kodz—, pero me falta una conclusión, una propuesta en firme...

—Justamente quería pediros consejo acerca de una propuesta de acción para evitar los fallecimientos en masa.

Tras una larga pausa, Stepkowski fue el primero en tomar la voz:

—Como sabéis, yo apenas tengo experiencia laboral en el servicio de salud, y menos aún en lo relativo a cualquier tratamiento. Cierto que estoy aquí de voluntario y que trabajo en el hospital, pero todos mis logros médicos se limitan a mi labor de enfermero a vuestras órdenes. No voy a inventar la pólvora.

—Aunque soy maestro de profesión —comenzó a perorar Kodz—, recibí instrucción sanitaria durante el levantamiento de Varsovia y gracias a eso pude ocuparme de heridos y enfermos. Pero mi modesta experiencia es ínfima en comparación con los problemas que tenemos aquí. Ni siquiera los médicos soviéticos a pesar de su experiencia porque batallaron con la enfermedad del hambre durante el asedio de Leningrado disponen de un remedio milagroso para acabar con esa diarrea. He hablado con ellos...

—Tengo una idea, pero antes de ponerla en práctica me gustaría que la aceptarais. Hay un medicamento, el *salicilato de fenilo*, llamado también salol, que desinfecta la vía digestiva y se usa para curar la diarrea bacteriana y el catarro intestinal. Otro medicamento para la diarrea es el *proteinato de taninos*, llamado comúnmente tanalbina o taninal. El tercer específico, seguramente el más popular, es el carbón medicinal o activado, indicado para la cura de intoxicaciones gástricas y diarrea. En el caso de los enfermos de *durchfall* querría emplear el siguiente tratamiento: darles tres veces al día estos tres fármacos. Como trabajamos aquí juntos y juntos estamos a cargo de la salud de los pacientes, me gustaría conocer vuestra opinión al respecto.

—Doctor, estoy conforme con cualquier decisión que tome —dijo Stepkowski, y Grenda, cosa extraña, se olvidó de mencionar, como hacía siempre, que era solo estudiante de medicina y además de primer año.

—Yo también estoy a favor. Pero hay que observar atentamente el comportamiento de los pacientes y las eventuales complicaciones sanitarias que surjan para poder reaccionar de inmediato.

—Por supuesto. Apuntaremos escrupulosamente los resultados de esta experiencia y anotaremos en el historial de los pacientes cuál es su estado de salud, y en el caso de que haya problemas, dejaremos de suministrarles estos medicamentos. Señores, me alegro de que estén conmigo y de que seamos un verdadero equipo. Desde mañana pondré en práctica mi idea y veremos qué tal va.

Sala de enfermos de la primera planta del bloque 21. De pie, cuarta de izquierda a derecha, la hermana Sylwia Chrapkowska, las siguientes son Barbara Wozna y Michalina Prokopowicz enfermeras de la Cruz Roja. La primera de la derecha es la hermana Przemyslawa Uchyla. (Archivo del Museo Nacional Auschwitz-Birkenau, foto: S. Mucha, febrero/marzo de 1945)

Portón de entrada de KL Birkenau en la actualidad. Foto: Szymon Nowak, 2019

SOMBRAS DEL PASADO

Comienzos de la primavera de 1945

—¿Podría ver al doctor Bellert? —preguntó un hombre canoso metiendo la cabeza en el despacho. La nueva secretaria del director del hospital, una señorita de veintipocos años en traje de rayas que había vuelto hacía poco al mundo de los vivos, le señaló el sillón.

—Siéntese, por favor. El doctor no tardará en volver. Puedo servirle una menta caliente, ¿le apetece?

El recién llegado no rechazó el ofrecimiento y la calurosa acogida y la no menos calurosa bebida, que lo *amodorró* tanto que se quedó plácidamente dormido.

—¿Junosza? —el grito del doctor lo sacó de su siesta—. ¡Vives! ¡Coronel!

—Bueno, ya no uso el apodo Junosza. Me llamo Salacinski. Y también he dejado de ser coronel.

—Ya, ya... —Bellert hizo con la mano un gesto de no darle importancia—. Cuando escapasteis por las cloacas durante cuando el levantamiento de Varsovia estaba a punto de sofocarse, pensé que no nos volveríamos a ver, de verdad. ¿Qué hace usted por aquí, compañero?

—Me he enterado por la Cruz Roja de que mi mujer, Janina, está aquí en el hospital.

—Un momentito, coronel. ¡Señorita Marianna, señorita Marianna! —exclamó Bellert, y la celeridad con la que la muchacha apareció en la sala indicaba que debía haber estado con la oreja pegada a la puerta del despacho—. Averigüe usted dónde anda la paciente Janina Salacinska, rapidito ¿vale? Rapidito que la busque usted, no que esté ella andando.

De camino hacia la sala, ya fuera del despacho, Bellert preguntó:

—¿Y su hijo? Ingeniero, ¿no? ¿Qué tal está? En Varsovia lo conocí bajo el nombre de Andrzej.

—Murió —respondió con calma Salacinski, sin perder siquiera el paso, aunque Bellert se quedó parado un momento—. Lo colgaron de una farola —concluyó el coronel.

—¿En el alzamiento? ¿Los alemanes? ¿Lo ahorcaron? —preguntó Bellert sin poder dar crédito a lo que oía—. Pero si...

—Estuvo colgando una semana. Dejemos los detalles. Y también los detalles del entierro.

—Pues tenemos un problema, compañero. Su mujer no está en absoluto en condiciones de que le dé esta noticia. Ya sin eso no para de llorar.

—¿Está... tan mal? —inquirió Salacinski con voz entrecortada.

—Oh, no, no. Si fuera así tendríamos que enviarla a otro hospital, totalmente cerrado. Su esposa... Su salud está mejorando, pero una noticia así podría matarla. Desde hace poco hay un contacto medianamente normal con ella y últimamente ha empezado a hablar con la doctora. Pero no puede decirle nada sobre su hijo. Mejor no arriesgarse.

El coronel asintió como si se tratara de la cosa más normal del mundo.

—La médico que está a cargo de su mujer es una moza bien gallarda. Tenaz. Intrépida. Firme. No dejará que tu mujer se descomponga. Ha visto de todo, no se deja impresionar fácilmente. Te la dejará en buen estado.

Llegaron al barracón. A la entrada, una mujer joven con bata de médico se deleitaba con un cigarrillo proveniente de donativos americanos mientras se rizaba el pelo maquinalmente.

—Querida, ¿yace en su sector la señora Salacinska? —preguntó Bellert.

—De yacer, nada: florece y embellece —le corrigió la doctora arrojando el cigarrillo con el índice y el pulgar—. Discúlpeme mis modales, director. Me haré mayor, lo prometo —dijo sonriendo—. Los acompaño.

Bellert detuvo una vez más a Salacinski antes de entrar.

—Ni una palabra. ¿Entendido?

La doctora mandó una mirada interrogante a su superior.

—Su hijo… Ha muerto —respondió el médico escuetamente.

Al cabo de un momento el coronel y su grácil esposa se abrazaron. La mujer acariciaba incrédula la cabeza de Salacinski.

—Dios mío, Jerzy, ¿qué le ha pasado a tu pelo? Está blanco del todo…

—Antes de la guerra con una cabellera así habría llegado a senador —respondió el coronel con ironía—. Pero algo me dice que con el nuevo gobierno no voy a hacer carrera.

—Y Andrzej, nuestro niño, ¿cómo está? —preguntó la mujer conteniendo la respiración y con la mirada clavada en los ojos de su marido.

El coronel conquistó entonces la cumbre del virtuosismo artístico.

—Es un fenómeno. Vive. Mira, es la última foto que tengo de él —dijo sin pestañear siquiera, mientras con un movimiento natural se sacaba una arrugada fotografía de su cartera y la ponía delante de las narices de su conmovida esposa.

—Bendito sea Dios —exclamó la convaleciente, riendo y sollozando al mismo tiempo—. Y a esta ¿qué le pasa? —preguntó extrañada por el comportamiento de la doctora, que había salido corriendo del barracón dando un portazo para poder llorar fuera tranquila.

La doctora Janina Zawislak-Judowa (a la derecha), miembro del personal de la Cruz Roja polaca, ayuda a exreclusos del campo de concentración. (Archivo del Museo Nacional Auschwitz-Birkenau, la foto proviene de un documental soviético, enero/febrero de 1945)

ESPERANZA

Primavera de 1945

Con el buen tiempo se ve el mundo de otra manera totalmente distinta, bañado en sol y sintiendo una brisa que ya no congela, sino que transmite calor. Era fácil olvidar el invierno. La verde hierba y el canto de los pájaros contagiaban una mirada de esperanza de un mañana mejor y un futuro feliz. Contento de sí y sonriente, Józef Grenda caminaba veloz por las veredas del antiguo campo de concentración.

Iba silbando algo por lo bajo y agitando alegremente una cartera de piel que llevaba en la mano, espantó a propósito una bandada de gorriones, eternamente hambrientos, que encontró a su paso y que volvieron rápidamente al área del campo matriz. En un momento dado se metió en un callejón y entró en un barracón de ladrillos. Subió corriendo las escaleras y un instante después ya estaba en la secretaría del hospital de la Cruz Roja dándole la mano al director administrativo, Henryk Kodz.

—¡Hola, mi buen amigo! Vengo a despedirme. Me voy a Cracovia.

—¡Hola! Pues menuda sorpresa. ¿Cuándo?

—Hoy mismo. Pero tengo que arreglar aún un par de asuntos por aquí.

—Caray, vamos a echar en falta a un especialista tan bueno como tú, a un médico tan bueno. Y ¿qué es lo que vas a hacer allí exactamente?

—Me gustaría terminar mis estudios de medicina. A lo mejor en la Universidad Jaguellónica. Creo que ese es el camino que quiero tomar: convertirme en médico diplomado.

—Te deseo suerte. Enhorabuena.

—Gracias. El trabajo aquí me ha dado y me ha enseñado mucho. He conocido a gente maravillosa —replicó mientras miraba expresivamente a Kodz—. Espero también haber curado a unos cuantos enfermos y haber salvado la vida de algunos seres humanos. ¿Te acuerdas de nuestros primeros días en Birkenau cuando los pacientes caían como moscas?

—Por supuesto. Perdona, qué mal anfitrión soy. Siéntate, por favor. Me has sorprendido con lo de tu viaje.

—Aquí ya están las cosas tranquilas. Hay que pensar en sí mismo, en el futuro. Ya viste que todo el tiempo estuve haciendo apuntes en mi cuaderno, una especie de miniatura de un diario o de unas memorias.

—Claro, si incluso nos leíste fragmentos de él en Birkenau. Pero pensaba que se trataba más bien de apuntes médicos que de un relato tuyo.

—Sí y no. Te leo un fragmento acerca de nuestra actividad en Birkenau. Escucha:

«Empleé salol con carbón y tanalbina. Hacía tres rondas diarias para visitar a los enfermos en sus camas y les suministraba estos medicamentos. Las dosis empleadas eran muy distintas de las que propone la farmacología, pues yo les proporcionaba a mis pacientes tres pastillas de salol y tres de carbón o de tanalbina tres veces al día. Me llevé muchas alegrías desde el principio. La diarrea cesaba y los pacientes dejaban de morir. Le conté mi experiencia a otro médico, pero se lo tomó como si fuera una fanfarronada mía. Yo seguí empleando el mismo método. La continua convivencia con los enfermos, el cuidado que les brindábamos, las rondas para suministrarles la medicación..., todo eso mejoraba la comprensión mutua. Empezaron a acudir a mí pacientes de otros bloques con enfermedades diversas. Me costó mucho ayudarles, no sé si el tratamiento fue siempre el adecuado. Me apoyó mucho en esto el señor Henryk Kodz. Sé que durante mi labor en el hospital de la Cruz Roja en Auschwitz siempre manifesté a mis pacientes, antiguos reclusos del campo de concentración, que son personas igual que yo. Ese fue siempre mi primer diagnóstico y el primer medicamento que les administré. El segundo diagnóstico y el medicamento propiamente dicho fue el salol, el carbón y la tanalbina en las dosis antes mencionadas».

Józef dejó de leer y cerró súbitamente el cuaderno. Permaneció un momento inmerso en sus pensamientos, como ausente. Finalmente guardó la libreta en la cartera y se alzó pesadamente.

—Antes de despedirnos, me gustaría pedirte algo: ven conmigo al barracón del hospital a visitar a nuestros antiguos pacientes.

—Por supuesto, será un verdadero placer acompañarte. Gracias por valorar tanto mi trabajo y por mencionarlo en tus apuntes. Eres una persona muy sosegada y un muy buen especialista. ¿Te sabes este poema que enseñábamos a los niños en la escuela?: «Este hombre llegará lejos: escritor, diputado o quizá tenor...» Te auguro un porvenir memorable y una carrera imponente.

Józef Grenda se echó a reír franca y estrepitosamente.

—Desde hoy puedes llamarme «señor ministro».

Pero se notaba que las amables palabras de su compañero halagaban su ego. Finalmente salieron y se dirigieron al edificio vecino. Durante el camino se encontraron con un grupo de médicos y enfermeras del Ejército Rojo. La noticia de la marcha de Grenda debía haberse divulgado pues, al verle, los soviéticos se acercaron para despedirse.

—*No, maladiets, jarashó rabótayesh.* Eres un tío grande, trabajas bien. —Se estrecharon las manos y le dieron unas palmadas con familiaridad en la espalda, recordando su labor en Birkenau. Las enfermeras, ruborizadas, asaltaron al sorprendido polaco y cada una le dio un beso en la mejilla.

Intercambiaron algunos cumplidos más, entraron en el edificio del hospital y se vieron inmediatamente sorprendidos por el fuerte olor a desinfectantes, la blancura inmaculada de las sábanas y, en general, por el orden y la limpieza imperantes. Ya no era aquella mísera, sucia y apestosa morgue con la que se encontraron al llegar. Alcanzaron la sala a la que habían trasladado a sus enfermos de Birkenau tras la evacuación. En cuanto los pacientes oyeron las voces de Grenda y Kodz, aquellos que pudieron se levantaron y los rodearon.

—¡Ha venido nuestro doctor! —Los antiguos reclusos se alegraron inmensamente al ver a su taumaturgo. Él, por su parte, fue abrazando uno a uno a quienes fueron sus tutelados, incapaz de decir palabra, pero las lágrimas fluían densamente de sus ojos al ver aquellos rostros y rememorar unos días que fueron seguramente los más difíciles de su vida.

***

Llegó un momento en el que a nadie extrañaban ya las caravanas motorizadas que acudían a Auschwitz y Birkenau. Turismos, camiones y camionetas de las más diversas marcas y países de procedencia aparecían en Oswiecim, en solitario o en grupos. Se presentaron en el campo matriz las comisiones de la

URSS encargadas de investigar los crímenes alemanes. Luego llegaron en camiones equipos cinematográficos soviéticos que filmaron, muy a posteriori, el momento de la liberación del campo para uso de su propaganda. Más tarde, en un convoy más reducido, las comisiones de investigación polacas de estudio e investigación de los crímenes nazis. Médicos, ministros, parientes... Según el frente se desplazaba hacia el oeste, más representaciones de gobiernos foráneos y más misiones extranjeras acudían al hospital de la Cruz Roja polaca con el fin de buscar a sus ciudadanos y llevárselos de vuelta a casa.

Varias fueron las columnas de vehículos procedentes de Hungría, Francia o Bélgica, sin contar ya los convoyes soviéticos y los polacos. Dos veces vino a Oswiecim en tren una misión rumana, mientras que las expediciones checoslovacas causaban sensación por su perfección organizativa. Pero en esa zona era la Unión Soviética la que podía vanagloriarse de poseer la mayor capacidad de transporte: fueron capaces de llevarse al completo la factoría química de Dworów, que había quedado intacta, con todos sus instrumentales técnicos. Seguramente por estar acostumbrados desde hacía años a evacuar su industria más allá de los Urales, huyendo a causa del avance del ejército del III Reich, los soviéticos se apropiaron de las locomotoras de vapor y las vías de tren que había en la fábrica.

A veces eran tantos los huéspedes y las misiones extranjeras en Auschwitz que los vehículos no cabían ni en el área del campo de concentración ni en las callejuelas que conducían a sus puertas. Eso tenía numerosos aspectos positivos. Los expertos en automóviles y los amantes de las marcas extranjeras podían pasar largos ratos asombrando las novedades de la técnica occidental y admirar la clase y el estilo de vehículos fabricados al otro lado del océano. Yendo de un automóvil a otro, debatían sin parar sobre ejes y árboles de transmisión o discutían acerca de la superioridad de los productos americanos sobre los soviéticos, o de los británicos sobre los alemanes.

En el hospital quedaban cada vez menos supervivientes, puesto que las misiones extranjeras que venían a Auschwitz se llevaban consigo a los ciudadanos de sus países que estaban en condiciones de viajar. Solo en casos excepcionales, cuando se trataba de enfermos graves, permanecían en el hospital de la Cruz Roja.

Pero la mayor ventaja de las columnas de vehículos que visitaban los viejos campos de Auschwitz-Birkenau era que al menos las rutas Oswiecim-Cracovia y Oswiecim-Katowice el transporte estaba garantizado prácticamente sin interrupción. Quienes deseaban viajar en esas direcciones podían encontrar hueco en algún automóvil sin ningún problema.

Hubo uno de esos raros días en que no se presentó en el campo ningún vehículo: ni turismo, ni camión. Los convalecientes, provistos de vituallas de larga duración y de documentos de repatriación emitidos por las autoridades soviéticas que les garantizaban transporte ferroviario gratuito de vuelta a casa, daban vueltas junto al portón oteando el horizonte, a la espera de cualquier movimiento en la carretera. Por desgracia, las calles de Oswiecim permanecían vacías. Lo único que pasaba por allí de vez en cuando eran las carretas de caballos de la cocina castrense que llevaban alimentos para la filial del hospital en Birkenau, y ninguno de los exreclusos tenía intención de ir hacia allá. Así pues, pasaron gran parte del día apostados junto al portón. Cuando el sol se acercaba ya al ocaso, fueron pocos quienes decidieron emprender la marcha hacia Cracovia. La mayor parte del grupo volvió a los barracones para gestionarse en Auschwitz alojamiento para una noche más. Junto al portón solo quedo la testaruda sombra de una adolescente que no tenía mucha idea de adónde ir, incapaz de decidir si encaminarse hacia la carretera de Cracovia o hacia los repugnantes bloques del campo de concentración.

De repente, cuando ya se habría extinguido la esperanza de los más perseverantes y los alrededores habían quedado completamente vacíos, no se sabe de dónde apareció por la calle que llevaba al campo una lujosa limusina, apurando al máximo la capacidad del motor. Los neumáticos chirriaron sobre el firme arenoso y el coche aparcó frente al edificio de la administración del hospital. Del asiento del copiloto se bajó un oficial en grado de mayor y le abrió la puerta a dos distinguidos personajes vestidos de civil. Uno de ellos iba ataviado de modo especialmente elegante y enfatizaba su elevada condición social el caro abrigo de entretiempo, su sombrero y el paraguas que portaba y que le servía al mismo tiempo de bastón. Los tres hombres se dirigieron directamente a la oficina del director del hospital, pero estuvieron a punto de chocar en la entrada con alguien que bajaba a toda velocidad de la primera planta.

Henryk Kodz, gerente del hospital, salía de una reunión con el doctor Bellert, dio un quiebro y evitó de milagro el encontronazo con los recién llegados que entraban con paso distinguido. Por culpa de esta maniobra perdió el equilibrio y casi dio de bruces contra el suelo, donde sí acabaron algunos documentos del hospital que llevaba en sus manos.

—Disculpen —dijo Kodz, mientras recogía los folios—. No hay de qué —se respondió a sí mismo, pues la elegante comitiva estaba ya a punto de desaparecer a la vuelta de las escaleras sin que mediara reacción alguna.

Entretanto, fuera la muchacha se acercó a la elegante limusina. Se notaba a primera vista quién era, pues sobre sus dos jerséis llevaba una capota a rayas. Su atuendo lo completaba un pañuelo en la cabeza, una arrugada falda de dril, unas gruesas medias de lana y unas botas demasiado grandes y desvencijadas. Sus prominentes mejillas, las ojeras y los labios agrietados dejaban bien a la vista su debilidad y las penurias por las que había pasado en el campo. Se aproximó más al coche y dio unos golpecitos en el cristal del chófer. El soldado se incorporó asustado, había cerrado los ojos por unos instantes del cansancio y temía que su superior hubiera advertido ese momento de flaqueza. Pero se calmó al ver que al otro lado de la puerta solo había una enjuta carita envuelta en un pañuelo.

—¿Qué pasa? —resopló maleducadamente, apenas bajando la ventanilla para que no le entrara una corriente de aire frío en el caldeado interior del coche.

—Dígame, ¿no irá usted por casualidad a Cracovia?

—¿Y quién pregunta?

—Pues, yo. Es que, ve usted, yo era prisionera del campo de aquí, ahora ya me he recuperado un poco y puedo volver a casa. Me hace falta primero llegar a Cracovia.

—Moza, ¿ves por aquí un autobús? —respondió el conductor, algo enfadado a causa de la siesta interrumpida. Se bajó del coche y encendió un cigarrillo, estirándose a propósito ante la andrajosa muchacha, exponiendo su recién estrenado uniforme y sus charreteras con una estrella—. Y ¿llevo yo escrito en la cara que soy conductor de autobús escolar? ¡Claro que no! ¡Este es el coche del mismísimo señor ministro!

—Perdone. No lo sabía. Entonces, ¿no podría el señor ministro llevarme de paso a Cracovia cuando vayan a volver ustedes?

—Ay, ingenua. ¿Te crees que el ministro de justicia, Edmund Zalewski, no tiene otra cosa que hacer que llevar de aquí para allá a muchachitas mal aseadas? Hace tiempo que no se lava, ¿verdad, señorita?

—Pues claro que no —respondió la chica, indignada—. Es la ropa la que huele porque lleva mucho tiempo en el almacén, que estaba lleno de ratas. Es la que me han dado, la única que tengo. Pero, cuando vuelva a casa y me ponga un vestido, te vas a enterar tú, entonces, amigo… —hablaba excitada, tomando aliento y silbando al mismo tiempo, seguramente porque sus bronquios debían estar aún algo tocados.

—¿Qué es lo que pasa aquí? —Henryk Kodz había terminado por fin de recoger los papeles, salió del edificio y se interesó por la agitada conversación de la pareja junto al coche—. Buenas tardes. Me llamo Henryk Kodz, soy gerente del hospital de la Cruz Roja. ¿De qué se trata?

—Alférez Bocian. Chófer del señor ministro Zalewski. Señor Kodz, esta mocosa se quiere colar de gorra en nuestro coche.

—¿De qué gorra? —contestó absolutamente extrañada la chica.

—Ahora lo aclararemos —replicó tranquilamente Kodz, mirando compasivamente a la pequeña y su corta falda.

—No hay nada que aclarar —dijo con sequedad el alférez—. En el coche del señor ministro no hay plazas libres.

—Yo sólo quería ir a Cracovia. He estado aquí prisionera y hoy me han dado el alta de vuestro hospital —dijo la niña, mostrando un formulario relleno—. Llevo desde esta mañana buscando transporte para Cracovia. Allí vive mi tía y quiero encontrar a mis padres y hermanos. Pero nadie ha ido hacia allá. Ya solo queda este coche...

—Alférez, ¿no sería posible a modo de excepción llevar a esta pobrecita? No ocupará mucho espacio —intentó persuadirlo Kodz con tono conciliador.

—Ni hablar. El señor ministro ha prohibido llevar a nadie.

—Y ¿de qué es el ministro?

—¿Cómo que de qué?

—Pues, que es ministro de...

—Aaah... De justicia.

—Hombre, pues seguro que comprende la injusticia de la que es víctima esta señorita —respondió tranquilamente Henryk, que tomó a la chica del brazo y la separó un poco del automóvil.

Permanecieron un buen rato junto a la puerta y estuvieron hablando en voz baja y mirando sombríamente al conductor, que estuvo de ronda alrededor del coche aposta, protegiéndolo de los intrusos, fumando un cigarrillo tras otro. Cuando, pasada media hora, los tres estaban ya bien congelados, hicieron su aparición los dignatarios, con el ministro a la cabeza.

—Señor ministro, ¿puedo robarle un minuto? —Delante de Zalewski emergió de repente Henryk Kodz, que arrastraba del brazo a la muchacha.

El administrativo del hospital cerraba el paso al mandatario, que miró con el ceño fruncido al intruso.

—Dígame.

—Quería pedirle un gran favor. Esta expresidiaria del campo de concentración alemán y expaciente de nuestro hospital necesita llegar cuanto antes a Cracovia. Sé que van ustedes en esa dirección. ¿Sería usted tan amable de llevarla consigo?

—No hay sitio —gruñó el ministro, tratando de esquivar al inoportuno solicitante. —Pero sí hay sitio. Es un coche para cinco pasajeros, y con el chófer son ustedes cuatro.

—Creo que no comprendéis la gravedad de la situación. No podéis saber que el ministro debe trabajar por el camino y que necesita más espacio que un ciudadano normal —se interpuso el civil que acompañaba a Zalewski, dirigiéndose a Kodz en segunda persona del plural, siguiendo la línea de rusificación del idioma tan popular entre los comunistas polacos.

—Pero este es un automóvil estatal, de los ciudadanos, de todos nosotros, ¿no?

—Bueno, en principio… —balbuceó el alférez, en posición de firmes delante del ministro.

—Esta muchacha es ciudadana polaca, ha estado aquí prisionera y creo que podría por una vez en su vida servirse de un coche oficial. Está anocheciendo, hace cada vez más frío y ella ha pasado todo el día delante del portón, en busca de una ocasión para partir —dijo Kodz, cada vez más irritado.

—Tenemos prisa —contestó bruscamente el ministro, que por fin logró sortear a la obstinada pareja. Continuó su camino hacia el vehículo y los ayudantes que lo seguían impidieron con pericia el acceso a su superior.

—Entonces, ¿ella ha sobrevivido a un campo de concentración alemán y se va a quedar congelada por culpa de un ministro polaco? —dijo Kodz enfadado—. ¿Ministro de justicia? ¡Caray! ¿Dónde están aquí la justicia y la igualdad social?

—Medid vuestras palabras. —La mano del mayor se desplazó hacia la pistolera, al tiempo que el oficial hizo señas con la cabeza al alférez, que se acercó a Kodz del otro lado—. Una consideración así puede saliros muy cara.

—Veremos. A mí me parece que esa manera de criticar es puro reaccionarismo. ¿Qué hicisteis durante la guerra? —El mayor, TT-33 en mano, se acercó velozmente a Kodz en cuanto el ministro emitió la orden de arresto, y el alférez tendió sus brazos para limitar los movimientos de Henryk y paralizarlo totalmente.

—¡Señores! ¿Qué hacen?

—Los «señores» se acabaron en el treinta y nueve, ¿no te diste cuenta? ¿Qué hiciste durante la guerra? —preguntó el civil.

—Estuve en una organización clandestina…

—Por supuesto… Con los «señores» —contestó el mayor imitando a Kodz con sorna—. O sea, ¡estuvisteis en el Ejército Nacional! —dijo riéndose, y comenzó a recitar las fórmulas aprendidas de memoria en las sesiones de adoctrinamiento político— Reaccionarismo anticomunista, actitud anticiudadana, enemigo del pueblo, matanzas de judíos, colaboración con Hitler, lucha contra el Ejército Rojo. Ya nos sabemos todo eso. ¿Y has venido aquí a esconderte, en este lugar que es sagrado por la sangre de tantos compatriotas asesinados? ¿Y vosotros me habláis de justicia social?

Ahora los acontecimientos se desarrollaron con la velocidad del rayo. Antes de que Henryk pudiera hacer nada, el mayor le dio un fuerte golpe en el pecho con el cañón de su pistola y el alférez le torció los brazos hacia atrás. Mientras el ministro seguía sentado en el coche, esperando pacientemente la hora de partir, su lameculos de civil fue a pedir ayuda a los soldados soviéticos que estaban junto al portón. No tardó en aparecer una patrulla con bayonetas en los fusiles que se llevó a Henryk Kodz a la celda.

El ministro de justicia y sus acompañantes dieron al chófer unas palmaditas en la espalda y el coche oficial partió rumbo a Cracovia. En el solar se quedó sola la muchacha, asombrada por todo lo sucedido. Permaneció allí unos minutos y luego se arrastró hasta el despacho del director del hospital para informar del inesperado modo en que el gerente había desaparecido y de dónde había que buscarlo.

Unas horas más tarde, Bellert se sentó en la cama de un enjuto paciente.

—Señor Alfred, querría agradecerle de nuevo los medicamentos que su hermano tuvo a bien enviarnos.

El enfermo se dio la vuelta. Hacía unos días que, después de meses de gestiones, le habían llegado unas gafas adaptadas a su vista, así que pasaba el tiempo leyendo todo lo que caía en sus manos. Dejó a un lado un libro con la portada desgastada.

—Si empieza tan serio, teniendo en cuenta que los medicamentos de parte de mi hermano llegaron hace un mes, debe tratarse de algo importante. Sabe que siempre estaré en deuda con usted. Dispare, doctor.

—Me han arrestado a Kodz —dijo Bellert sin rodeos.

—¿A ese tristón que siempre iba andando y anotando en su cuaderno «qué más hacer», «qué más hacer»? Un tipo gracioso. Y ¿por qué lo han empapelado, si se puede saber?

—Por tener la lengua demasiado larga. Quería meter a una joven exprisionera en el coche de un señor muy importante de un ministerio más importante todavía. Para que la llevaran a Cracovia. Ellos no quisieron y a él se le escaparon unas frases de más

El paciente se echó a reír.

—¡Hay que ver, con lo envarado que parecía el muchacho! Me ha impresionado. ¿Y me cuenta usted que se ha puesto gallito a un personaje oficial? No me diga más. Presionaré a mi hermano. Pero... —y se llevó el índice a los labios.

—Por supuesto, señor Alfred. Ni una palabra a nadie. Y el gerente Kodz será más prudente de aquí en adelante. Respondo por él.

—Biennn. Y no solo es por eso por lo que me cae usted bien, doctor.

El paciente se puso los anteojos con unción y volvió a tomar el libro.

(Pocos días más tarde, Henryk Kodz fue recobró la libertad y salió de la cárcel soviética).

Miembros del personal del hospital de la Cruz Roja. En el centro, con chaqueta, Józef Bellert; en primer plano, recostados, Genowefa Przybysz y el doctor Jan Jodlowski, mayo de 1945. (Archivo del Museo Nacional Auschwitz-Birkenau)

Salvoconducto de la enfermera Anna Chomicz.
(Archivo del Museo Nacional Auschwitz-Birkenau)

Vista actual de la enorme área de KL Birkenau. Foto: Szymon Nowak, 2019

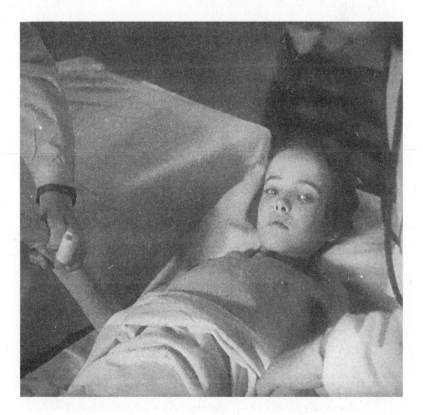

Jana Ecksteinova, niña judía de nueve años que tras la liberación de KL Auschwitz permaneció en el hospital de la Cruz Roja en el campo matriz. (Archivo del Museo Nacional Auschwitz-Birkenau)

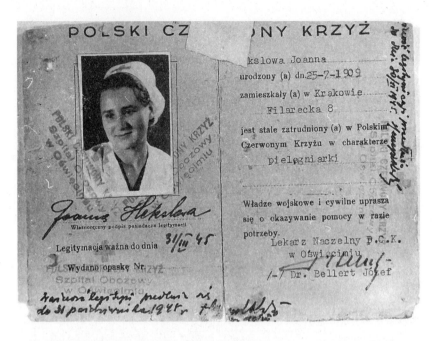

Carné de la Cruz Roja de la enfermera Joanna Heksowa de la época en que trabajó en el hospital de Auschwitz. (Archivo del Museo Nacional Auschwitz-Birkenau)

El doctor Józef Bellert, director del hospital de la Cruz Roja polaca, la jefa de enfermeras, Genowefa Przybysz, y el director administrativo del hospital, Henryk Kodz. (Archivo del Museo Nacional Auschwitz-Birkenau)

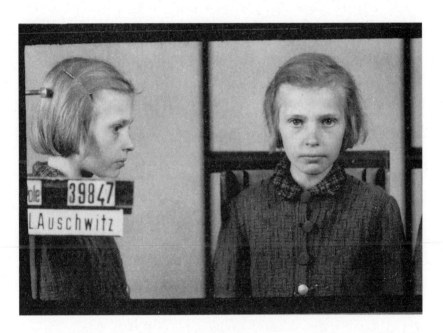

Maria Matlak (número de prisionera 39847), nacida el 1 de febrero de 1928 en Lodygowice. Arrestada allí por la Gestapo por distribuir panfletos. Llegó a KL Auschwitz el 2 de abril de 1943. Luego fue trasladada al campo de concentración para niños y adolescentes en Lodz, donde permaneció hasta su liberación por parte del Ejército Rojo en enero de 1945. (Archivo del Museo Nacional Auschwitz-Birkenau)

CURIOSIDAD

Primavera de 1945

—Otra vez, con calma, dígame usted qué estaba haciendo con un niño en la morgue —Bellert le indicó a la mujer un sillón al otro lado del escritorio y él tomó su asiento.

—Pues que cuando se corrió la voz de que podíamos sacar niños de Auschwitz, yo me llevé a uno. A mi Kola, que es como se llama. Mi hijita se murió, así que me traje a Kola. No sabe de dónde es. A veces suelta alguna palabra en ruso, pero habla bien nuestro idioma.

—Doña Zofia, sé que es usted una buena mujer. Trabaja de enfermera en Brzeszcze, así que tiene que ser usted un amor. Que le mataron a su marido, eso ya me lo ha dicho usted también. No le deseo ningún mal. Solo quiero saber por qué se trajo usted a este renacuajo a la morgue y por qué estuvo tocando a los muertos.

—Señor doctor, es que este niño ha sufrido mucho más que nosotros dos.

—¿Y...? —el doctor la animó a continuar.

—Kola quería matar a todo el que llevara un uniforme: ruso, polaco, ferroviario, de correos... Si lleva uniforme es que es malo. Él no creía que la gente se puede morir normalmente. Quiero decir, por causas naturales. Uno muere porque lo asesinan. Y lo asesina otro hombre. Uno no se muere sin más. Y los de uniforme, doctor, existen para asesinar. Vamos, como ángeles de la muerte. Kola me dijo que iba a tratar de matarlos a todos, a los de uniforme, antes de que vengan a por él. ¿Entiende? Teníamos alojado en casa a un oficial ruso, pues menos mal que sacó el cargador de la pistola porque habría ocurrido una desgracia. Ni se me habría ocurrido que el niño podría agarrar el arma. Pensaba yo: Kola es del Este, el soldado también es del Este, deberían entenderse; pues a pesar de todo Kola quería despacharlo... ¡Chas! Le echa la mano a la pistola y...

—¿Cuántos años tiene? —la interrumpió Bellert.

—Cuatro, o puede que cinco. ¿Quién sabe? Él no me lo ha dicho. Doctor, yo ya le he explicado a mí manera lo de la muerte. De la muerte natural, quiero decir. Que le llega a uno y ya está. Por vejez, por enfermedad... Pero no me creyó. Entonces, me lo traje a la morgue para que lo viera. Tenía que comprobar que no había agujeros de balas, por eso estuvo toqueteando. De verdad le digo, doctor, que se me calmó muchísimo después de la morgue. Por fin durmió bien. Y por fin empezó a confiar en mí, como un niño normal. Me llamó «mamá» por primera vez. Si, soy enfermera. Él tocó a los muertos con guantes, no iba yo a poner en peligro a mi niño.

Bellert dio un profundo suspiro. Miró los dibujos de Kola que trajo Zofia como prueba de su insólito talento plástico.

—Doña Zofia, haga usted de él un buen hombre —El doctor ayudó a la enfermera a levantarse del sillón.

—¿Quiere decir que estoy libre? —preguntó la mujer.

—Sí. Y esperemos que Kola también se sienta libre al fin.

Garita de madera que protegía de las inclemencias del tiempo al soldado de las SS a cargo del toque de diana. Foto: Szymon Nowak, 2019

✚

POLSKI CZERWONY KRZYŻ
Szpital Obozowy
w Oświęcimiu
(Nazwisko, imię, pseudonim i adres
wydającego oświadczenie)

Kraków 18 marca 194 r.
(miejscowość)

Dr med.
JÓZEF BELLERT
(funkcja, st. Komendant obozu)

Oświadczenie świadka

Jako uczestnik(czka) (wymienić formację Ruchu Oporu, nazwę obozu lub więzienia,
formację wojskową): *więzień obóz w Oświęcimiu*

świadom(a) odpowiedzialności karnej za prawdziwość podanych niżej przeze mnie faktów

o ś w i a d c z a m

Ob. *Anna Chomicz* syn (córka) *Jozef*

urodz. dnia *20 VII 19..* 19...... roku w *Warszawie*

jest mi znany(a) osobiście jako uczestnik(czka) (wymienić formację Ruchu Oporu, nazwę
obozu lub więzienia, formację wojskową): *w Oświęcimiu*
jako więzień więźniarka Tatnowy 44.134

od *do marca* 194.......roku.

Wyżej wymieniony(a) posiadał(a) pseudonim .... i pełnił(a)
funkcję — brał(a) udział (w tej części opisuje się: przebieg służby i działalności w czasie
walki z okupantem hitlerowskim, pełnioną funkcję, stopień wojskowy, w jakich był(a) od-
działach, grupach, placówkach, pod czyim dowództwem, kierownictwem, udział w akcjach
bojowych i innych, w jakich miejscowościach, nazwa obozu itp. wszelkie zmiany i cza-
sokres od — do):

jako pielęgniarka-więźniarka w 44.44
w rejonie Brzezinki-Brirden klau zostałem
przy pracy po objęciu opieki lekarskiej
dn 3 lutego 1945 całego obozu z dworcazem
4800 b. więźniów Caritas chorych.
Pani Chomiczowa miejsce trudcow' wewnej'
ego oddział z Oświęcimie — tui odjecłam
i opiekuje w' oddym części Caritas chory 6.
pozostała przy chorych w Brzezinkach ..oło
Halowy ctorow do ob cych Jean dziesie
w'tte chory z Karelus (Po ....
w Oświęcimie.

(pieczęć i podpis odpowiednich władz
lub Zarządu ZBoWiD)

(Prawdziwość powyższych danych
........................)

Dr Józef Bellert
JÓZEF BELL.... (nazwisko, imię, stopień wojskowy
.... funkcji, pseudonim)
Szpital obozowy
z Oświęcim.

⑦

FIESTAS

Abril de 1945

Se acercaban las Pascuas y el almacén de víveres del hospital de la Cruz Roja estaba tan vacío como de costumbre. Pero el doctor Bellert se empeñó en que eso debía cambiar y les prometió a sus médicos y enfermeras que para las fiestas les traería unos manjares excepcionales. Justo el Viernes Santo tenía que ir a Cracovia para unas gestiones administrativas y todas las enfermeras lo acompañaron a las afueras de la ciudad y le ayudaron a hacer autostop. Ya desde el coche, les juró que no volvería con las manos vacías. Cuando el automóvil arrancó, las enfermeras retomaron sus obligaciones. Algunas, naturalmente, volvieron a cuidar de los pacientes del hospital, pero muchas de ellas estuvieron ocupándose de los preparativos de la fiesta católica más importante.

Entre tanto, los muchachos de la Cruz Roja descubrieron en el extremo opuesto del campo unos grandes montículos de patatas que en tiempos de Auschwitz estaban destinadas al consumo por parte de la guarnición de las SS. A partir de entonces se pudo decir que el personal y los pacientes del hospital polaco dejaron de pasar hambre. La víspera de la Pascua, a una de las enfermeras se le ocurrió traer del botiquín una gran botella de aceite de hígado de bacalao. Eso bastó para freír unas deliciosas tortas de patata rayada y para cocinar un magnífico festín, teniendo en cuenta las circunstancias del hospital. Médicos, enfermeras y sanitarios se pasaron el día preparando un escenario con un telón confeccionado con mantas y cintas realizadas de vendas teñidas de diversos colores. Aunque estaba previsto que todo eso debía utilizarse para celebrar el 1 de mayo, pero curiosamente ya estaba listo mucho antes y serviría a los polacos para festejar la Pascua y para entonar cantos religiosos.

Por la tarde, las enfermeras Joanna Jakobi y Hanna se acercaron al Sola. Excavaron con cuchillo trozos de tierra bien moldeados junto con crocos en flor, los envolvieron en papel como si fueran pequeñas macetas y los llevaron a todas las salas de enfermos y a las habitaciones del personal. Luego, con flores que cortaron junto al río trenzaron guirnaldas para todas las niñas y mujeres del hospital.

El día se aproximaba a su fin y el doctor seguía sin llegar. Su ración de tarta de patata ya se había enfriado hacía tiempo y la guirnalda que pusieron en su escritorio ya estaba mustia. Solo los crocos aguantaban medianamente bien en sus macetitas de papel. Cansadas de esperar a su jefe, Joanna y Hanna caminaron un buen trecho a su encuentro. Llegaron hasta el puente destruido sobre el Vístula, pero no había rastro del doctor. Permanecieron allí un largo rato, atisbando la carretera de Cracovia. Cuando el sol se ocultó tras el horizonte, las desconsoladas mujeres volvieron al hospital a ocuparse de los enfermos.

Józef Bellert volvió ya entrada la noche, pero su retorno puso en pie a todo el personal. Resultó que le había sido imposible parar un coche en dirección a Oswiecim y por eso tuvo que hacer parte del camino a pie. Pero, tal y como prometió, volvía cargado de bolsas, macutos y sacos y tenía el aspecto del camello de un adinerado mercader. Portaba un buen trozo de jamón, salchichas, las típicas tortas de pascua *mazurek*, pastel de semilla de amapola, especias e incluso dulces y frutas. Su regreso y los obsequios que traía causaron el entusiasmo de todo el hospital de la Cruz Roja. La festividad de la Pascua estaba a punto de comenzar, la primavera estaba en pleno esplendor y la guerra quedaba ya muy lejos de los portones de Auschwitz y Birkenau.

El doctor Boleslaw Urbanski. (Archivo del Museo Nacional Auschwitz-Birkenau)

EL FIN DE LA GUERRA

Mayo de 1945

Aunque acababa de comenzar el turno de mañana, la enfermera Joanna Jakobi no podía con su alma debido al cansancio. Ya había administrado los medicamentos, medido la temperatura y dado de comer a los pacientes de su zona, e incluso había podido realizar un masaje a algunos de aquellos desdichados para fortalecer la escasa musculatura. Además, había hecho algunas camas, recogido sábanas para el lavado, rellenado las fichas de los pacientes y el listado de enfermos. Y todas esas tareas no eran más que el comienzo de su jornada de trabajo. La aguardaban todavía un sin fin de tareas: colocar los bacines, cortar el pelo a algunos de los pacientes, fregar el suelo, ayudar en el dispensario y en la farmacia, escribir cartas para los enfermos y ayudar al sacerdote a administrar la confesión. Y en ese trajín laboral se hallaba cuando, de repente, sonó un disparo frente al edificio. Se agachó instintivamente y se acercó con precaución a la ventana para ver qué ocurría fuera. Antes de que pudiera asomarse, en el exterior sonó una ráfaga de ametralladora. Y luego otra, y otra más. Las balas silbaban alrededor y se alojaron en la pared del edificio, un poco por encima de la ventana de su sala. Joanna se acuclilló bajo la cristalera, luego se dirigió gateando a un saliente de la pared y se atrincheró en una esquina de la habitación, lo más lejos posible de la ventana. Lo mismo hicieron varios pacientes. Los que podían moverse, se pusieron de pie y se ocultaron también en los ángulos de las esquinas. Peor lo tenían quienes no podían caminar. Algunos de ellos, sacando fuerzas de flaqueza, se echaron al suelo y se arrastraron hasta debajo de sus camas; pero los incapaces permanecieron en sus camastros, cubriéndose con sus mantas, pues tras los primeros disparos comenzó a caer del techo polvo de la argamasa.

Todos los allí reunidos —enfermera y pacientes— pensaron por un momento que un destacamento perdido, separado del grueso de las fuerzas alemanas, había entrado en el campo. Pero a los cada vez más numerosos disparos de fusil y ráfagas de metralleta se les unieron los gozosos gritos de los soldados soviéticos, que se desgañitaban para anunciar la nueva:

—*Pabieda!* ¡Victoria!

—*Hitler pagib!!* ¡Hitler ha muerto!

—¡¡¡Viva Stalin!!!

—*Za rodinu!* ¡Por la patria!

Todo estaba claro. Los caóticos disparos de los soldadotes soviéticos no tenían porqué herir a nadie.

—¡Victoria! —gritó con todas sus fuerzas Jakobi—. La guerra ha terminado —añadió algo más bajo, como si no se creyera sus propias palabras, como si temiera que manifestando en voz alta aquello que desde hacía años era el sueño añorado de cada polaco pudiera convertirlo en una ilusión falseada por sus deseos.

Quería asegurarse de que aquel estrépito gozoso era verdad y salió corriendo del pabellón. Le bastó con ver la alegría de los militares soviéticos, que seguían disparando al aire y habían ya empezado a beber sin medida. A pesar de todo, agarró a un sanitario polaco que, sin que mediaran preguntas innecesarias y debido al alboroto, le gritó al oído:

—¡Se acabó la guerra! ¡Berlín conquistado! ¡Hitler ha muerto!

Con esas noticias retornó con sus pacientes. Cuando les explicó todo, sintió una alegría indescriptible. Todos en la sala comenzaron a reír, mientras lloraban de la felicidad, o se besaban y se saludaban como dos amigos lo hacen después de una larga ausencia. Recuperaron la esperanza de volver a casa y reunirse con sus seres queridos. La noticia del fin de la contienda tuvo su efecto incluso en los enfermos de gravedad. De repente, todos concibieron la necesidad imperiosa de sanar, estaban animados, empezaron a levantarse, a intentar caminar, probando sus fuerzas para el largo viaje a casa. Querían informar a sus familias de que volvían ya, y acribillaban a preguntas a los médicos y enfermeras para saber cuándo les darían el alta y poder regresar a sus hogares.

EL HOSPITAL DE LA CRUZ ROJA

Primavera de 1945

Después de la evacuación de la sede de Birkenau, del traslado de los pacientes al hospital del campo matriz y del solemne entierro de las víctimas, concluyó el periodo más difícil en el hospital de la Cruz Roja. A pesar de la actividad de los hospitales castrenses soviéticos y de la labor del grupo de voluntarios de la Cruz Roja polaca, muchos de los exreclusos seguían muriendo tras la liberación, si no por enfermedades, por agotamiento. Los datos que podemos encontrar al respecto son muy variados. Los más optimistas hablan de apenas cien víctimas. Los pesimistas añaden a esa cifra un cero. La verdad suele estar entre medias, y este es uno de esos casos. Tenemos el cómputo exacto: la lista de fallecidos elaborada por el personal del hospital polaco en base al libro principal de registros del doctor Bellert nos da la cifra de 462 difuntos. Por desgracia, los últimos desdichados dejaron este mundo ya por junio y julio de 1945.

El hospital de la Cruz Roja en Auschwitz estuvo en funcionamiento durante ocho meses: desde el 5 (o el 6) de febrero hasta el 1 de octubre de 1945. Muchos profesionales pasaron por sus estructuras, si hablamos de personal médico y auxiliar sanitario. En la primera incorporación se cuenta con treinta y ocho personas, contando a Józef Bellert, pero pronto se vio que era una fuerza insuficiente. Cuando comenzaron a faltar manos, se tiró también de ayuda de los médicos y enfermeras que habían estado presos en el campo. Al principio se unieron a la labor del hospital cuarenta médicos de entre los exreclusos, aunque a partir de mayo de 1945 su número disminuyó hasta doce. Entre ellos, hay que mencionar, por supuesto, al profesor Berthold Epstein, pediatra; al profesor Bruno Fisher, psiquiatra; al profesor Geza Mansfeld, farmacólogo; al profesor Henri Limousin, anatomopatólogo; a Jakub Gordon, Irena Konieczna, Arkadiy Mostovoy, Alicja Piotrowska-Przeworska, Tibor Villanyi, Otto Wolken y Jakub Wollmann.

Pero estas inclusiones, aunque importantes, tampoco fueron suficiente, en comparación con el número y las necesidades de los enfermos. Por ellos, el doctor Bellert hizo un llamamiento al que respondió un nuevo equipo de médicos y enfermeras comisionados por el profesor Józef Kostrzewski, director del hospital de San Lázaro de Cracovia. Los refuerzos llegaron a Auschwitz en abril. Así, se incorporaron al hospital de la Cruz Roja, entre otros, Kazimierz Gorayski, Antoni Kedracki, Alojzy Kozaczkiewicz, Zdzislaw Okonski, Alojzy Pawlak, Boleslaw Urbanski, Boleslaw Wilkon y Lechosłlw Ziemianski. En total, durante todo el tiempo en que estuvo en activo, en el hospital estuvieron trabajando veintiún médicos, cuarenta y nueve enfermeras licenciadas, cuarenta sanitarios, dieciséis monjas y seis cocineros.

El personal médico y auxiliar comenzó su labor en el hospital de modo gratuito, pero llegó un momento en el que la dirección empezó a ver de otra manera la cuestión económica de sus trabajadores voluntarios. Todo el personal de la Cruz Roja polaca llegó a Oswiecim directamente de los frentes de la guerra.

Otros muchos acabaron allí tras la derrota del Levantamiento de Varsovia en 1944 y de la evacuación de los habitantes de la capital a Cracovia. Esa gente no tenía prácticamente ni lo más indispensable para sobrevivir. Por eso, a partir de mayo de 1945 todos los implicados en la actividad del hospital comenzaron a recibir una remuneración: mil quinientos zlotys para los médicos, cuatrocientos cincuenta zlotys para las enfermeras y trescientos zlotys para los sanitarios. Poco después los sueldos aumentaron: las enfermeras pasaron a percibir mil cien zlotys y los sanitarios seiscientos zlotys al mes. Los médicos no recibieron un aumento. El trabajo de los médicos expresidiarios de KL Auschwitz comprometidos con la labor del hospital fue igualmente valorado: recibieron mensualmente mil quinientos zlotys y los antiguos reclusos que concluían su labor y se marchaban percibieron un subsidio único adicional: mil quinientos zlotys para los médicos; entre cuatrocientos cincuenta y mil cien zlotys para las enfermeras y de cuatrocientos cincuenta a novecientos zlotys para los sanitarios.

Barracones de Birkenau en la actualidad. Foto: Szymon Nowak, 2019

W y k a z

więźniów obozu konc. Oświęcim-Brzezinka zmarłych po oswobodzeniu (27.1.1945 r.) w szpitalu PCK Oświęcim Brzezinka. -
według głównej księgi ewidencyjnej kier. szpitala obozowego
doktora Bellerta.

nr.p.	Nazwisko i imię	nr. więźnia	pł.	Narod.	data śmierci	Uwagi
1.	Appel Moritz	A.	9757	m	Rum.	14.3.45	lat 21
2.	Aussen Klara		62463	k	Holl.	2.3.45	
3.	Apfelbaum Władysław	A.	18662	m	Pol.	28.3.45	ur.22.11.19
4.	Armany Johanna	A.	8746	k	Östr.	27.6.45	ur. 1. 9.21

XXXXXXXXXXXXXXXXXXXXXXXXXXXXXXXXXXXXXXXXXXXXXXXXXXXXXXXXXXXXXXXXXXXX

5.	Aurbach Miriam	A.	27686	k	Pol.	10.2.45	Kraków
6.	Acnoretti Cesare		184950	m	Fran.	15.3.45	ur.17. 9.94
7.	Adler Adela		26828	k	Jug.	25.2.45	lat 58
8.	Armani Roso			k	Jug.	4.2.45	
9.	Andorfi Klara	A.	20061	k	Czech.	10.3.45	lat 23
10.	Aparizio Jeanette		7180	k	Franc.	23.5.45	lat 41
11.	Anhile Andre			m		11.2.45	ur.19.11.25
12.	Ackerman Iren	A.	6991		Węgr.	28.2.45	ur.13.2.18
13.	Agatstein Maurice			m		11.2.45	ur.30.4.90
14.	Berkowicz Ludwik	A.	9850	m		27.2.45	ur.29.12.07
15.	Pemoras Guguette		76924	k	Grecz.	25.6.45	lat 20
16.	Briger-Breyer Adolf	A.	6618	m	Holan.	25.3.45	ur.24.2.18
17.	Błaszczyk Jan		180793	m	Pol.	11.3.45	ur.23.12.08
18.	Blumenthal Rosalie		81304	k	Niem.	6.3.45	ur.18.5.08
19.	Frandeis Margit	A.	8780	k	Jug.	14.3.45	ur. 4.1.24
20.	Bondy Claudia		82559	k	Jug.	6.4.45	ur. 7.5.69
	Berger Michal	B.	12291	m	Węgier	29.3.45	ur.17.12.26
	De Bondy Boris		192574	m	Pol.	19.3.45	lat 60
23.	Bemaras Janette		76924	k	Grecz.	25.6.45	
24.	Bini Angelo		200645	m	Włoch	3.7.45	ur.1914 r.
25.	Polcyna Maria		82235	k	Jug.	15.3.45	
26.	Boas Maria-Anna	A.	25072	k	Holen.	25.4.45	ur. 1905 r.
27.	Bierszko Makary			m	Rosja	II.45	ur.25.5.81
28.	Berger Charlotte	A.	26837	k	Czech.	21.3.45	lat 24
29.	Bardos Martha	A.	26969	k	Czech.	1.3.45	lat 35
30.	Boruch Bronisław		170661	m	Pol.	11.2.45	ur.6.5.20
31.	Flumstein Regina		88871	k	Austr.	5.2-45	ur.1876 r.
32.	Bischitz Melania			k	Frans.	10.2.45	lat 34
33.	von Berger Lew			m	Jug.	31.1.45	
34.	Balerina Maria		82935	k	Jug.	15.3.45	ur.20a8.12
35.	Bogdan Wincenty		190996	m	Pol.	22.2.45	x lat 67
36.	Brylińska Ludwika		85289	k	Pol.	12.2.45	ur. 3.8.71
37.	Bergman Irena			k	Niem.	12.2.45	lat 50
38.	Blum Susanna		8524	k		1.3.45	
39.	Be Bellemaniere Emil		201273	m	Franc.	13.2.45	
40.	Beczy Eli	A.	16557	k	Franc.	28.3.45	ur.5.6.26
41.	Bürger Ewa	A.	25981	k	Węgry	23.3.45	ur.5.6.32
42.	Bartok Elisabeth		82593	k	Węgry	4.4.45	
43.	Blockstein Lili			k	Węgry	13.2.45	ur.15.6.26
44.	Berger Regina	A.	9291	k	Pol.	9.4.45	
45.	Budzena	A.	16595			4.2.45	
46.	Bork Rosa		76169	k		19.3.45	lat 47
47.	Brauner Robert		200993	m		20.2.45	ur.20.3.91
48.	Bilikowa Tycjana			k		22.2.45	lat 52
49.	Beckmann Marianne		85069	k	Holl.	23.2.45	lat 16
50.	Brand Josef	B.	10176	m	Pol.	20.2.45	ur.8.5.24
51.	Cohnen Albert		188533	m	Niem.	5.3.45	ur.6.9.76

164   163

Primera página de la lista de los prisioneros del campo alemán de KL Auschwitz-Birkenau fallecidos en el hospital de la Cruz Roja según el libro de registros del doctor Józef Bellert, director de la institución.
(Archivo del Museo Nacional Auschwitz-Birkenau)

EL DIRECTOR BELLERT

Mediados de 1945

El hombre mayor que llevaba un cálido abrigo de entretiempo y un sombrero bajo el cual emergía su cabello canoso permaneció durante rato inmóvil delante del camión. Se le notaba impaciente. No dejaba de mirar al reloj y se apoyaba ora en un pie, ora en otro. Debía de haber emprendido el camino de Katowice hacía ya algún tiempo, pero aún no habían llegado los pasajeros. Como se le hacía larga la espera, se acercó a la cabina y, después de ofrecer un cigarrillo al chófer, intercambió con él unas palabras. Luego dio una vuelta alrededor del camión y dio, como tenía por costumbre, una patadita a cada uno de los cuatro neumáticos para comprobar la presión del aire en las ruedas. Luego, quizá por aburrimiento, descubrió la lona del cajón del vehículo y abrió la portezuela, preparándose para recibir a los pasajeros. Volvió a acercarse a la cabina para continuar la conversación, pero del edificio salieron entonces los viajeros.

Tres enfermeras acompañaban a un grupo de niños de distintas edades: desde los que tenían pocos años hasta adolescentes. Los pequeñines habían sido esmeradamente preparados para el viaje por sus cuidadores, sobre todo en lo relativo al vestido: llevaban ropa para días frescos y calurosos. Los adolescentes llevaban otro tipo de prendas. Seguramente las habían elegido a su gusto de los almacenes. Si no fuera por las ojeras y por sus rostros enjutos tendrían un aspecto completamente normal. Todos llevaban en las manos pequeños paquetes con mudas de ropa interior y comida para el camino. El grupo se puso en fila en frente del camión y del doctor Bellert, el cual, contento de la llegada de los pasajeros, sacó del bolsillo de su abrigo unas gafas y se las colocó. Luego tomó el folio que le dio una enfermera y sonrió de oreja a oreja mirando a los niños.

—Buenos días, queridos niños. Hoy termináis el periodo de cuarentena en nuestro hospital y os llevo en camión a la sede de Caritas de Katowice. Allí tendréis un lugar seguro camino de vuestro verdadero hogar. Voy a leer ahora vuestros nombres. Cuando os llegue el turno, subid al camión y ocupad vuestros lugares.

Una de las enfermeras tradujo las palabras del médico al alemán, pero todos sabían que en medio de ese revoltijo de nacionalidades no todos los niños comprendieron lo que les decían.

—Judy Malik, Eliasz Malik y Jakob Malik de Rumanía.

Sin tener idea de polaco ni haber comprendido lo que el doctor había dicho previamente, Judy, de catorce años, tiró de los dos pequeños que tenía cogidos de la mano y se acercó al vehículo. Allí la esperaba el chófer, que ayudó a los tres a subirse al cajón y a ocupar asiento en uno de los bancos que habían colocado. Bellert siguió leyendo:

—Mozes Majes y Rosa Majes de Hungría. Liliana Bucci y Andrea Bucci de Italia. Robert Binet y Kasper Binet de Hungría. Robert Slesinger i Pavel Slesinger de Checoslovaquia.

Los niños, al oír sus nombres, salían de la fila y ocupaban un lugar en el camión. Todo transcurrió sin incidentes, incluso cuando el médico tuvo que leer varias veces el nombre de una niñita judía alemana de tres años:

—Brigida Altman de Alemania.

La pequeña iba de la mano de una de las enfermeras, que ahora la acompañó al camión y la ayudó a sentarse. La enfermera se quedó en el cajón, pues cuidaría de los niños durante el trayecto. Quedaron fuera solo dos enfermeras, todos los niños estaban ya en el vehículo. Entonces Bellert se asomó a la cabina y le dijo escuetamente al conductor:

—Hablamos cuando estemos de vuelta.

Luego se encaramó a la parte de atrás pasando por encima de la portezuela, ya cerrada, y se sentó entre los niños. El viaje se les hizo rápido, ya que la enfermera se puso a entonar canciones y los niños se le unían, formándose un curioso coro multilingüe. Cuando llegaron a su destino, el doctor Bellert salió primero para comprobar que las estancias de sus tutelados estaban listas. Volvió muy contento. Se alojarían en unos barracones renovados donde cada niño tenía su cama en unas pequeñas habitaciones primorosamente preparadas. Además, el personal de Caritas se preocupó incluso de conseguir juguetes para los más pequeños. El doctor se despidió conmovido de sus protegidos, besando sus cabecitas y dándole a cada uno un caramelo. Luego, ocultando las lágrimas, les dijo rápidamente «hasta la vista», dio media vuelta y se encaminó al camión con paso ligero. Antes de volver a Oswiecim pasaron por el mercado de Katowice y dejaron allí los últimos ahorros comprando productos para la cocina del hospital: patatas, huevos, queso, frutas y caramelos para los niños.

***

Se acercaba la hora de apagar las luces, pero el doctor Bellert sabía que aún tardaría en acostarse. Quedaban pilas enteras de folios mecanografiados por leer y gestionar. Las necesidades del hospital de voluntarios de la Cruz Roja no se solucionaban por sí solas. El doctor bostezó, bebió el último sorbo de té —frío desde hacía ya un buen rato— y se puso a estudiar un nuevo informe. Quizá si tuviera en reserva un *superchocolate* como el de los aviadores alemanes, con alto contenido en cafeína, podría olvidarse de su somnolencia durante las horas de trabajo que aún le quedaban. Pero los almacenes de las SS, de los que se adueñaron tras la liberación, llevaban ya tiempo vacíos y ahora el problema del día a día era conseguir alimento para los exprisioneros enfermos. Mientras meditaba acerca de las dificultades del hospital, alguien golpeó tímidamente la puerta.

—¿Sí? —preguntó extrañado, en un primer momento, y miró semiinconsciente al reloj—. Pase —añadió mientras se fijaba en sus pelos desgreñados de tanto pensar y de tantos problemas. Seguramente respondió en voz demasiado baja, pues la empecinada sombra al otro lado de la puerta no se decidió a entrar, sino que volvió a llamar— ¡Entre! —dijo el médico algo irritado, y entonces sí, la manivela giró despacio, la puerta se abrió lentamente y la joven y menuda enfermera se quedó en el umbral sin llegar a traspasarlo. Era Marianna Rogoz, nacida en 1921, higienista de los scouts de Sromowce Wyzne antes de la guerra. Rogoz se salvó de la masacre de Volyn y fue miembro de la resistencia del Ejército Nacional en Cracovia. No sabía por dónde empezar y estaba rizándose nerviosamente su trenza.

—Buenas noches, doctor —saludó indecisa—. Disculpe que lo moleste a estas horas.

—Pero ¿de qué se trata?

—Tengo un problema —añadió dubitativa, pero, notando la mirada inquisitiva e impaciente del médico, decidió ir al grano—. La superior me ha mandado ponerle una inyección intramuscular de alcanfor a una expresidiaria que está extenuada.

—¿Y?

—Y no puedo cumplir la orden porque la atrofia muscular de la paciente es total.

—¿Bromea usted?

—No. Lo digo en serio, doctor. No puedo poner la inyección porque la enferma no tiene ni un gramo de músculos donde pueda clavar la aguja.

Preocupado por los interminables problemas del hospital, después de varias noches sin apenas dormir e irritado por los banales dilemas de la enfermera, el doctor Bellert se levantó impetuosamente y casi tiró su silla al suelo.

—¿Cómo es que trabaja usted en este hospital? ¿Qué experiencia médica tiene? —preguntó arisco, jadeando de la alteración. La chica se quedó aún más confundida, se ruborizó y cerró los ojos.

—Antes de la guerra era una simple higienista de los scouts. Durante la ocupación hice una capacitación sanitaria en el Ejército Nacional.

—¡¿A quién me mandan aquí a trabajar?! —El médico simuló con las manos gesto teatral de desesperación—. Enfermeras... Ni poner una inyección normal saben... Yo le mostraré cómo se hace.

—Sí, por supuesto... —respondió tímidamente y dejó pasar al doctor, al tiempo que le daba la jeringuilla.

Bellert, guiado por su subordinada, llegó rápidamente a donde se encontraba la paciente y echó la manta a un lado. Permaneció inmóvil un largo rato al ver el esqueleto viviente que yacía inerte ante él. Rastreó con la vista los brazos de la enferma buscando unos restos de tejido muscular donde poder inyectarla. Solo veía huesos y venas recubiertos de una piel de color gris terroso. A pesar de su larga experiencia bélica, Bellert nunca había visto a un paciente en tal estado. Se quedó perplejo, volvió a cubrir a la exreclusa, consumida por el hambre y las enfermedades. Luego devolvió la jeringuilla a la enfermera. Avergonzado por su comportamiento y conmovido, quedó unos instantes junto al camastro de la enferma, fijándose en la languidez de sus ojos, como queriendo transmitir en ella parte de su desbordante vitalidad. Finalmente se dio la vuelta y, sin mirar a los ojos a Marianna, le dijo en voz baja:

—Lo siento. Perdóname, señorita.

Volvió abatido a su despacho. Ya no estaba en condiciones de ojear aquellos cuestionarios llenos de apuntes, de cifras e informes. Las horas pasaron lánguidamente, pesarosas, mientras el doctor Bellert, sentado e inmóvil detrás de su escritorio, observaba el mundo nocturno que se ofrecía al otro lado de la ventana.

***

Era un día de una belleza excepcional. Los rayos de sol se asomaban gozosos por la ventana y penetraban en la habitación refractándose en el vidrio como en un prisma y dispersándose y formando un arcoíris. Ese precioso efecto lumínico, vibrante a causa del cálido aire, era el que se posaba en la almohada de la pequeña Julia hasta que una enorme sombra disolvió aquella magia.

—¡Hola, Julita! —saludó alegremente el doctor Bellert, que estaba haciendo su ronda.

—Buenos días, tito —respondió contenta la pequeña—. ¿Qué me has traído hoy?

—Ves —replicó teatralmente confundido el médico—, últimamente no he viajado a ningún sitio. No he estado ni en Cracovia, ni en Katowice, ni siquiera en Varsovia.

—Ayyy... Qué pena... Con lo bien que está viajar con un tiempo tan hermoso.

—No he estado en ningún sitio y no puedo traer chucherías. ¡Pero tengo esto! —con gesto triunfal, el doctor sacó la mano de detrás de la espalda.

—¿Qué es? —La niña percibió en las manos del médico un juguete cuidadosamente tallado en madera.

—¿No sabes lo que es? —dijo Bellert con tono de chanza.

—¿Un perrito?

—¡No! ¡Es un caballo! Un auténtico rocín de lancero. Tiene hasta ruedas. Puedes tirar de él de la cuerda y cabalgará como un verdadero corcel.

—Gracias, tío. Y yo sigo aquí tumbada. ¿Cuándo me podré levantar a dar un paseo y tirar del caballito?

—Ya queda poco.

—Me prometiste que cuando hiciera calor me pondría buena.

—Y mantengo mi palabra.

—Pero ya es primavera.

—Sí, claro, pero fuera aún hace fresco. Cuando haga buen tiempo de verdad iremos de paseo juntos y llevaremos a tu caballito de la cuerda, ¿vale?

—Vale. Ya lo estoy deseando.

Mientras conversaba con su pequeña paciente, el doctor Bellert la examinó y leyó atentamente su ficha. Se entristeció al comprender que no había evolución favorable y que la salud de la enferma empeoraba. Pero no mostró su preocupación y siguió de guasa con la niñita, haciéndole bromas, hasta el punto de que las enfermeras que lo acompañaban se echaron a reír de las diabluras que el médico se inventaba solo para alegrarle la vida a la pequeña paciente. Todo el mundo sabía que Julita era la niña de los ojos del doctor, que la encontró nada más llegar en el barracón más apartado de Birkenau, medio muerta y sola, y cuidó de ella como si se tratara de su propia hija. O, más bien, como si fuera su nieta. Las hijas del doctor todavía no tenían descendencia y por eso Józef volcó todo su amor de abuelo justamente en esa niñita. Aun no teniendo tiempo, solía visitar con frecuencia a la niña, aun quintándose sus menudos descansos, cuando terminaba sus turnos. Le contaba cosas de hermosos rincones del país, alardeaba de conocer los monumentos más importantes de Polonia y planeaba los paseos que harían juntos por la capital y por la ciudad del rey Krak.

Por desgracia, la pequeña sufría de inanición y, a pesar del gigantesco esfuerzo del personal, su salud se deterioraba con rapidez. Como consecuencia del hambre aparecían la diarrea, el decúbito y la neumonía. Todo ello era tan devastador para su joven organismo que ya no tenía fuerzas para levantarse de la cama, estaba cada vez más débil y su vida se iba apagando literalmente día tras día.

Cierta tarde le subió mucho la fiebre, dejó de reconocer a la gente y empezó a delirar. Las enfermeras ya no sabían qué más hacer y llamaron a Józef Bellert. El doctor la examinó y le suministró unos medicamentos que la calmaron por un tiempo, pero de ninguna manera logró acabar con la fiebre.

El médico, casi petrificado por la situación, se dejó caer pesadamente en la cama a los pies de la pequeña paciente, sin dejar de observar su reacción. Pero la niña ya dormía profundamente, sólo emitía de vez en cuando un tenue grito o un intenso suspiro. Todos eran conscientes de que esa noche sería decisiva. O Julita vencía la enfermedad y comenzaba a reponerse o...

—Oídme —dijo en voz baja el doctor Bellert—. Volver a vuestras obligaciones y yo me quedo cuidándola. Si empeora, ya os pediré ayuda.

—Entendido, doctor —respondieron las enfermeras que se dispersaron por la sala, acudiendo cada una a sus tareas.

Cuando el médico se quedó a solas con la enferma, tomó rápidamente su manita y la apretó fuerte. Luego puso su mano en la frente para tomarle la temperatura. La fiebre no cedía y, tras dos horas de calma, volvieron los delirios. La pequeña, que hasta aquel momento no había tenido fuerzas ni para sentarse en la cama, comenzó a convulsionar bruscamente y a dar gritos y voces que al principio resultaron incomprensibles. Józef agudizó su atención hasta conseguir descifrar las palabras:

—¡Pan! ¡Mantequilla! ¡Mamá! ¡Papá! ¡Los judíos! ¡Vienen! ¡¡¡Aaaah!!!

Como los achaques se hacían cada vez más violentos, el médico, apesadumbrado, le administró otra inyección para tranquilizarla e intentar bajarle la fiebre, pero una o dos horas más tarde la situación se repitió. Pero Bellert no le suministró nada más. No quería dopar continuamente a su paciente favorita con aquellos fármacos duros. En un momento determinado, Julia pareció volver en sí, miró al doctor con ojos lúcidos, se sentó sola en la cama a su lado y se aferró a su brazo.

—Cuando me ponga buena saldremos de paseo, ¿vale? Visitaremos los Planty de Cracovia y el parque de Lazienki en Varsovia. O nos acercaremos al Vístula y echaremos patos al agua o barquitos de corcho. O al bosque. ¡Sí, al bosque!

El desesperado médico asentía y él mismo le proponía planes de paseos, excursiones fuera de la ciudad y visitas a los lugares más bellos del país. Viendo que la niña volvía a tranquilizarse y que se echaba a dormir cubriéndose con la manta, interrumpió su parloteo y escuchó el último deseo de la paciente.

—Papaíto... Papaíto querido. ¿Sabes? Yo ya querría irme con Dios.

Józef arropó bien a la pequeña y luego cerró bruscamente los ojos, tan fuerte que de debajo de sus pestañas entornadas le brotaron lágrimas. Luego se pasó horas enteras sentado junto a la niña, que respiraba cada vez con más calma, y rezaba para sus adentros, pidiendo a Dios un milagro, el único que le pedía en su vida.

—Doctor, ¿duerme usted? —Era ya de madrugada y la enfermera del siguiente turno llegó a la cama de Julita. Zarandeó delicadamente el brazo del doctor, tratando de despertarlo.

—No. Más bien no —respondió abriendo de par en par los ojos, plenamente consciente.

—Es que... Mire... La pequeña ha muerto. Ha debido ser hace poco porque el cuerpo aún no está frío. ¿Quiere despedirse de ella? Porque los enfermeros esperan para llevarla al depósito.

Seguramente presentía que era lo que iba a ocurrir. Sin extrañarse, se levantó y acarició el pelo y el rostro de la niña. Tenía los ojos cerrados y parecía dormir. Bellert se arrodilló junto a la cama y rezó un responso. Luego se levantó y volvió a sentarse junto al cadáver de la pequeña.

—Doctor, ya están los enfermeros con el carrito y van a llevarse el cuerpo —repitió la enfermera tras unos minutos de silencio.

—Yo me hago cargo —dijo el doctor, que se alzó con una vivacidad impropia de un sexagenario y tomó en sus brazos el menudo cuerpo de la niña. Lo elevó con enorme unción. Salió a la calle y lo colocó en la plataforma del carro de caballos. Al otro lado de la ventana del hospital, todos vieron cómo el médico, encorvado por el peso del dolor, caminaba al lado de la carreta, sin separarse ni un metro del cadáver de la niñita.

***

En julio de 1945 quedaban aún entre cien y ciento cincuenta pacientes en el centro, antiguos prisioneros. Oficialmente, el hospital del campo de Auschwitz cesó su actividad el 1 de octubre de 1945.

Józef Bellert permaneció en su cargo de director del Hospital la Cruz Roja polaca en el antiguo Campo de Auschwitz hasta el 31 de agosto de 1945. Al día siguiente fue nombrado director del Hospital de San Lázaro de Cracovia. Durante el último mes, ejerció las funciones de director del hospital de la Cruz Roja el doctor Jan Jodlowski.

Evocando la figura del doctor Bellert, la enfermera Lidia Polonska escribió en sus memorias:

> «Quiero completar mi relato con mis recuerdos del doctor Bellert, director del Hospital de la Cruz Roja polaca en el antiguo Campo de Auschwitz, magnífico y cariñosísimo jefe de nuestro equipo, gracias al cual el ambiente entre los empleados del hospital era de cordialidad y compañerismo. Lo llamábamos todos "Papá Bellert". Viajaba sistemáticamente en camión a Cracovia y nos traía, solo Dios sabe de dónde, medicamentos para los enfermos y alimentos que hacían notablemente más variado nuestro monótono menú. En la primavera de 1945, cuando se agotaron las patatas frescas de los almacenes de Auschwitz y solo cocinábamos desde hacía tiempo patatas secas, el doctor Bellert logró hacerse con una partida de patatas frescas y se las trajo. También gracias a sus gestiones las autoridades soviéticas nos entregaron de los almacenes del campo de concentración prendas para los trabajadores del hospital, cuya ropa estaba hecha andrajos por la guerra».

También guardó buen recuerdo de su jefe Tadeusz Mleko, voluntario de la Cruz Roja polaca de Brzeszcz:

> «El doctor Bellert destacaba por su extraordinario celo por ayudar a los prisioneros. Examinaba a los antiguos reclusos, los operaba y curaba. Supo mantener una gran disciplina en su equipo. Le guardo un enorme respeto y consideración. Le debo personalmente la curación de la disentería, de la que me contagié en el campo.
>
> Igualmente, los representantes de los hospitales de campaña soviéticos y los propios pacientes apreciaron enormemente la

colaboración del doctor Bellert. El mayor Mielay, jefe militar del primer hospital castrense que pasó por Oswiecim, dio orden de expedir un certificado individual a cada miembro del equipo de la Cruz Roja Polaca en el que les agradecía sinceramente su colaboración. Al despedirse, dijo: "Nos hemos encontrado directamente por primera vez con la labor de los servicios médico-sanitarios polacos. He estado observándoos a vosotros y vuestra labor con atención. Hoy, al irme, debo decir que vuestro trabajo me ha impresionado. Si tenéis en Polonia médicos y enfermeras así, os felicito sinceramente y doy gracias al destino por la posibilidad de trabajar con vosotros. Como jefe del hospital os agradezco vuestra labor, sin la que no nos las habríamos arreglado. Os deseo que vuestra labor siga siendo tan fructífera para la mejora de la salud de las víctimas de la [agresión] germano-fascista y estoy convencido de que Polonia, teniendo un pueblo tan laborioso, no tardará en prosperar".

La mayor Zylinska, jefa militar del segundo hospital, resaltó al dejar Oswiecim:

«Hemos aprendido de vosotros a trabajar para el bien de los enfermos. Os habéis empleado a fondo por las desdichadas víctimas y para socorrerlas. Gracias a vuestra serenidad y a vuestro compañerismo en el trabajo recordaremos largo tiempo nuestra labor junto a la Cruz Roja Polaca. Nos separamos de vosotros con verdadera pena».

El doctor mayor Polakov resaltó la labor de las enfermeras y sanitarias polacas:

«Debo referirme expresamente a la esforzada labor de las enfermeras del equipo de la Cruz Roja polaca. Su trabajo fue imponente. Aportaron tanto, además de unos conocimientos profesionales de gran nivel, unos verdaderos valores, una actitud cariñosa para con los enfermos y un modo tan delicado de abordar las tragedias por las que pasaron los exprisioneros, que solo puedo abandonar hoy el hospital mostrando mi admiración y respeto por su trabajo».

Por su parte, el doctor Samuel Steinberg, exrecluso que colaboró con el equipo polaco, dijo:

«Nosotros, los médicos extranjeros, valoramos mucho la colaboración con vosotros. Admiramos vuestro celo y el enfoque tan flexible del tratamiento de los enfermos. Admiramos el espíritu de sacrificio de las enfermeras de la Cruz Roja polaca. Además, vuestro compañerismo y afabilidad en la profesión os ha granjeado nuestra amistad. Como médico puedo afirmar que el nivel profesional de vuestro servicio sanitario es muy alto. Como antiguo recluso, puedo manifestar la opinión de todos al resaltar vuestro trato cariñoso y la cálida compasión que nos mostrasteis».

Y, para terminar, dejamos el fragmento de una de las numerosas cartas que dejaron a las enfermeras de la Cruz Roja los enfermos que estuvieron a su cargo. Está firmada por muchos pacientes de diversas nacionalidades:

«De todo corazón agradecemos a la enfermera de nuestra sala la abnegación con que trabaja por nosotros día y noche y le deseamos mucha salud y felicidad en el futuro. Los enfermos de la sala número 8 bloque número 20. Oswiecim, 10 de abril de 1945».

También valoró muy positivamente a sus subordinadas Józef Bellert, que escribió en su informe sobre la labor del equipo de voluntarios de la Cruz Roja:

«Los médicos y enfermeras que trabajan voluntaria y sacrificadamente en el hospital del campo de Auschwitz pusieron en juego sus conocimientos, experiencia y el amor fraternal por los enfermos».

Y añade en otro lugar:

«Hoy conmemoramos el periodo de varios meses de trabajo en ese campo de horror e infierno y nos damos cuenta de que éramos muy necesarios allí».

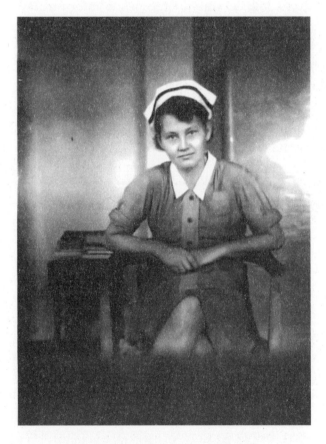

Genowefa Przybysz, jefa de enfermeras.
(Archivo del Museo Nacional Auschwitz-Birkenau)

La doctora Jadwiga Magnuszewska y el doctor Zdzislaw Makomaski.
(Archivo del Museo Nacional Auschwitz-Birkenau)

Miembros del personal del hospital de la Cruz Roja Polaca en Auschwitz en las salas de la dirección y gerencia del centro. (Archivo del Museo Nacional Auschwitz-Birkenau)

Reunión del Józef Bellert, director del hospital, con Genowefa Przybysz, jefa de
enfermeras, en el despacho del director.
(Archivo del Museo Nacional Auschwitz-Birkenau)

LA VIDA DESPUÉS DE AUSCHWITZ

Después de la disolución del equipo de voluntarios de la Cruz Roja polaca y de que concluyeran su labor en Auschwitz, las trayectorias de quienes dedicaron sus esfuerzos a la labor de atención a los exprisioneros del campo de concentración alemán fueron de lo más variado. Mayormente su futuro estuvo ligado a la medicina. Una excepción a esta regla fue Zofia Bellert, hija del doctor Bellert, la cual cayó enferma de tifus entre marzo y abril de 1945 y se vio obligada a abandonar Auschwitz. Se instaló en Cracovia y se dedicó al tejido artesanal. Montó un taller en una de las habitaciones de su vivienda y así se ganó la vida.

El doctor Zdzislaw Makomaski emigró en 1948 a EE. UU. y consiguió la ciudadanía estadounidense. Seguramente por eso el aparato de seguridad comunista se interesó por él y trató de hacerse con sus servicios. Se abrió un expediente de investigación que llevaba el criptónimo «Maska», pero poco después el informe se archivó con una breve anotación: «El candidato no responde a las exigencias de reclutamiento».

El doctor Jan Jodlowski estudió a fondo en Auschwitz la enfermedad de inanición (*distrophia alimentaris*) de los exreclusos. Fruto de esta experiencia fueron dos trabajos científicos publicados en 1947. Luego, en Wroclaw, se ocupó de la organización de la primera Academia de Medicina en el territorio concedido a Polonia tras la II Guerra Mundial, cofundó las estructuras médicas de la Universidad y de la Politécnica, trabajó en el Hospital de los Hermanos de la Caridad y en la Clínica de Enfermedades Internas y dio clases en el Centro de Capacitación del Ministerio de Sanidad, entre otros.

Quizá fue Józef Grenda el que tuvo una carrera más espectacular. Al concluir su labor en Auschwitz retomó sus estudios de medicina, que terminó en 1947 en la Universidad Jaguellónica. Luego se especializó en cirugía. A comienzos de los años cincuenta marchó a Corea del Norte, donde estuvo a cargo del hospital de la Cruz Roja polaca. Al principio, el hospital se encontraba en primera línea de combate y la mayoría de sus pacientes eran soldados del ejército comunista con quemaduras de napalm. Tras su regreso a Polonia, Grenda fue director del hospital en Starachowice, trabajó en un hospital de Kielce, fue vicesecretario de Estado en el Ministerio de Sanidad y, finalmente, viceministro de Sanidad. Desempeñó ese cargo hasta 1980, año en el que se le encarceló durante la ley marcial que impuso el general Jaruzelski.

Contrasta el destino de Andrzej Zaorski, quien, después conseguir un puesto en la Universidad de Varsovia, fue arrestado por los servicios de seguridad y condenado a tres años de cárcel por su actividad clandestina durante la II Guerra Mundial en las Fuerzas Armadas Nacionales y en la Organización Polaca. Salió de prisión gracias a una amnistía, tras un año y medio, y luego trabajó en el hospital de Zyrardów, en el Hospital de la Transfiguración de Varsovia y tuvo un episodio en un hospital en el Congo. El culmen de su carrera fue el puesto de director del Hospital Clínico Central de Varsovia.

Finalizada su labor en el Hospital de la Cruz Roja en el antiguo Campo de Concentración de Auschwitz (31 de julio de 1945), Józef Bellert se dirigió a Cracovia. Allí ejerció el cargo de director del Hospital de San Lázaro a partir del 1 de agosto de 1945, amplió y desarrolló esta institución para que cumpliera su misión al más alto nivel. «Después de reconstruir los pabellones destruidos —escribió Zofia Bellert con tono visiblemente amargo acerca de aquella etapa en la carrera de su padre—, después de pertrechar el hospital de aparatos de todo tipo, ampliar la cocina, equipar diversos laboratorios, conseguir un aparato de rayos X, crear una clínica de urología, poner en marcha la primera escuela de nutricionistas de Polonia en un pabellón de nueva planta y después de promover las secciones del hospital a la categoría de clínicas y de entregar el centro hospitalario entero a la Academia de Medicina, el Ministerio de Sanidad lo destinó a su organización matriz, esto es, a la Seguridad Social».

El 1 de febrero de 1951, Józef Bellert comenzó su trabajo como médico de distrito en el ambulatorio del Distrito de Kleparz, en Cracovia. Unos días más tarde, el 6 de febrero, falleció su esposa, Sabina Bellert, cuyo apellido de soltera era Gluchowska. Mientras trabajaba como médico en el ambulatorio, el incansable doctor ejercía de jefe de una de las comisiones para asuntos relativos a la invalidez y empleabilidad de la Institución de Seguros Sociales. En esa época vivió en Cracovia con su hija mayor, Zofia.

Según se cuenta —dice sobre Bellert en 1966 el periódico *Echo Krakowa*— *visita a menudo la casa de un enfermo que vive solo y sin asistencia, le proporciona medicamentos, a veces le hace la compra e incluso le enciende la estufa...*

Algunos años más tarde, la revista *Sluzba Zdrowia* escribe acerca de Bellert en un tono parecido:

El distrito de Kleparz no olvidará nunca la silueta de su doctor, últimamente algo encorvado ya, que atraviesa día tras día los portales de las calles de Kleparz para atender a los enfermos sin importarle en qué piso vivan, ni el número de visitas a domicilio. El doctor Bellert se entregó por completo a los enfermos. Modesto hasta la saciedad, siempre incansable, se exigía a sí mismo más de lo necesario, siempre sereno y buen compañero. No era solo un empleado modélico del servicio de Sanidad, sino también ejemplo vivo de un médico de alto nivel de ética y de conciencia profesional. Gracias a su labor en su último puesto se granjeó la auténtica gratitud y el cariño de quienes lo rodeaban.

Józef Bellert trabajó hasta el 31 de enero de 1969, esto es, hasta que le llegó la merecida jubilación. Unos meses más tarde viajó a Varsovia para visitar a su hermano y a su hija menor. En la capital tuvo que ser ingresado y durante la revisión médica se enteró de que tenía cáncer. Ya no abandonó el hospital. Murió el 25 de abril de 1970 (aunque en algunas fuentes la fecha es el 23 de abril) tras una larga y dura enfermedad a los ochenta y tres años, habiendo recibido los últimos sacramentos. El funeral tuvo lugar el 29 de abril y su cuerpo reposa en la tumba de la familia en el cementerio varsoviano de Powazki.

El *Dziennik Polski* de Cracovia publicó: «El 23 de abril del año en curso falleció a los ochenta y tres años el doctor Józef Bellert, médico y activista social, irremplazable amigo de los enfermos, a quienes sirvió abnegadamente durante cincuenta y siete años de práctica de la medicina. En los trágicos días de septiembre del treinta y nueve, el difunto fue jefe de una sección en un hospital militar. Durante el Levantamiento de Varsovia (su pseudónimo era *Jacek*), fue nombrado jefe de sanidad del Ejército Nacional para el distrito de Mokotów. Tras la liberación, gestionó la asistencia a los reclusos supervivientes del campo de Auschwitz y más tarde se designó director del Hospital de San Lázaro. Era también médico del tribunal de la Comisión Médico-Social del Ejército. Durante sus últimos años trabajó en el III Ambulatorio del Distrito de Kleparz. Por sus méritos recibió la Cruz de Oficial de la Orden *Polonia Restituta*, tres veces la Cruz Dorada al Mérito, la Condecoración *Por su Labor Ejemplar en el Servicio de Salud*, entre otras.

En cuanto al reconocimiento del difunto médico, se dio su nombre a una calle de casas unifamiliares del distrito cracoviano de Swoszowice. La calle es corta, tiene una longitud de apenas doscientos metros, pero nos trae a la memoria la singular figura del heroico doctor polaco. Además, en el año 2000, en el muro del antiguo Hospital de San Julián de Pinczów fue desvelada una placa conmemorativa en honor a Józef Bellert, magnífico médico, soldado y activista social, que entre los años 1925-1932 fue director de esa institución.

Las hijas de Józef Bellert no formaron familia propia y murieron sin descendencia. La mayor, Zofia, falleció en 1995; la menor, Maria, en 2000. Ambas fueron enterradas junto a su padre en el sepulcro de la familia en el cementerio de Powazki, en Varsovia.

Tras la muerte de Maria, una caja con recuerdos familiares llegó a manos de Ewa Bellert-Michalik, nieta de Piotr Bellert, hermano de Józef. La caja estaba llena de documentos, fotos, e incluso de viejas cartas y postales. Ewa Bellert-Michalik recuerda a su tío-abuelo como una persona alegre, a la que le gustaba contar chistes, siempre risueña. A sus ojos, el tío *Józio* era un hombre sereno y enérgico, no muy alto, corpulento y con bigote.

«El tío *Józio*, porque siempre hablábamos así de Józef Bellert, tío de mi padre —cuenta Ewa Bellert-Michalik— era un oráculo, uno podía contar con él. Siempre supe que era el más benemérito miembro de la familia y el que había tenido una vida más ajetreada».

De pequeña, Ewa viajaba con frecuencia con su madre a Cracovia para visitar a su tío Józef. Recuerda que el doctor

Bellert vivía entonces con su hija Zofia, que trabajaba como tejedora en su domicilio. Siempre hubo un perro en la vivienda cracoviana de los Bellert: en los años cincuenta tuvieron un lulú, Pusia; una década más tarde fue el dálmata, Szep.

Bellert-Michalik recuerda también de sus periplos cracovianos, los paseos con su tío-abuelo durante los que el *senior* de la familia le enseñaba a la ya adolescente Ewa rincones de la antigua ciudad y le contaba anécdotas. Animó a Ewa a que estudiara en la Universidad Jaguellónica, pero ella prefirió permanecer en Varsovia.

Los tesoros familiares de Józef Bellert pasaron a buenas manos. Gracias a la iniciativa de Ewa Bellert-Michalik, aparecieron en diversos portales recuerdos del doctor Józef Bellert, siendo un testimonio de acontecimientos relacionados con nuestro protagonista, conmemorando su excepcional figura.

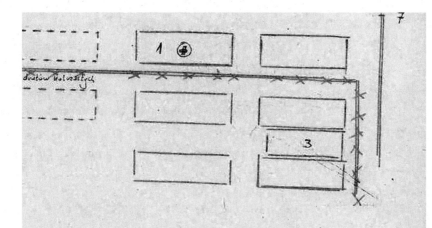

1 - sdministracja Szpitala Obozowego PCK

2 - öddział gruźliczy /barak drewniany/

3 - pralnia

4 - dawne krematorium

5 - barak drewniany. Spalił się w maju 1945 r.

6 - willa b. komendanta KL Auschwitz /tzw. willa Hössa/

7 - brama prowadząca na teren b.obozu.

Croquis que expone la ubicación de los edificios del hospital de la Cruz Roja Polaca en su última etapa de existencia, de los recuerdos de Lidia Polonska.
(Archivo del Museo Nacional Auschwitz-Birkenau)

«Nostalgia del antiguo lugar de trabajo». Grupo de miembros del personal de hospital de la Cruz Roja Polaca, camino del antiguo campo de concentración, donde trabajaron en 1945.

I- 7g‰

Henryk Kodź

/kierownik administracji szpitala obozowego P.C.K. w Oświęcimiu/

PRACA

OCHOTNICZEGO ZESPOŁU P.C.K. W SZPITALU OBOZOWYM

W OŚWIĘCIMIU !

Oświęcim   Obóz koncentracyjny

1   9   4   5

Primera página del informe elaborado en 1945 por Henryk Kodz acerca de la labor del equipo de voluntarios de la Cruz Roja Polaca en el hospital del campo de Auschwitz.
(Instituto de Memoria Nacional)

*Carta de los exreclusos enfermos, pacientes del hospital de la Cruz Roja en Auschwitz,
para a la enfermera Joanna Hekslowa, escrita en ruso y en polaco.
(Archivo del Museo Nacional Auschwitz-Birkenau)*

JÓZEF BELLERT

Józef Bellert nació el 19 de marzo de 1887 en Samsonów, en el distrito de Kielce. Según el calendario juliano, vigente entonces en el terreno anexionado por Rusia, era entonces 7 de marzo, por lo que esa es la fecha de nacimiento que aparece en algunos documentos. En su bautizo, que tuvo lugar en julio del año siguiente en la iglesia parroquial bajo la advocación de San Estanislao en Tumlin, el niño recibió los nombre de Józef, Stanislaw y Ferdynand. Los padres de Józef eran Aleksander y Jadwiga Bellert (el apellido de soltera de su madre era Zarembski). Józef tenía una hermana mayor, Helena (nacida en 1886), un hermano menor, Piotr (nacido en 1888) y también otros hermanastros nacidos del anterior matrimonio de su padre. El abuelo de Józef, Jan Bellert, era un conocido médico que vivió y desarrolló su actividad en Riga en el siglo XIX. El padre de Józef, Aleksander Bellert, nació en esa ciudad y era coronel del ejército zarista (en el 94 Regimiento de Infantería). La madre de Józef —Jadwiga Zarembska—, era su segunda o tercera esposa. Por desgracia, Aleksander Bellert (por entonces ya oficial retirado) murió en 1890, cuando Józef tenía tan solo tres años. Así, Jadwiga se vio obligada a mantener por su cuenta a tres niños pequeños. Por suerte, encontró trabajo como criada de un sacerdote y a partir de entonces le asistió en su labor y tuvo que trasladarse varias veces cuando lo trasladaban de parroquia. Gracias a este trabajo sus tres hijos pudieron escolarizarse y recibir una buena instrucción. A comienzos del siglo XX Józef y Piotr estudiaron en el instituto masculino de Kielce, ambos en la misma clase, seguramente por motivos de ahorro.

En 1905 una oleada de huelgas recorrió los territorios de Polonia ocupados por Rusia a consecuencia de las protestas y del domingo sangriento de San Petersburgo. Por entonces los hermanos Bellert iban a séptimo grado. Durante los primeros días de febrero, los alumnos polacos de Kielce se sumaron a la huelga general y solicitaron a la directiva del instituto que el idioma polaco fuera declarado vehicular y que fueran erigidas las asignaturas más importantes: las de lengua polaca e historia de Polonia. Al entregar su petición a los directores, los alumnos gritaron: «Exigimos clases en polaco! ¡Exigimos profesores polacos! ¡Viva la escuela polaca!» Al principio las autoridades zaristas no cedieron a las exigencias de la juventud polaca. La directiva expulsó del instituto en el que estudiaban los hermanos Bellert a la mitad de los alumnos que habían tomado parte en la huelga. A los más implicados se les prohibió además continuar sus estudios en todo el territorio de Polonia controlado por Rusia.

Por eso, la familia Bellert al completo (Jadwiga y sus tres hijos: Helena, Józef y Piotr), se mudó a la localidad de Mniszek, en el municipio de Wolanów, distrito de Radom. Continuando en cierto modo la huelga de estudiantes y en cumplimiento de los compromisos que habían contraído, Piotr y Józef no solicitaron la admisión en ninguna otra escuela, ambos ingresaron en el Partido Socialista Polaco (PPS) y se involucraron mucho en la lucha encubierta contra el ocupante. Crearon en Mniszek una sede clandestina del PPS cuya actividad abarcaba cuatro municipios y que dependía de una central de Radom. Distribuían por todo ese territorio revistas ilegales y folletos, llevaban a cabo diversas actividades secretas y también actos de sabotaje. Józef llevaba consigo un revólver para defenderse y la casa de los Bellert servía con frecuencia de depósito de armas y munición.

Acabada la huelga, las autoridades zaristas, a pesar de algunas restricciones, suavizaron un poco su postura e introdujeron la enseñanza de polaco y de religión en lengua polaca, y permitieron también que los alumnos usaran su lengua materna durante los recreos. Algo más tarde, condescendieron con los huelguistas su desplazamiento a Rusia, cosa que aprovecharon los Bellert: Józef y Piotr se trasladaron a San Petersburgo y comenzaron sus estudios en el Instituto número 10. Es posible que, como hijos de un coronel zarista, pudieran recibir instrucción gratuita en las escuelas rusas. Józef y Piotr Bellert fueron alumnos de ese instituto en los años 1907-1908. Acabada esa etapa, Piotr comenzó la carrera de ingeniería en el Instituto Tecnológico de San Petersburgo, mientras que Józef volvió a territorio polaco, pero esta vez no al Reino de Polonia controlado por Rusia, sino a la zona ocupada por los austriacos. Comenzó medicina en la Universidad Jaguellónica de Cracovia, y en esa ciudad ingresó en la Unión de Lucha Activa (ZWCz), que fundó Kazimierz Sosnkowski por iniciativa de Józef Pilsudski. Bellert tenía el carné número trece de esa organización militar secreta, cuyo fin era preparar la lucha por la liberación de Polonia, y usaba el apodo de «Eges». Tomó parte en clases de manejo de armas, utilización de materiales explosivos, destrucción de puentes y de líneas telefónicas. Su casa servía de refugio para conspiradores transeúntes y de depósito clandestino de fusiles y munición. En el marco de su actividad secreta, Józef elaboraba, entre otras cosas, mapas de Kielce durante sus vacaciones.

Además de eso, Bellert perteneció durante su etapa de alumno de medicina a la organización estudiantil «Spójnia».

Posteriormente se involucró en la actividad de la Asociación Strzelec, en la cual usó el alias de «Jacek» (o «Jacek III»). Józef era jefe de una sección de «Strzelec», y tenía a sus órdenes algo más de una docena de personas. Participó en adiestramientos marciales diurnas y nocturnas, algunas de los cuales tenían el carácter maniobras militares a gran escala.

En la Universidad, se incorporó también al círculo de estudiantes del profesor Odon Bujwid. En 1912 recibió el certificado de estudios realizados y ganó en concurso la beca Adam Mickiewicz de la Academia del Conocimiento. Trabajó en la Clínica de Cirugía del profesor Kadera, en la Clínica de Ginecología del profesor Rosner y en la Comisión Fisiográfica de la Academia de Conocimientos.

La vida del joven universitario y activista dio un viraje en lo personal el ocho de septiembre de 1912 (26 de agosto según el calendario juliano), cuando Józef Bellert se casó con Sabina Gluchowska. Bellert tenía entonces veinticinco años y su esposa uno menos. Seguramente se conocieron unos años antes, pues Sabina tomó parte destacada en la huelga escolar de 1905. Dos años después, los jóvenes esposos tuvieron su primera hija, Zofia.

Según mencionan los documentos de archivo, Józef era de nacionalidad polaca y confesión católica romana, medía 167 centímetros, tenía ojos grises y pelo castaño. No presentaba rasgos peculiares y su nariz, boca y barbilla eran proporcionadas. Años más tarde era descrito como un hombre corpulento, con pequeño bigote y barriga. Además de su idioma materno, Józef Bellert dominaba el francés y el ruso.

* * *

En 1914 comenzó un gran conflicto bélico internacional y los tres ocupantes de Polonia se encontraron en dos bandos opuestos: Alemania y Austro-Hungría en uno y Rusia en otro, con Francia e Inglaterra. La situación era propicia para que los polacos lucharan para recuperar la independencia. Así lo entendió Józef Pilsudski, que en julio de 1914 mandó las primeras órdenes de movilización a los soldados de «Strzelec» y de las Compañías de Fusileros Polacos. A principios de agosto, por primera vez desde hacía muchos años, tuvo lugar la fundación del primer destacamento del Ejército Polaco: la Primera Compañía de Cuadros de Fusileros, organizada en el área cracoviana de Oleandry.

Józef Bellert se encontró entre los primeros fusileros movilizados y participó en la toma de Kielce. Antes, en enero y junio de 1914, su apellido figuraba entre los escogidos para formar parte de los futuros reclutas del ejército zarista, pero gracias a su condición de universitario pudo librarse de la llamada a filas en un ejército extranjero. Pero en julio de ese año, cuando Pilsudski anunció la movilización, Józef no se lo pensó. Como antiguo activista del PPS y de la Unión de Lucha Activa, y por entonces jefe de Sección de «Strzelecy» médico de la Clínica de Cirugía del profesor Kadera, declaró inmediatamente su disposición a incorporarse a los destacamentos polacos que estaban siendo entonces formados. Según los documentos, Józef Bellert ingresó oficialmente en el ejército el 3 de agosto de 1914, pero presintió que un gran conflicto bélico estaba en ciernes cuando Austria declaró la guerra a Serbia, y entonces se involucró en los preparativos para la guerra o, más bien, para salvar las vidas y proteger la salud en condiciones bélicas. Hasta entonces los sanitarios de «Strzelec» se habían enfrentado, durante las maniobras, con rozaduras en los pies, diarreas, dolores de muelas o desmayos, pero la guerra conllevaba riesgos mucho mayores. En la Biblioteca de Médicos de Cracovia se formaba lo que era el germen de los servicios sanitarios del Ejército polaco. Bajo la dirección del doctor Stanislaw Rouppert (más tarde médico jefe de las

Legiones polacas), prepararon prácticamente desde cero una infraestructura médica propia. Gestionaron herramientas quirúrgicas, juegos de materiales de apósito compuestos de tijeras, pinzas, agujas y seda, esterilizaron grandes cantidades de gasas y vendas, de las que luego hicieron kits de vendaje individual revestidos de material impermeable. Mientras, continuaba el reclutamiento a los servicios sanitarios auxiliares del futuro ejército polaco. Llevado en volandas del primer soplo del viento de la libertad, involucrado en la creación de nuevas estructuras militares y sanitarias, Józef Bellert hizo un trabajo que entonces solía corresponder a las chicas y cosió él mismo un estandarte blanco con la cruz roja y la letra /S/, símbolo de la Unión de Fusileros. Esa bandera ondeó primero del balcón de la Biblioteca de Médicos y luego ondeó en el carro sanitario del regimiento. Unos días después de que la Primera Compañía partiera de Oleandry, el 9 de agosto de 1914 le siguió sus huellas un convoy sanitario del ejército polaco. Causó verdadera sensación la ambulancia de socorro (entonces en carro de caballos) que el Servicio Voluntario de Urgencias de Cracovia puso a disposición de «Strzelec». Al principio, los médicos y sanitarios eran solo objeto de bromas y burlas de los soldados. «Devuélveme mi pierna, matasanos» —gritaban entre risas. Pero la situación cambió rápidamente cuando dieron comienzo los combates y los matasanos mostraron su eficacia para asistir a los primeros heridos.

Varios días después de ingresar en el ejército, Józef Bellert fue destinado como sargento sanitario del I Batallón, en el que fue auxiliar del médico de la compañía. Además del preceptivo lote de comida, bebida y munición, Józef Bellert llevaba en su mochila unas tenazas para sacar muelas, herramientas quirúrgicas, una botella de yodo, ampollas de morfina, una jeringuilla, vendajes y polvos para afecciones de diversa índole. Su uniforme no se diferenciaba del de los demás soldados de infantería, pero llevaba en el brazo izquierdo un brazalete blanco con la cruz roja. El convoy sanitario de los fusileros polacos se dirigió a Miechów, pasando por Skala y Slomnik. Luego atravesaron Samsonów y entró en Kielce, se alojó en el edificio de hacienda y allí organizó un ambulatorio para el regimiento. Desde el primer momento tuvieron mucho trabajo, pues allí acudían los soldados enfermos necesitados de asistencia y de un volante para que los derivaran al hospital. Había cada vez más pacientes porque, aparte de las rozaduras y del remoloneo típicos de una larga y pesada marcha, se las tuvieron que ver con la disentería. Ya antes, camino a Kielce, algunos de los sanitarios polacos fueron delegados a una comisión sanitaria que iba en vanguardia y se ocupaba de examinar los pozos. Aquellos en los que el agua era sospechosa los marcaban con tiza para que los soldados no bebieran agua de ellos. A pesar de las precauciones, el Hospital de San Alejandro de Kielce no tardó en llenarse y hubo que hacer uso de salas del seminario diocesano y de ambulatorios provisionales.

Como sargento sanitario y auxiliar del médico del I Batallón, Józef Bellert tomó parte en los primeros combates de septiembre en los que participaron las unidades de Pilsudski en el margen izquierdo del Vístula, en Nowy Korczyn, Ostrowce, Szczytniki y Czarkowy. Luego vinieron los combates a las afueras de la fortaleza de Iwanogród (Deblin), en Anielin y Laski, las batallas de Krzywoploty, Konary, Ozarów, Urzedów nad Wisla y Tarlow. Las Legiones polacas combatieron en Jastków, Kukly, Kamieniucha y en Kostiuchnówka.

A finales de junio de 1916 Józef Bellert fue destinado al hospital de Radom. Antes pasó dos meses (de noviembre de 1915 a enero de 1916) como médico del VI Batallón del 1º Regimiento de la I Brigada de las Legiones y seis meses en el V Batallón del mismo Regimiento. Sus superiores valoraron muy positivamente su actividad militar y médica. A comienzos de los años veinte, ya en la Polonia libre, el mayor Halacinski, del 5º Regimiento de las Legiones, escribía sobre Bellert en uno de los documentos relativos a una condecoración:

«Como médico del batallón se distinguió siempre por el celo en el cumplimiento del deber, asistiendo muchas veces a los heridos bajo una lluvia de balas. Durante las luchas dinámicas de Wolyn en 1915-1916 en numerosas ocasiones marchaba con la patrulla de vanguardia para así encontrarse siempre en el lugar de más peligro, donde la asistencia médica suele ser más necesaria. Muchas veces formó filas con sus compañeros, arma en mano y sin llevar jamás entonces el brazalete de la Cruz Roja, que solo se ponía durante las paradas y descansos. Siempre trabajando, siempre asistía de buena gana a los heridos y enfermos, no sabía lo que era el descanso y era un ejemplo no solo para los sanitarios que estaban a sus órdenes, sino también para sus compañeros soldados de línea».

En diciembre de 1916, Józef Bellert sería ascendido a teniente, aunque la orden formal se firmó en los primeros días de enero de 1917.

Józef Bellert escribía frecuentemente desde las trincheras a su esposa, a la que llamaba cariñosamente, empleando el diminutivo, «querida Sabcia» o «Sabus». Entre los recuerdos familiares se conservan dos de esas postales. De una de ellas, con fecha de diciembre de 1915, escrita con lápiz, se deduce que mandaba misivas a Sabina casi a diario y que le preocupaba que recibiera noticias de casa con tan poca frecuencia.

Mientras Józef Bellert salvaba la vida a los heridos de la gran guerra, su mujer y su hija de dos meses tuvieron que huir de Cracovia a Zakopane, donde encontró un lugar seguro en casa de la señora Paszkowska. Este obligado éxodo fue la causa de que se perdieran todos los documentos familiares que quedaron en su vivienda de Cracovia. En agosto de 1916 vino al mundo la segunda hija del matrimonio Bellert, Anna, que desgraciadamente murió en 1917 durante una epidemia de tifus exantemático.

Como organizador y comandante del hospital de la Legión en Radom, Józef Bellert movilizó a doscientos nuevos reclutas locales, motivo por el que las autoridades austriacas lo echaron de su puesto. Pasó un breve periodo en el hospital de Rembertów, entonces a las afueras de Varsovia, y luego fue destinado a Kielce, donde sustituyó al doctor Kwasniewski como comandante de la sección del hospital dedicada a la Legión:

> «Más joven que su antecesor —recuerda el doctor Leon Streit—, pero igualmente serio y consciente de sus obligaciones, continuó la labor en pro de la independencia y mantuvo un contacto intenso con la sociedad local, la Liga de las Mujeres y con otras personas de la Brigada que, si bien por entonces ya no tenían un cargo oficial, sus instrucciones tenían para nosotros más peso que las órdenes de la Comandancia de las Legiones. En su labor profesional en el hospital y en el trato con sus subordinados, el doctor Bellert se granjeó el favor de los soldados».

Luego fue director de la sección dedicada a los legionarios en el hospital alemán de Zyrardów.

Durante la *crisis del juramento*, Józef Bellert estaba de permiso, pero nada más regresar a su unidad se presentó para dar parte y se negó a jurar fidelidad al káiser, como exigían las autoridades militares alemanas. Seguramente se le encarceló, igual que otros oficiales de las Legiones Polacas, sin embargo, en un primer momento fue destinado al centro de salud de su división. Mientras esperaba la decisión de sus superiores extranjeros, recibió un telegrama que le informaba de la muerte de su hija Anna. «Me dirigí a Kielce y ya no volví al ejército —escribió años más tarde el desesperado padre—. Me vestí de civil y ocupé el cargo de médico del distrito y del municipio de Checiny». Finalmente, Józef Bellert fue dispensado de sus servicios a las Legiones Polacas por medio de la orden número 398, de fecha 16 de octubre de 1917.

* * *

Józef Bellert comenzó su trabajo como médico en Checiny el 20 de octubre de 1917. La mudanza a esa localidad, y más tarde el fin de la guerra mundial y la recuperación de la independencia por parte de Polonia, trajeron a la familia de los Bellert cierta estabilidad. Algo antes, el 2 de julio de 1918, nació Maria Bellert. Pronto quedó claro que el desenlace de la contienda mundial no suponía el final de la lucha por las fronteras de la nueva república. En el este seguía latente el conflicto polaco-ucraniano y al que poco después se le sumó la invasión de la Rusia bolchevique. En el verano de 1920, cuando las tropas bolcheviques se acercaban a Varsovia, Józef Bellert sería llamado a las filas del Ejército polaco. El 20 de julio de 1920 fue destinado a Kielce, asignándosele el cargo de jefe del Hospital del Distrito y de la sección quirúrgica. A finales de octubre sería ascendido a capitán médico, con rango vigente a partir del 1 de abril de 1920. En octubre de ese mismo año sería trasladado a la Compañía Sanitaria de Reserva número 4 de Lodz, donde fue instructor de adiestramiento sanitario. En enero de 1921, por reclamación del Ministerio de Salud Pública, Józef Bellert recibió un permiso por plazo indefinido. En mayo del año siguiente, ya como reservista, se le asignó al cuadro de la Compañía Sanitaria de Reserva número 10, y en mayo de 1923, como capitán médico de reserva, participó en unas maniobras militares de seis meses de duración para sanitarios. Resumiendo sus experiencias médico-militares de entonces, Józef Bellert apuntó años más tarde: «No tengo condecoraciones militares porque nunca me preocupé por ellas ni traté de conseguirlas».

En 1921, de nuevo como civil, Józef Bellert, regresó a Checiny y trabajó allí como médico hasta febrero de 1925. Vale la pena mencionar que, además de cuidar de la vida y la salud de los habitantes de esa localidad, el antiguo legionario se involucró en labores sociales. Por ejemplo, fue secretario del Cuerpo Voluntario de Bomberos. Más tarde, Bellert se mudó con su familia a Pinczow, donde ejerció las funciones de director del Hospital del Distrito y de médico de la asamblea regional. Mientras ocupó esos cargos gestionó la asistencia médica gratuita para los habitantes del distrito de Pinczów en cinco centros de salud. También se implicó en otras obras sociales y dirigió personalmente clases de educación sanitaria, competiciones deportivas e incluso concursos de crianza. Además, en los años treinta contribuyó a la organización de vacaciones gratuitas para jóvenes obreros. Perteneció y participó en la actividad de la Unión de Legionarios Polacos, en la Unión de Oficiales de Reserva de la República de Polonia y en la Sociedad Médica Polaca. Al tiempo que ejercía de médico, tuvo diversos cargos en las Cajas de Enfermedad de los distritos de Kielce y Pinczów.

Este es el recuerdo que guarda Zbigniew Sobczyk, vecino de Pinczów, de Bellert:

«(...) Cuando enfermé gravemente de escarlatina en el invierno de 1930, las visitas del doctor Bellert a casa fueron cosa cotidiana. Cuidó de mí con mucho esmero, bromeaba a veces para darme ánimos. Gozaba de mucha autoridad entre los habitantes de Pinczów y dirigía bien el hospital de la localidad. Pocas cosas había que fuera incapaz de gestionar "en las alturas" para provecho para nuestro pueblo (...) Recuerdo casos de enfermos, tanto entre mis conocidos de Pinczów, como de familiares, en los que nos servimos de la ayuda del doctor Bellert para ingresarlos en Cracovia. Se preocupaba desinteresadamente de cada uno de esos casos con una solicitud excepcional».

Józef Bellert también fue promotor de la escuela-monumento Józef Pilsudski de Stary Korczyn (hoy Winiary) y de la erección del monumento dedicado a la victoria de las Legiones Polacas en la batalla de Czarkowy (23 de septiembre de 1914).

Para facilitar a sus hijas sus estudios en la capital, la familia Bellert se mudó en 1933 a Varsovia. Allí Józef trabajó primero en la Unión de Cajas de Enfermedad y luego en la Institución de Seguros de Enfermedad, y finalmente como auxiliar del médico jefe del Instituto de Seguridad Social.

* * *

Justamente en Varsovia se hallaba Józef Bellert cuando estalló la II Guerra Mundial. En julio de 1939 escribió a su hermano que pensaba pasar las vacaciones en Stary Korczyn, para estar al tanto del fin de las obras de la escuela-monumento. Mencionó también que quería mandar a su mujer y a sus hijas de vacaciones a algún sitio. No sabemos en qué quedaron esos planes familiares, pero el 1 se septiembre las tropas de Hitler atacaron Polonia. Tras la agresión alemana, Józef Bellert se presentó el 3 de septiembre como capitán de reserva y médico dispuesto a reincorporarse al servicio en activo y fue destinado a los cuadros de reserva del Hospital de Distrito de Lublin. Luego lo nombraron jefe de la sección de medicina interna en el hospital militar número 202, dirigido por el mayor Kazimierz Matuszewski. En algunas monografías, Bellert aparece allí como jefe de la sección de cirugía. Debido a los rápidos avances de las tropas nazis y a la evacuación del Ejército Polaco a finales de septiembre, Józef Bellert sería hecho prisionero en la zona de Tomaszów Lubelski. En principio, iba a trasladarse a Cracovia, pero debido a su profesión no tardó en abandonar la cautividad alemana y pudo regresar a Varsovia. Según el cuestionario de encuadre de personal sanitario dirigido a las autoridades de ocupación el 15 de septiembre de 1940, Józef Bellert, doctor en medicina universal, vivía en Varsovia en la calle Polna, vivienda 7, y trabajaba como director del Departamento de Servicio Médico en el Instituto de Seguridad Social en Varsovia.

Józef Bellert se mantuvo en ese cargo hasta el 1 de agosto de 1944. Ese día estalló el alzamiento contra los alemanes en Varsovia y desde entonces se dedicó a velar por la vida y la salud de soldados y civiles en el hospital de la Cruz Roja polaca en la esquina de las calles Mokotowska y Jaworzynska, en el distrito Centro-Sur de la ciudad. Su pseudónimo era «Jacek». Curiosamente, como la Cruz Roja polaca estaba supeditada a la Cruz Roja Internacional, pudo desarrollar su labor durante los años de ocupación y también sumarse a los preparativos del levantamiento en la clandestinidad. Antes de que sonaran los primeros disparos en Varsovia, en el marco de la actividad de la Cruz Roja polaca tuvieron lugar capacitaciones sanitarias clandestinas y también se hizo acopio de medicamentos y materiales de apósito, gracias a lo cual, cuando estalló el alzamiento, fue posible erigir rápidamente el hospital de la Cruz Roja de la calle Mokotowska número 13, en la Casa Parroquial de la Iglesia del Salvador.

En la fase inicial del levantamiento encontraron atención médica en el hospital soldados heridos del batallón «Ruczaj» y civiles de los alrededores, entre otros. Luego fueron adaptadas salas de la planta baja y sótanos de todos los edificios de la calle Jaworzynska, que era prolongación de Mokotowska.

Era comandante del hospital el doctor Smolinski. Además de él y del doctor Bellert, trabajaban allí también dos médicos de la directiva del distrito de Varsovia de la Cruz Roja: el doctor Hieronim Bartoszewski y el doctor Michal Miszewski.

Cabe subrayar que el hospital de la calle Jaworzynska número 2 se abastecía de sus propios almacenes de alimentos y de materiales sanitarios y medicamentos. Józef Bellert era uno de los mil doscientos médicos que desarrolló su actividad durante el levantamiento de Varsovia. Sus hijas Zofia y Maria, dos entre las seis mil ochocientas enfermeras y sanitarias que velaron por la vida y la salud de militares y civiles durante ese periodo en la capital polaca. Según datos sin confirmar, publicados en una nota de prensa tras la muerte de Bellert, durante el levantamiento de Varsovia, Józef Bellert, apodado «Jacek», era jefe de los servicios de salud del Ejército Nacional en el distrito de Mokotów.

Acabada la lucha, este hospital se convirtió en centro de evacuación para todas las sedes de la Cruz Roja de Varsovia. Contrariamente a lo que ocurrió con otros hospitales, los nazis permitieron que continuara su actividad gracias a la intercesión de un oficial alemán al que se había atendido allí durante el alzamiento. Luego los alemanes evacuaron todo el hospital, personal y heridos (unas ochocientas personas) en tren a Cracovia. Józef Bellert y sus hijas, Zofia y Maria, serían acuartelados, primero en la calle Kopernika, en uno de los edificios vigilados por los alemanes que había junto a la iglesia de los jesuitas, y luego en la Casa del Médico de la calle Grzegórzecka.

Zofia Bellert hace mención de los siguiente:

«El 6 de enero de 1945 por la noche, los alemanes rodearon el hospital de la Cruz Roja polaca de la Casa del Médico y estuvieron seis horas vejándonos, amenazándonos con mandarnos a campos de concentración. Algunos miembros del personal, mi hermana Maria y yo, entre otros, fuimos trasladados a un puesto de la policía, a la llamada "Casa Blanca" de la calle

Lubicz. Por la mañana los agentes secretos de la Gestapo nos echaron de allí gritando "¡Raus! ¡Raus!" Seguramente tuvo que interceder por nosotros alguna organización».

Después de tantas aventuras, los Bellert permanecieron sanos y salvos en Cracovia hasta la entrada del Ejército Rojo. Varios días más tarde, Józef Bellert se presentó voluntario para trabajar en Auschwitz.

Comisión mixta médico-militar. Arriba, de izquierda a derecha: teniente Dr. Przybylski (del ejército austriaco), teniente Dr. Józef Bellert, teniente Dr. Molkner (del ejército austriaco); abajo, de izquierda a derecha: capitán doctor Kaplicki (foto sacada del libro Karabin i nosze. Wspomnienia lekarzy i farmaceutów z lat 1914-1920. Tomo I, Varsovia 1936)

Sección del Hospital de las Legiones de Kielce. En el centro el teniente Dr. Józef Bellert (foto sacada del libro Karabin i nosze. Wspomnienia lekarzy i farmaceutów z lat 1914-1920. Tomo I, Varsovia 1936)

BIURO KOMITETU KRZYŻA i MEDALU NIEPODLEGŁOŚCI
prosi uprzejmie o wypełnienie niniejszego kwestjonarjusza, dołączenie 2-ch fotografji i nie-
zwłoczne przesłanie pod adresem: Warszawa, Aleje Ujazdowskie Nr. 1.

Leg. № *296-9*

Kwestjonarjusz

dla otrzymania legitymacji, upoważniającej do zniżki kolejowej.

(wypełnia czytelnie odznaczony).

Nazwisko *Dr. Bellert Kpt. leh. rez.* (pseud.)

Imię *Józef*

O ile zamężna — nazwisko rodowe

Data i miejsce urodzenia: *19 III 1887 Samsonów*

Miasto

Wieś —

Gmina *Samsonów*

Powiat *Kielecki*

Województwo *Kieleckie*

Data wpłacenia kwoty 2 Zł. *22.II*

Posiadane polskie odznaczenia: *Krzyż Walecz. z okur.*
Mon. Polah № 260 z 1928 r   Krzyż Oficerski Polon. Restt.
Medal za Wojnę

Jakie otrzymał odznaczenie niepodległościowe:

~~Krzyż Niepodległości z mieczami *)~~
Krzyż Niepodległości
~~Medal Niepodległości~~

Data zarządzenia Prezydenta Rzeczypospolitej umieszczona na dyplomie

Monitor Polski № 132 z 1931 r.   *6. VI. 31.*

Dokładny adres obecny (miasto, ulica, wieś, gmina, powiat, województwo, poczta) *Warszawa Polna 42 m. 7*

Legitymacja №
2 zł. wpłacono P. K. O.
poz *268* z dn. *23/II* 1934 r.
Wysłano dn: *5 III 1934*

Podpis wypełniającego kwestjonarjusz

J. Bellert

Warszawa, dnia *26/II* 193*4* r.

*) niepotrzebne skreślić.

Cuestionario de la Oficina del Comité de la Cruz y la Medalla de la Independencia

*Necrología de Józef Bellert publicado en el Dziennik Polski nº 99 del 28 de abril de 1970.
(Biblioteca Médica Central Stanislaw Konopka de Varsovia)*

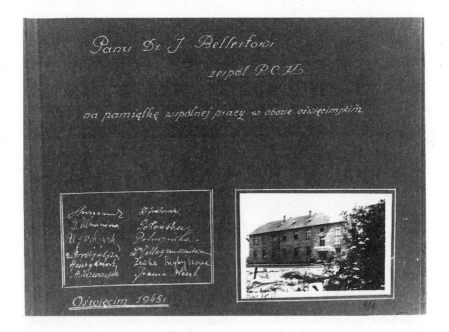

*Primera hoja del álbum de fotos que el equipo de la Cruz Roja polaca regaló al doctor
Józef Bellert como recuerdo de su trabajo en común en el hospital del antiguo campo de
KL Auschwitz. (Archivo del Museo Nacional Auschwitz-Birkenau)*

L. _____ 7369   -8-

C. i k. austr.-węg. obszar okupowany   Dyecezya *Sandomierska*

Obwód *Powiat Kielce*   Dziekanat *Konecca*

Świadectwo urodzin i chrztu.

W metryce urodzin parafii *Tumlin* dla gminy *Samsonów*

w tomie *38* na stronicy *38* pod liczbą porządkową *60* zapisane jest co następuje:

Roku pańskiego tysiąc *osiem osiemdziesiątego piątego*

to jest *1885* dnia *19 dziewiętnastego* miesiąca *marca* urodził

się w domu pod Nr. *Samsonowi* został w dniu *16 lipca 1888 roku* przez

Wielebnego Ks. *Grzegorza Kozłowskiego* ochrzczony według obrządku rzymsko-katolickiego:

Imiona ochrzczonego	religia	płeć	ślubne	nieślubne	Rodzice		Rodzice chrzestni	Uwaga
					Ojciec	Matka		
Józef. Stanisław Ferdynand	Rzymsko katolicka	męska	ślub		Aleksander Bellert	Jadwiga Zarembska	Michał Makuszyński Helena Wasilewska	Józef Stanisław Ferdynand Bellert dn. 8 Wrześni 1912 wstąpił w związki małżeńskie w Wieliczce zawarł związek małżeński z Saliną Gluchowską R.E.Y
							Świadkowie: Teodor Kondrak i Wincenty Jasiński	pobożni

Zgodność świadectwa urodzin z powołanym w niem zapisem metryki urodzin potwierdzam własnoręcznym podpisem i przez przybicie pieczęci urzędu parafialnego.

Tumlin dnia 28 Stycznia 1918 r.

[podpis]

Certificado de nacimiento y bautizo de Józef Bellert emitido en 1918.
(Archivo Nacional en Kielce)

Certificado de nacimiento de Józef Bellert. (Archivo Militar Central)

El doctor Józef Bellert, principios de los años 30. (Archivo Militar Central)

El capitán Józef Bellert en 1920.
(De la colección de la familia Bellert, recursos libres de Wikipedia)

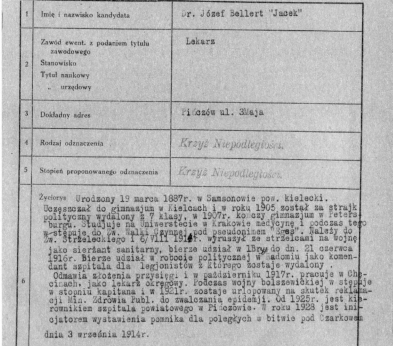

KOMISJA ODZNACZENIOWA
Pieczęć nagłówkowa

GRUPA LEGJONOW

L. dz. V Zion i Brrg.
1.2 Pul.

dnia

WNIOSEK

o nadanie Dr. BELLERT JOZEF

orderu Krzyż Niepodległości

1	Imię i nazwisko kandydata	Dr. Józef Bellert "Jacek"
2	Zawód ewent. z podaniem tytułu zawodowego Stanowisko Tytuł naukowy „ urzędowy	Lekarz
3	Dokładny adres	Pińczów ul. 3Maja
4	Rodzaj odznaczenia	Krzyż Niepodległości
5	Stopień proponowanego odznaczenia	Krzyż Niepodległości
6	Życiorys	Urodzony 19 marca 1887r. w Samsonowie pow. kielecki. Uczęszczał do gimnazjum w Kielcach i w roku 1905 został za strajk polityczny wydalony z 7 klasy, w 1907r. kończy gimnazjum w Petersburgu. Studjuje na Uniwerstecie w Krakowie medycynę i podczas tego wstępuje do Zw. Walki Czynnej pod pseudonimem "Eges". Należy do Zw. Strzeleckiego i 6/VIII 1914r. wyruszył ze strzelcami na wojnę jako sierżant sanitarny, bierze udział w 1Brg do dn. 21 czerwca 1916r. Bierze udział w robocie politycznej w Radomiu jako komendant szpitala dla legjonistów z którego zostaje wydalony . Odmawia złożenia przysięgi i w październiku 1917r. pracuje w Chęcinach, jako lekarz okręgowy. Podczas wojny bolszewickiej w stopnie w stopniu kapitana i w 1921r. zostaje urlopowany na skutek reklamacji Min. Zdrowia Publ. do zwalczania epidemji. Od 1925r. jest kierownikiem szpitala powiatowego w Pińczowie. W roku 1928 jest inicjatorem wystawienia pomnika dla poległych w bitwie pod Czarkowem dnia 3 września 1914r.

Nr 8423/29. Druk. M. S. Wojsk.

BIBLIOGRAFÍA ESCOGIDA

FUENTES DE ARCHIVO

Archivo Nacional en Kielce: Urzad Gubernialny Kielecki do spraw Powinności Wojskowej, signatura 1294; Wydział Powiatowy w Pinczowie, signatura 788

Archivo del Museo Nacional Auschwitz-Birkenau, signaturas: Monografías: tomo 11; Declaraciones: tomos 6, 70, 74, 75, 77, 78, 85, 87; Cruz Roja Polaca: tomos 1 y 9; Proceso de Höss: tomo 9; Memorias: tomos 12 i 22.

Archivo Militar Central, signaturas: I.481.B.4441, 1.302.17.14.VM, KN.06.06.1931.

Biblioteca Médica Central Stanislaw Konopka de Varsovia, signaturas: PL/327/1/0/154, Fichero Personal de Médicos, «Przeglad Lekarski», anuarios escogidos 1961-1987.

Instituto de Memoria Nacional, signaturas: IPN GK 174/129. *Monografías, artículos y memorias.*

Actas de la Comisión del Distrito de Cracovia para la Investigación de los Crímenes Alemanes relativas al proceso de Rudolf Höss, excomandante del campo de concentración de Auschwitz-Birkenau, Archivo Nacional del Museo Auschwitz-Birkenau en Oswiecim, Proceso de Höss, tomo 9.

Auschwitz, nazistowski obóz smierci, red. F. Piper, T. Świebodzka, Auschwitz-Birkenau 2004.

Bellert Józef, *Dzialalnosc P. C. K. Okregu Krakowskiego na terenie obozu «Oswiecim» (streszczenie),* Archivo PMA-B en Oswicecim, Monografías, tomo 11.

Bellert Józef, *Praca polskich lekarzy i pielegniarek w Obozie Smierci w Oswiecimiu od 6 II 1945 r. do 1 X 1945 r.*, Archivo PMA-B en Oswiecim, Monografías, tomo 11.

Bellert Józef, *Praca polskich lekarzy i pielegniarek w Szpitalu Obozowym PCK w Oswiecimiu po oswobodzeniu obozu*, «Przeglad Lekarski» nº 1a/1963.

Bellert Józef, *Sluzba sanitarna w I-szym Pulku Piechoty Legjonów w czasie bitwy pod Laskami (21.X. - 26.X.914 r.)*, en: *Karabin i nosze. Wspomnienia lekarzy i farmaceutów z lat 1914-1920*, tomo I, Varsovia 1936.

Bellert Zofia, Relacja, Archivo PMA-B en Oswiecim, Declaraciones, tomo 77.

Bellert-Michalik Ewa, *Dziadek pojechal do Auschwitz-Birkenau, by ratowac pozostalych przy zyciu wiezniów*, http://wyborcza.pl/AkcjeSpecjalne /7,155762,23976283,dziadek-pojechal-do-auschwitz-birkenau-by-ratowac.html (accesible a 4 de mayo de 2019).

Bilska Malgorzata, *Józef Bellert i poobozowy szpital*, http://pck.malopolska. pl/jozef–bellert–i–poobozowy–szpital/ (accesible a el 10 de mayo de 2019).

Cicha Dominika, *Doktor z wasikiem. Po wyzwoleniu Auschwitz pojechal ratowac tysiace chorych*, https://pl.aleteia.org/2019/05/07/po-wyzwoleniu–w–auschwitz–zostaly–tysiace–wiezniow–jozef-bellert–pojechal–ich–ratowac/ (accesible a 10 de mayo de 2019).

Cygan Wiktor Krzysztof, *Biogram Józefa Bellerta*, http://pck.malopolska. pl/jozef–bellert–praca–polskich–lekarzy–i–pielegniarek–w–szpitalu–obozowym–pck–w–oswiecimiu–po–oswobodzeniu-obozu/ (accesible a 23 de mayo de 2019).

Cygan Wiktor Krzysztof, *Oficerowie Legionów Polskich 1914-1917. Slownik biograficzny*. Tomo I A–F, Varsovia 2005.

Dutkiewicz Marek, *Sluzba zdrowia Legionów Polskich w latach 1914-1917*, Piotrków Trybunalski 2009.

Grenda Józef, *Wspomnienia z pracy szpitala PCK w Oswiecimiu po wyzwoleniu obozu*, «Przeglad Lekarski» nº 1/1967.

Grygiel Andrzej, *Zolnierz i lekarz*, «Eskulap Swietokrzyski» 2003/06, http://www.oil.org.pl/xml/oil/oil56/gazeta/numery/n2003/ n200306/n20030613 (accesible a 4 de mayo de 2019).

Jankowski Jerzy, *Dr Jan Oktawian Jodlowski*, «Przeglad Lekarski» nº 1(44)/1987.

Karabin i nosze. Wspomnienia lekarzy i farmaceutów z lat 1914-20, tomo I, Varsovia 1936.

Kodz Henryk, *Praca ochotniczego zespolu P. C. K. w szpitalu obozowym w Oswiecimiu*, Oswiecim 1945, IPN GK 174/129.

Maz Marcin Robert, *Maly pan z brzuszkiem i pieknym wasem" uratowal wielu ludzi. Niezwykla historia Józefa Bellerta*, https://www.fakt.pl/hobby/historia/jozef–bellert–ratowal–uwolnionych–z–obozu–w–oswiecimiu/rxj3csl#slajd–1 (accesible a 4 de mayo de 2019).

Medycyna za drutami obozu, red. Z. J. Ryn, Cracovia 2010.

Oswiecim w oczach SS, selección y notas: J. Bezwinska, D. Czech, Oswiecim 1972.

Piegza Szymon, *Anioly zycia w obozie smierci. Reportaz*, https://wiadomosci.onet.pl/tylko–w–onecie/po–wyzwoleniu–kl–auschwitz–szpital–obozowy–pck/td4pnx9 (dostep 4 maja 2019 r.).

Strzelecki Andrzej, *Ostatnie dni obozu Auschwitz*, Oswiecim-Brzezinka 1995.

Sznajderski Adam, *Niezwykli*, Tuchów 2006.

PÁGINAS WEB

www.1944.pl/powstancze–biogramy.html

www.auschwitz.org

www.lekarzepowstania.pl

www.oil.org.pl

www.tlw.waw.pl